LÍNEAS CRUZADAS

ROBERTO SÁNCHEZ

LÍNEAS CRUZADAS

PLAZA & JANÉS

Papel certificado por el Forest Stewardship Council®

MIXTO
Papel | Apoyando la silvicultura responsable
FSC® C117695
FSC
www.fsc.org

Penguin Random House Grupo Editorial

Primera edición: enero de 2024

Travessera de Gràcia, 47-49, Barcelona 08021

Printed in Spain – Impreso en España

ISBN: 978-84-01-03292-9
Depósito legal: B-19322-2023

Compuesto en Comptex & Ass., S. L.

Impreso en Rodesa
Villatuerta (Navarra)

L 0 3 2 9 2 9

A todos los que llegaron en su día a Cataluña
con poco más que un hatillo, una muda
y las señas de una casa de huéspedes.
I a tots els que els van acollir amb generositat
i els van obrir les portes de casa seva de bat a bat

1

Give a little bit of your love to me
I'll give a little bit of my life for you
Now's the time that we need to share
So find yourself, we're on our way
[back home

«Give a Little Bit»,
SUPERTRAMP, 1977

Barcelona, principios de 2023

Segundos antes de enterarse de la muerte de Pitu Terol, a Ricardo le ha invadido ese aroma que, por muchos años que pasen, siempre le transportará hasta la masía del gran patriarca. A aquella casa en la que nunca llegó a vivir pero que sintió como suya durante tantas tardes en su adolescencia, donde olía a sopa de *galets*; allí donde el hermano mayor que nunca tuvo le descubrió a The Beatles, a Supertramp, a Cruyff o a Jardiel Poncela; donde conoció a Maite, el amor de su vida, aunque él jamás consiguiera ser el de la suya; en la que coqueteó con los primeros juegos inocentes y otros que no lo eran tanto; allí donde Ricardo fue tan feliz como quizá nunca logró serlo después.

Con el aroma del plato navideño tomando su memoria, le ha

saltado la notificación en los urgentes de *El País*. Y aunque el hecho lo anota con la intención de sacarle partido literario en su próxima novela como si hubiera sido una suerte de precognición —o «chuminás de esas», que decía su padre—, la explicación es mucho más simple; porque la vida lo es, a veces. El efluvio ha logrado colarse por las grietas de una salida de humos tan desvencijada como la propia cocina donde bulle, tan destartalada como el mobiliario, las paredes, las molduras —como todo, en definitiva—, en este cochambroso hotel del centro de Barcelona, ruidoso y a la vez mustio, en el que, quiere sospechar que por error, lo ha alojado la editorial estos días. Hasta hoy.

Mira el reloj y la maleta, hecha desde hace un rato. A Ricardo jamás se le hace tarde. Aunque ahora deberá recalcular los tiempos; no sabe si tiene margen de maniobra. Mientras divaga, puede que logre dar con una excusa creíble para calmar su conciencia, si es que al final decide no pasar por el tanatorio antes de coger el AVE de vuelta a casa. La casualidad —esta sí que le parece remarcable— ha hecho que le pille allí donde está y no en cualquiera de los otros sitios donde podía haber ido. Será por algo. Quizá es la hora de los reencuentros, de abordar una charla pendiente, o incluso puede que sea el momento para una reconciliación con Susana, la hija de Maite, si es que hiciera falta, si es que llegan a hablar de una vez por todas de lo que ocurrió, y así Ricardo se aclara; si ella fuera capaz de hablarle con franqueza y decirle lo que siente: si lo odia, si lo perdona. A veces piensa que le gustaría que fuera ella la primera en mover ficha. Otras es más partidario de dejarlo pasar, como si no hubiera ocurrido. Ojos que no ven... A él le ha costado siempre horrores afrontar cualquier charla donde estén en liza los sentimientos. Se le tendrá por otra cosa, por su profesión de escritor, de periodista elevado a opinador. Pero es que, cuando ejerce, en esos lances no se juega nada tan importante. A sus colegas de debates, de tertulias, a ellos sí parece irles la vida, el sueldo, en no defraudar a sus fieles. En esos ámbitos Ricardo juega el papel de provocador. Perdón, agitador, que viste más. «Agitador» es un término más legitimado por la pose cultureta.

Descorre la cortina con el dorso de la mano y se agazapa tras ella. La ha entreabierto lo justo para mirar sin ser visto, como si alguien fuera a estar pendiente de qué ocurre en vida ajena, tras el visillo de una ventana más entre las miles del enjambre de una ciudad que respira y se ahoga a su ritmo, indiferente a los recuerdos y las dudas que ahora bloquean a uno de los suyos; hoy un visitante fugaz, un viajero de paso.

¿Qué hace? ¿Va o no va? Por más que busque una respuesta en el aire, ha de resignarse a que la solución nunca está ahí afuera. La tiene él. Depende de lo que le diga el corazón y de lo que Ricardo esté dispuesto a afrontar. Le tiene que hacer caso solo a esa voz, que es la suya; pero es a la que lleva toda una vida esquivando. Podría ser un momento muy violento si Susana ya le ha contado algo a su madre. Si fuera así, ¿qué le habrá dicho? ¿Qué versión le habrá dado? Conociéndola, no está seguro de que se corresponda con la realidad.

Un velatorio, ante la contundencia de la prueba de los hechos sobre lo fugaz que es nuestro paso por aquí, es el lugar idóneo para firmar la paz. La proximidad del cuerpo presente de un ser querido deja claro que no hay nada más importante que la vida en sí, aunque nos empeñemos, metidos en la ruleta loca del día a día, en abandonar el sentido común y pervertir las prioridades.

«Sí, tal vez es la mejor oportunidad para aclarar las cosas», vuelve a contradecirse Ricardo en este debate interno. Nada le gustaría más que saber que no ha pasado nada, que todo sigue igual con Maite. Pero no niega que le da miedo. La idea de volver a verla después de lo que ocurrió con su hija, aun sin saber exactamente qué fue, le provoca al mismo tiempo vértigo y una excitación que le cuesta explicar. No deja de sentirse responsable.

Coge el móvil con las manos sudorosas, trémulas, y busca la cuenta de Instagram de Susana. Comprueba que, hace solo una hora, la joven ha subido una historia desde Arusha, en el norte de Tanzania. Está allí haciendo un reportaje fotográfico en un safari exclusivo, con gente vip y tal, por encargo de una revista de élite. En ese instante, se ve a Susana, en las fotos, viviendo ajena a todo lo que ocurre en su casa. Aunque después la hayan puesto al corriente sobre la muerte de su abuelo, en el mejor de los casos tardaría día y medio en plantarse en España.

Ricardo hace un par de llamadas para averiguar dónde se instalará el velatorio de Pitu Terol. Después, decide adelantar su salida del hotel y pide que lo recoja un taxi.

Durante el trayecto, apoya la frente en la ventanilla sobre la que van pasando diferentes encuadres fugaces, fotos vivas que su memoria revela conforme se van abriendo paso, callejeando, camino de la Diagonal. «Más vale que atajemos por ahí», le ha advertido el chófer. Algunas de esas imágenes las ve —se fija en un niño en La Rambla, seguro, sonriente, de la mano de sus padres—; otros rincones los intuye cerca y su imaginación los recompone. Justo en este lugar hay una alameda de árboles desvestidos de la hojarasca que es un manto en el suelo; distingue un apesadumbrado desfile de culés que doblan a la altura del hotel Princesa Sofía (lo habrán cambiado el nombre). Cabecean, contrariados por el enésimo fracaso en la Copa de Europa —«*Tot just ara que semblava que aquest any sí, collons!*»—. Entre la marabunta, un chaval se sorbe los mocos del llanto inconsolable y se enjuga las lágrimas en la manga de un abrigo jaspeado.

Ricardo abre los ojos al presente y hoy, por fin, tiene la sensación de que vuelve a distinguir aquella Barcelona de su infancia ingenua y de su adolescencia exultante; una ciudad desperezada tras la gris convulsión, como cuando luce siempre, radiante, tras los nubarrones de una severa tormenta de verano. Siempre cabe la posibilidad de que no sea más que la brisa suave de un invierno atípico, cargada de nostalgia. Porque la muerte siempre llama al recuerdo.

Oye en la radio cómo un tertuliano con voz mayor, y que le suena muchísimo pero que no acaba de reconocer, muestra su profundo pesar «por la pérdida de un audaz hombre de empresa, bandera de una casta que ya no se da, de aquellos que, partiendo de la nada, fueron capaces de levantar un imperio. En su caso, tejiendo valientemente negocios e inversiones de todo tipo, desde la banca hasta la construcción». En el panegírico que lee una redactora, se destaca de Josep Terol su astucia, así como «el origen humilde de un murciano que supo integrarse en la sociedad catalana, ser uno más entre su burguesía». «Tenía el viento a favor hasta en los apellidos: catalanes catalanes —apostilla el conductor del programa en un intento por mostrarse directo y campechano—. No le resultó complicado granjearse amistades, codearse con los núcleos de poder y decisión». «No en vano —apunta ahora con cierta sorna la subdirectora de un diario catalán— desde finales de los ochenta había sido considerado uno de los hombres de confianza de la corte del pujolismo, del núcleo duro, fundamental para entender su ascenso». No estuvo exento de verse salpicado por los escándalos de las comisiones del tres por ciento o del caso Banca Catalana, aunque bien es cierto que jamás llegó a dictarse una sentencia contra él ni pudo probarse que hubiera evadido capital a Andorra o Suiza, como llegó a publicarse en infinidad de ocasiones. «Sin más pruebas que unos dosieres que se demostraron falsos de toda falsedad, fabricados por la policía patriótica española del Ministerio del Interior de Fernández Díaz», matiza visiblemente encendido el analista de la voz añosa.

En la siguiente media hora no sabe qué ha ocurrido. Es como si Ricardo se hubiera teletransportado absorto en el tropel de recuerdos que emergen agolpados, inconexos, abriéndose paso en su memoria, sin darle tregua ni tiempo para descifrarlos.

Cuando levanta la cabeza, comprueba que ya están cerca. Circulan por un camino que le es familiar: la antigua carretera de

Sabadell, a la altura de la cementera de Montcada. Una vez doblado el scalextric de desvíos, el paisaje es una imagen congelada que ha permanecido inmutable. Hace cincuenta años iba en el asiento de atrás de un Seat 1430, sentado junto al petate que apenas cabía entre las enciclopedias de Ediciones Atlántico, las muestras del género que ocupaban el maletero de su padre, comercial, jefe de ventas de la zona. Lo llevaba y lo traía del colegio de Sant Cugat en el que estaba semiinterno. Encontraron plaza para Ricardo antes de que la familia se mudara a Sant Martí del Vallès. Medió... este..., ¿cómo se llamaba? ¿Garisa? El jefe de su padre. Puede que no se llamara así, pero era clavadito al actor.

Sí, Ricardo se acuerda bien. Los sábados por la mañana, Miguel Santos solía llevarlo a las oficinas de la editorial. Mientras él arreglaba números, el crío trasteaba por allí, se asomaba al escote de alguna de las secretarias con quien había visto antes tontear a su padre, ordenaba cromos de la colección de futbolistas. En alguna de esas actividades, el tal Garisa (llamémosle así, que ahora no se va a molestar nadie) vería la inteligencia natural o el desparpajo que se gastaba para según qué cosas el niño. O quizá Garisa era un cazador de almas para la causa y, viendo que Santos tenía una única preocupación seria, la familia, le largó una tarjeta con su nombre y firma para que llamara a no sé quién de su parte, que en septiembre tendría plaza en el colegio, y que por la mensualidad no se preocupara, que ya correría en la nómina. «Date por ascendido gracias al niño, que apunta maneras. Ahí tienes un diamante, Santos, vamos a pulirlo».

Con la cuenta algo saneada —aunque a cambio de rendir pleitesía, de horas de esclavitud y denuedo a la editorial, y con el primogénito escolarizado en el Vallès (que en aquellos tiempos era sinónimo de donde Cristo perdió las alpargatas)—, llegó la segunda providencia: ascender desde el pisito alquilado en el Clot a la compra del de Sant Martí del Vallès, a millón de pesetas el de cuatro dormitorios. Además, así se aligeraba la intendencia de tanto viaje de ida y vuelta, que falta hacía, con los hermanos pequeños de Ricardo dando guerra en este mundo y demandando atenciones especiales, particularmente Jorge. Santos, para pagar el favor, las letras del tercero A, los mejores médicos para el pequeño, y, si no el colegio, sí las servidumbres de que Ricardo no se viera excluido de la hípica y el club de tenis y las colonias de verano, se pasaba la semana perdido por esos pueblos de Cataluña, «ilustrando y decorando salones», decía; había que mejorar las comisiones. La relación entre los Santos y los Terol sentenciaría, para bien y para mal, la vida que Ricardo aún era incapaz de imaginar. Ahora, con la muerte del patriarca Pitu Terol y tantas otras cosas, de las grietas del pasado rezuman ecos extintos.

El taxi serpentea las dos últimas curvas que desembocan en la explanada de acceso al tanatorio de Collserola, integrado en un parque natural, camuflado entre la bruma, su asidua compañera. El edificio reposa tendido entre dos laderas, en el equilibrio plácido de una horizontalidad premonitoria para sus moradores. Tan discreto como nórdico. De mármoles y maderas nobles.

En la puerta, aun encogida por el frío y destemplada por las circunstancias, el porte de Maite no pasa desapercibido. Ricardo distingue a la legua su menuda figura; sigue desprendiendo un halo peculiar. Se alisa el pelo y se lo desenreda, coqueta, con los dedos de la mano derecha. En la otra sostiene un cigarrillo medio consumido del que expulsa, silbando en silencio, una bocanada de humo. Suspira y se encoge de hombros, anticipando la regañina.

—¿Por prescripción facultativa? —ironiza Ricardo al apearse.

Maite levanta la cabeza, lanza la colilla y sonríe. Porque ella siempre sonríe, ya sea con ojos brillantes de entusiasmo o con la mirada a media asta, melancólica, como hoy. Y así, solo con una broma y un gesto, se disipan de golpe todas las dudas que lo atenazaban. Maite suele ser locuaz y expresiva, aunque entre ellos nunca hicieron falta muchas palabras. Ni siquiera ahora. Aunque más tarde sabrán que callar y dar según qué cosas por sobrentendidas no siempre es la mejor elección.

Se recogen en un abrazo cálido, sentido, largo. En silencio. Los dos piensan, ninguno dice, que se ven de funeral en funeral.

—¿Cómo está tu madre? —pregunta al fin Ricardo, separándose levemente, sin dejar de mirarla a los ojos.

—Uf... imagínate. —Señala hacia arriba, al ventanal de la sala de velación. Lo agarra del brazo y, apoyada en él, lo invita a encaminarse en esa dirección mientras le va contando que, a pesar de la edad, ha sido todo muy repentino, demasiado—. No había tenido ningún achaque, ninguna molestia, ninguna señal de alarma. Simplemente que decidió no despertarse ayer después de la siesta. Y como no se le podía llevar la contraria... ¡Qué voy a contarte que no sepas sobre su carácter!

Al cruzar el umbral de la puerta, reciben ese golpe de calor húmedo propio de invernaderos y velatorios, el del sudor de las flores que empaña de arriba abajo los cristales dejando borroso el exterior.

Ricardo se detiene un momento.

—Es como si me hubieras estado esperando. No me has preguntado qué hago aquí.

Maite se encoge de hombros.

—Tú, al final, siempre estás aquí. —Le agarra la mano y se la besa—. Gracias.

A Ricardo le pesa un poco más la mala conciencia.

Entran en la sala prémium donde está dispuesto el cuerpo de D. Josep Terol i Franquesa, como reza una pantalla digital visible en la puerta.

Al pasar cerca de un habitáculo algo más retirado e íntimo al que solo van ingresando unos pocos, ella le bisbisea:

—Mamá y Pablo están junto al féretro. No se despegan.

Ricardo está tentado y duda si preguntarle por Susana, pero con Maite no quiere fingir. Con ella no. Saldría mal. No sabría hacerse el sorprendido cuando le dijera que su hija anda por África. «Nunca la he podido engañar», cree ufano. Ni siquiera colará si le pregunta por los niños, en general, incluyendo a Enric, el mellizo. Por cierto, le extraña que tampoco lo haya mentado.

Sin pararse a hablar con nadie, intercambiando a lo sumo algún saludo de gesto leve, casi imperceptible, agachando la frente —reverencia que más de uno les devuelve con los mofletes llenos del catering dispuesto en unas mesitas altas—, por fin llegan hasta un sofá de cuero que queda al fondo, apartado de todos los corrillos que se van formando, murmurantes.

—Ha sido una suerte que estuvieras en Barcelona —dice Maite tomando asiento—. Te he visto en los periódicos. Bueno, ¡hasta en la tele esta vez!

—Al parecer, ya no soy un proscrito en TV3 —sonríe Ricardo.

—Tú les das lo que quieren y salís ganando los dos, no te quejes. Eres un provocador.

—En ocasiones juego a eso. Si es cierta esa fórmula de que comedia es igual a drama más el paso del tiempo, quien nos escuche pensará que ya hace un siglo del lío gordo. —Se refiere al *procés*.

—De todo hace ya un siglo. O, para algunas cosas, eso nos gustaría. Ahora en serio, Ricardo. Ha sido una alegría verte llegar. Me estaba preguntando si vendrías, si te enterarías de la muerte de papá. Lo de verme ahí en la puerta, evidentemente, ha sido una casualidad.

—Otra más.

—Otra más. Aunque esta era fácil que se diera. Ando más por ahí abajo que por aquí. Hasta el tabaco me renta más que tener que hacer el paripé con según quién a estas alturas. Y más con el problemazo que tenemos ahora mismo encima.

Los dos miran a su alrededor. Ricardo sospecha que le preocupa la complejidad del reparto de la herencia, el juego de intereses familiares y empresariales que generará el traspaso de bienes. Los negocios inmobiliarios, hosteleros, ramificaciones turísticas, *hubs* de importación y exportación, posiciones en consejos de administración de patronatos de toda naturaleza, fundaciones. Pero nada más lejos.

—Enric está en la cárcel —suelta Maite de sopetón.

—¿¡Cómo dices!? —Ricardo no puede disimular el pasmo.

—Lo detuvieron hace una semana. Él... —Maite cabecea hacia el rinconcito del ataúd—. Papá no llegó a enterarse, gracias a Dios.

—Pero ¿qué ha hecho? ¿De qué le acusan? ¿Qué ha ocurrido?

—Todo es algo confuso, de momento. Según nos ha dicho el abogado, la cosa pinta mal. Le pueden pedir hasta doce años de cárcel por el robo de un arma.

—¿¡Una pistola!? —Maite asiente y Ricardo no se atreve a preguntar para qué quería Enric una pistola—. ¿Doce años por eso? ¿Seguro? No soy jurista, pero después de mi época en información de tribunales me parece totalmente desproporcionado.

—Una pistola, unas balas, un pasamontañas... No sé. ¡Es todo tan increíble! Lo peor es que sostienen que forma parte del material que estaba desaparecido desde que lo robaron de uno de aquellos coches de la Guardia Civil, los que acabaron totalmente destrozados por los manifestantes. ¿Recuerdas?

Perfectamente. Sería uno de los coches que llevaron a los agentes a primera hora de la mañana de aquel 20 de septiembre de 2017 hasta la sede de la Conselleria de Economía y Hacienda, en pleno centro de Barcelona, en La Rambla con Gran Vía. Han pasado ya cinco años. La flota de vehículos formaba parte de una operación desplegada por toda Cataluña por orden judicial. Buscaban pruebas sobre el referéndum ilegal convocado para días más tarde, el 1 de octubre. Fue el punto neurálgico, donde arraigó la protesta cuando, poco a poco, empezaron a agolparse los manifestantes. Eran miles ya por la tarde. Más miles por la noche. Los coches y la comitiva quedaron bloqueados. Ni los guardias civiles ni la secretaria judicial pudieron salir hasta que lo hicieron camuflados y escoltados, ya de madrugada.

Fue tal vez el mismo vehículo en el que se subieron, a última hora, los líderes de aquello, los Jordis, para pedir que cada mochuelo, a su olivo. Ese episodio fue clave para que se les condenara por sedición.

Ricardo tiene muy presente aquel septiembre. ¡Escribió tantos artículos con los que, ingenuamente, creía que iba a contribuir a poner algo de cordura! De todos salió escaldado.

—La policía cree que fue Enric quien lo robó —insiste ella mientras él sigue abstraído, sumido en sus pensamientos.

—¿Y por qué ha aparecido ahora la pistola? ¿Por qué después de tanto tiempo? ¿Un chivatazo? —Es difícil que Ricardo abandone el vicio periodístico de hacer preguntas triples.

—Con la pistola y un par de balas se ha matado a un hombre.

«Se ha matado. No parece que haya sido Enric», valora.

Maite ha cogido el móvil y abre el enlace de una noticia que guarda en el historial: «Joven profesora universitaria mata de dos disparos a su acosador».

Ricardo la lee por encima.

Ocurrió en el barrio de Gràcia, en el domicilio de la chica. Ella mantiene que actuó en defensa propia. Hay dudas sobre el origen y titularidad del arma que utilizó. Al periodista le suena haber leído algo, pero no ha pasado de ser un breve en sucesos. Es extraño que no haya tenido mucha trascendencia.

—No dicen nada de Enric aquí —le confirma Maite—. Llevan con mucho secretismo lo de la pistola. No sé si es bueno o malo.

Ricardo es consciente de la gravedad, pero a la vez se percata de algo menor comparado con todo eso; una de esas pequeñas puñetas de la vida que te lo ponen todo patas arriba y te obligan a cambiar los planes, al menos a él, a quien le desestabiliza profundamente perder el control del guion, de la situación presente y de la que esté por venir. Aunque se trata de una memez, ahora mismo le supone un auténtico drama: ¡no sabe qué ha hecho con su equipaje!

Cuando Pablo se incorpora a la charla, más intuitivo que su hermana Maite, observa que Ricardo transpira angustia, se muerde los labios y tiene los nudillos blancos, como cuando eran niños y había olvidado hacer los deberes.

—Tienes mala cara, Ricardo —le dice Pablo a bocajarro.

El periodista dibuja media sonrisa. Ojalá pudiera contestarle lo mismo, pero Pablo presenta buen aspecto. Ha madurado, igual que su hermana melliza. Ambos rondan la misma edad que Ricardo, pero lucen hechos de otra pasta. El escritor se mantiene bien, y su esfuerzo le cuesta, pero Pablo se mueve grácil en un traje negro entallado como si tuviera veinte años menos, con treinta, quizá más atractivo que entonces.

—Yo también me alegro de verte, amigo.

Se besan como familia y se palmean la espalda.

—Qué bien vernos, aunque sea en estas circunstancias. Una alegría, al menos, por romper la racha. —Y, mirando a su hermana, le pregunta—: Ya lo sabe, ¿no?

—Sí, *ja li he fet cinc cèntims.* —Se produce un silencio—. Lo de Enric, que ya te he puesto al corriente... —se ve obligada a matizar al verlo como ido, perturbado.

Ricardo no deja de mirar el reloj.

—Ah, sí, sí, claro... Disculpad, es que creo que tendría que irme ya. Voy con el tiempo justo para llegar a Sants.

—No tengas prisa —le interrumpe Pablo—. Los que han venido de Madrid estaban comentando justo ahora que, desde este mediodía, todos los AVE llevan un retraso de *collons.*

En su cabeza se siguen desordenando las piezas del puzle de su día. Ahora está por los suelos. Le sobrevuelan los fantasmas de los tiempos en los que ocupaban las vías los CDR, los Comités de Defensa de la República, grupos activistas surgidos en Cataluña aquel mismo año, en el muy lejano 2017. Los CDR surgieron para facilitar el referéndum de independencia del 1 de octubre. Después se mantuvieron con el objetivo de luchar por el cumplimiento de su resultado y la proclamación de la república catalana, en un principio desde la estrategia de la desobediencia civil pacífica.

Hoy, el motivo del colapso en los AVE es menos romántico.

—Han sustraído no sé cuántos kilómetros de cobre a la altura de Calatayud —lee Maite en la pantalla del iPhone—. Tendrás que quedarte en casa esta noche. No vas a volver a ese hotel infecto, ¿no? De ninguna de las maneras. El piso de Sant Cugat se queda vacío. Me voy a instalar con mamá unos días, que me necesita.

Ricardo agacha la cabeza, se masajea las sienes; quiere pensar, buscar soluciones, pues debe de haberlas. No le parece el colmo de la sensatez lo que propone Maite. Aunque, por otra parte, descarta quedarse en casa de ninguno de sus hermanos, de Remei, de Jorge. Podría mirar vuelos, o ir hasta Zaragoza y, desde allí, por carretera, en autobús o con un coche alquilado. También hay más hoteles en Barcelona. Cientos.

Todos los trámites resultan infructuosos. Son las primeras semanas a caballo entre Navidad y Año Nuevo tras la pandemia, y la gente ha salido en desbandada, como loca. Viajan. Los de aquí y los de Serbia, los japoneses, los italianos. Todo el mundo hacia todo el mundo. Llegan hordas de visitantes al puerto, que vuelve a acoger cruceros y turistas en masa. No hay cama ni siquiera en el hotel del campus de la UAB, en Bellaterra.

Maite lo remata:

—Por cierto, Ricardo, si pretendías ir directamente a la estación, ¿se puede saber dónde has dejado la maleta?

Antes de dejarlo acomodado en su coqueto apartamento en el barrio de Volpelleres, Maite lo guía por un centro comercial cercano. Se tiene que aprovisionar de lo básico: desde un cepillo de dientes a una muda.

—Hace años que no viene un hombre a casa. No tengo ni camisetas, ni un mísero pijama que dejarte. O sí, pero te sentirías ridículo con uno de los míos. Ni te entrarían.

De paso, coge una pizza.

—Cenaré solo. No quiero incordiar más de lo que ya lo estoy haciendo.

Ella sabe traducirlo: Ricardo ha entrado en modo misántropo, así que no le replica y le deja hacer y estar a su aire.

El equipaje sigue sin aparecer. Quizá se ha quedado en el maletero del taxi y el titular no da señales de vida. Consiguen averiguar que el conductor tampoco ha sido inmune a la fiebre viajera y ha salido unos días, de escapada, con la familia. Se calcula que esta noche acamparán con una autocaravana alquilada cerca de Andorra.

Una vez instalado en el apartamento de Maite, Ricardo ve en la mesita de noche la bola de Alexa, el asistente virtual. Piensa en pedirle música relajante. Sin embargo, en el último segundo, se le ocurre que puede probar si funciona algo que quiere utilizar en la trama de una novela. Ahora solo recoge apuntes. Le iría de maravilla para una situación en la que quiere sacarle partido a un personaje.

—Alexa, ¡ponme la última canción que escuchamos!

Tras dos segundos de suspense, arranca el rasgueo de la guitarra de una canción que no es una canción cualquiera.

Sus colegios estaban enfrentados. Los Cedros, el de ellos; Las Encinas, el femenino. Compartían profesores, como aquella joven desgarbada con gafas de pasta, la chapa de ¿NUCLEARES? NO, GRACIAS en la solapa y un aspecto extravagantemente hippy para aquellas escuelas de inspiración religiosa. Si guarda una imagen es la de la profa sobre el poyete de la ventana de clase, con las hojas abiertas de par en par, echándose uno de aquellos cigarrillos finos y amarronados, los More que había puesto de moda Hermida en la tele, mientras les pinchaba discos, canciones como este «Give a Little Bit», de Supertramp.

Es la primera canción de los apuntes de música que empezaron a intercambiar Ricardo y Maite. Los que, con el tiempo, junto a historia, acordes, letras y traducciones, se preñaron de mensajes entre líneas. Sugeridos, solo sugeridos. Los fragmentos de cada tema no estaban seleccionados al azar. Los dos lo sabían. Jamás se lo dijeron. Maite nunca le hubiera escrito esto sin la excusa de los versos de la canción, sin ese parapeto:

Oh, dame un poco de tu amor,
yo daré un poco de mi vida por ti.
Este es el momento que necesitamos compartir,
así que encuéntrate, que volvemos a casa.

Y sería mucho fabular imaginarnos que él le hubiera respondido como le contestó con la coartada de U2:

Rompiste los lazos
y soltaste las cadenas.
Llevaste la cruz
y toda mi vergüenza.
Sabes que lo creo,
pero todavía no he encontrado
lo que estoy buscando.

2

You broke the bonds
And you loosed the chains
Carried the cross of my shame
You know I believe it
But I still haven't found
What I'm looking for

«I Still Haven't Found
What I'm Looking For»,
U2, 1987

20 de septiembre de 2017

ENRIC

«Este año no tendremos otoño», se decía por los mercados. El calor se había perpetuado en Barcelona, y nada hacía pensar que el verano fuera a rendirse fácilmente a la sumisión del calendario. «No pasará», parecía advertir la brisa que soplaba desde Pla de Palau a primera hora, cargada de *xafogor*. Impregnada del calor que guardaba el asfalto, ascendía Eixample arriba hasta colarse por la ventana del piso de Gràcia. Aquella mañana con más olor a alquitrán que a jazmín. Algunos, a esa hora, ya sospechaban que al final de la jornada apestaría a gasolina.

La noche había sido de sudores y pesadillas.

Dar clase en la universidad no era justo como me lo había imaginado. «Calma, Enric. Nos han tocado tiempos chungos, pero ten paciencia, no ha hecho más que empezar el curso», me consolaba Lorena la noche anterior, desde Padua. Tampoco ayudaba mucho tenerla lejos. Si aquello seguía así, estaba decidido: me liaba la manta a la cabeza y me enrolaba en un programa de intercambio con otra universidad, como había hecho mi novia. «¿A Italia, *nen*?», me había preguntado mamá al notarme con esos agobios que me entraban. Me lo preguntaba sin ninguna intención, sin querer condicionar, decía. ¡Ja! Sin disimular su preocupación de madre. Y así, como quien no quiere la cosa, me dejaba caer que ya bastante poco veía ella a mi hermana Susana, a esa culo inquieto, que cuando no se mudaba a Madrid era porque se había ido a Bombay, a Londres o porque seguía rodando por esos mundos de Dios.

¿¡Italia!? Sí, señora, Italia estaba de puta madre. Así me la pintaba Lorena, que se había integrado de maravilla. Por otra parte, tampoco quería perderme un momento como aquel: profe en la materia —«doctor», recalca siempre mamá—, que defendía por principios que la historia estaba bien estudiarla, aunque lo ideal era vivirla. «Con lo guay que sería soltar esta frasecita de vez en cuando ante los alumnos...». A ver si de una vez por todas arrancaba el puñetero curso.

Aquel día no daba clase hasta las once. Desde la cama, trasteé en las redes sociales. Había movida. De las gordas. Unos hablaban de despliegue policial sin precedentes: «Van a por la cúpula política de los organizadores del referéndum»; otros no dudaban en calificarla de ofensiva salvaje: «Una agresión inaceptable que no puede quedarse sin respuesta». El líder de la Assemblea Nacional Catalana (ANC), Jordi Sánchez, a las 8.15 tuiteó: «Ha llegado el momento. Resistimos pacíficamente. Salimos a defender desde la no-violencia nuestras instituciones».

Vistiéndome, intuí que ese día tampoco sería normal en la uni. Desayuné con la tele de fondo. Zapeaba. TV3, La 1, a ver qué soltaban los fachas de Trece TV... Me quedé en Antena 3 al reconocer al invitado que estaba al teléfono, a pesar de que hacía mucho tiempo que no lo veía y de que la foto que plantaron en la esquina inferior de la pantalla era de malísima calidad, sacada de una solapa de un libro o de la Wikipedia. Era el tío Ricardo, ¿no? Que no era tío como tal, pero así lo había conocido, así hablaban de él en casa toda la vida. El mismo que acababa de darle cobijo en Madrid a mi hermana, a Susana, la ávida de mundo. «Asilo político», bromeaba ella, aunque detrás de cada broma, como detrás de cada mentira, se esconda siempre un poso de verdad.

Subí el volumen, pero no logré enterarme de nada; hablaban todos a la vez mientras la presentadora pretendía poner orden sin lograrlo.

Sí, era él. No lo había oído todavía, pero, junto a la foto, un rótulo lo confirmaba: RICARDO SANTOS, ESCRITOR Y PERIODISTA CATALÁN EN MADRID. ¿Había que especificar lo del origen y la residencia? Tal vez, en esas circunstancias, sí. Podría condicionar su mirada. En esos casos es tan necesario como la enumeración de los principios activos en un prospecto. La historia ha demostrado que no solo es importante lo que se dice, sino quién lo dice, dónde, ante quién, por qué.

La presentadora al fin se adueñó de la situación. Ahora hablaba a cámara, aunque se dirigía al tío Ricardo.

—Usted ha escrito estos días diferentes artículos en los que deja muy clara su postura, señor Santos. Y se ha expresado así en las redes sociales. Le parece una aberración cómo ha actuado la mayoría política en el Parlament, avasallando la ley, en contra de las recomendaciones de los propios juristas de la institución y ninguneando a la oposición que representa a una gran parte de la sociedad; a la mitad, como mínimo. ¿Qué le parece lo que está ocurriendo esta mañana?

—Una consecuencia lógica...

Se hizo un silencio incómodo. Demasiado largo.

—Ya lo he escrito todo. No tengo mucho más que añadir.

De nuevo se quedó callado.

Se oyó algún carraspeo de los tertulianos en el plató. Miradas de extrañeza entre ellos. Arqueo de cejas. Primer plano con el gesto tenso, adusto, de la directora del magazín que ese día alargaba el tramo informativo por motivos obvios. Justo antes de que ella volviera a abrir la boca, Ricardo cejó en su pulso y prosiguió. A su manera.

—Pero, como sé que me habéis llamado para que me explaye algo más, diré que no sé qué es lo que les extraña exactamente a quienes nos han traído hasta aquí.

—A los líderes del *procés*...

—No solo, porque alguna responsabilidad tendrán los de aquí también en todo este desastre al que nos están conduciendo, ¿no? El Gobierno central, que asiste impávido, como un espectador, de forma irresponsable, creyendo ingenuamente que el conflicto se arreglará por sí solo. Incluso la Corona.

¿El rey? ¡Lo que faltaba para que explotase el gallinero! Todos clamaban al cielo. Se querían desayunar al tío Ricardo: el director de un periódico conservador propiedad del mismo grupo que la cadena; la firma más significada de un diario digital que nadie sabía cómo lograba subsistir, aunque no era difícil imaginarlo, dada la marcada línea editorial, cada vez más entregada a la exaltación de la presidenta de la Comunidad de Madrid, cuya cuenta publicitaria institucional figuraba como el primer pagador en publicidad; la exjefa de gabinete de un exministro de Felipe González; y la propia presentadora, quien no quería dejar pasar la oportunidad para volver a marcar posiciones.

Hipnotizado por la escandalera, estuve a punto de no oír el timbre de la videollamada. Dos tonos antes de que se cortase, pulsé el botón verde.

Recién salida de la ducha, apareció en primer plano Lorena.

—*Buongiorno per la matina!*

—Y bien de *matina* que es, nena. ¿Ya has ido al gimnasio?

—Hay que aprovechar el tiempo, que después me lío con las clases y la tesis, y ya no encuentro nunca el hueco.

Puse TV3 y giré el teléfono hacia la tele. Una reportera informaba en directo desde la unidad móvil desplazada a la confluencia de Gran Vía con La Rambla. Una toma aérea mostraba el inicio de la congregación masiva de gente.

—*Osti, tú!* —reaccionó Lorena—. Estaba al tanto, pero no imaginaba que fuera tan bestia, *nen.* La Lidia y la Carol me han wasapeado. ¿No han pasado por casa? Van para allá. Me han dicho que te picarían por si bajabas con ellas.

Como si estuvieran aguardando a las palabras de Lorena, sonó el interfono. Tres timbrazos breves, muy seguidos, como solían identificarse. Lo confirmé asomándome al minúsculo balcón. En la acera, mirando hacia arriba, vi a las dos chicas. Pantalones bombachos y una camiseta negra con una estelada vertical en el pecho. Ambas con corte de pelo aberzale y aro en la nariz. Dos calcos. Como a veces Lorena y yo. Con lo que odiaba que mamá me vistiera igual que a mi hermana cuando éramos pequeños, como si no le bastara con que fuéramos mellizos. Ahora, sin embargo, no eran pocas las veces que mi chica lograba convencerme para que fuéramos como dos clones. Llegó un momento que hasta me divertía el juego. Teníamos el armario lleno de prendas repetidas que nos intercambiábamos distraídamente.

Lidia y Carol saludaban sonrientes con una mano —«¡Eoooo!»—, mientras con la otra sujetaban el manillar de la bici con la que se desplazaban a todos lados, como me había acostumbrado a hacer yo, como Lorena cuando estaba aquí. Convertido en mimo, me las apañé para hacerme entender: me recogía la coleta y enseguida bajaba para sumarme al pelotón. «¡Guay!», respondieron desde abajo.

Enfilamos hacia la facultad con la convicción de que no sería día lectivo; ni Lidia impartiría Historia Medieval ni Carol Demografía. No lo intuíamos por lo que se respirara *passeig* de Sant Joan abajo, que seguía con el tráfico habitual y el devenir de siempre, y el de los transeúntes a sus recados, de chicas de servicio paseando carritos de bebé, con los clientes ocupando las terrazas donde a esa hora se alternaban todavía los desayunos de los más remolones con las primeras tiradas de vermuts de grifo.

Dentro de las cafeterías, las teles eran las ventanas de lo que ocurría a solo dos manzanas de allí, aunque daba la sensación de que aquello no iba mucho con la vida de los presentes, como si estuviera pasando en sus antípodas. Las crónicas hablaban de cómo crecía la revuelta, cómo se iba congregando, poco a poco, una masa de gente, en especial estudiantes que habían acudido a la protesta medio improvisada.

Encadenamos las bicicletas a los bastidores anclados en la acera antes de llegar a la puerta principal del edificio de Geografía e Historia, en El Raval, y nos acercamos, curiosos, hacia desde donde, en las pequeñas treguas de silencio que dejaba el tráfico, oíamos corear algunas consignas familiares de esos días: «*Votarem! No esteu sols! Fora les forces d'ocupació! Inde-independència!!*».

Antes de que cayera la noche, la radio me confirmó que el lugar se había convertido en el gran punto de concentración; el único donde se mantenía viva la llama del clamor. Cerca de nosotros se formó un grupo sobre el que revoloteaban varios periodistas. Los manifestantes palmeaban un colchón en el que prometían que iban a pasar la noche y los días que hiciera falta, porque «Ahora es el momento, y en este momento no hay nada más importante. ¡Lo tenemos clarísimo!». Quienes los rodeábamos, aplaudíamos. Algunos volvían a gritar consignas para exigir que las fuerzas de ocupación abandonaran inmediatamente la sede de la Conselleria. Los demás nos contagiamos.

Mis compañeras y yo no habíamos comido nada desde primera hora de la mañana. Nos manteníamos a base de adrenalina y dándole algún que otro trago a los botellones de birra, de cola, alguno de calimocho que hacían circular con camaradería. También rulaba algún peta de marihuana. Hacía siglos que no daba una calada.

En otro intento por ponerme al corriente, de saber qué se contaba sobre aquello, me coloqué de nuevo los auriculares para oír la radio en el móvil. Al darle al Play, me saltó una canción de la lista de mamá en Spotify. Era lógico, teniendo en cuenta que era ella quien me pagaba también el *streaming* de música, y el teléfono, y la mutua médica privada, y el seguro de decesos, y el gimnasio...

But I still haven't found
What I'm looking for

Sonaba el estribillo de ese grupo irlandés que tanto le gusta. A veces es su favorito. Va a días.

Todavía no he encontrado
lo que estoy buscando.

El tío Ricardo volvía a ser trending topic. A tenor de los comentarios, era como si se hubiera retado en duelo al amanecer con el resto de los analistas del informativo nocturno de RAC1. Lo más lírico que escribían de él iba desde «traidor» a «españolista facha casposo». «*Queda't a Madrid per sempre més, cabró*» era una dedicatoria recurrente.

—¡Ostras! ¿Habéis visto esto? *Quina moguda!* —advirtió Lidia, quizá más divertida que escandalizada; subida a la ola de adrenalina, en cualquier caso.

Los tres sabíamos a qué se refería. Nuestros *timelines* no podían ser muy diferentes, puesto que curioseábamos lo que salía de círculos comunes. Bebíamos de las mismas fuentes.

—¡Son los de Òmnium los que lo están moviendo que te cagas! —observó Carol.

—Por si quedara alguna duda: queda proclamado oficialmente que Òmnium Cultural se queda en Òmnium... ¿O quizá Òmnium Polític, le podríamos decir? —apunté.

—¡Bah, tío! ¡Déjate de hostias! No seas gilipollas. Con esto que estamos viviendo ahora, ¿dónde acaba la política? ¿Dónde empieza la cultura? —entró al trapo una de ellas—. ¡Tenemos que defender nuestra cultura con todo, y desde la política por supuesto!

—Pero ¿no estamos de acuerdo en que quizá está perdiendo un poquito su esencia? —seguí pinchando.

—¿Qué esencia ni qué niño muerto? Cada cosa tiene su tiempo. En los sesenta había que luchar por la lengua, la cultura, y ahora estamos en otra pantalla. Ahora lo que toca es la agitación política. Ya estamos en otra pantalla. ¡No te enteras de nada, *nen*! —salió la otra en su defensa.

Nos miramos, apretando los labios, y explotamos en una carcajada liberadora. Las dos sabían de mi tendencia a la provocación, a generar cierto debate. Y lo hice tal vez imbuido, por contagio, por el vínculo que me unía al protagonista de ese audio que circulaba al que se refería mi colega.

Se estaba viralizando la grabación del momento en el que, en aquella tertulia radiofónica, un antiguo director del *Avui*, conocido ideólogo de Òmnium Cultural, le había lanzado un guiño a Ricardo Santos buscando su complicidad, una observación sobre el zasca monumental que les había dado a los plumillas de la caverna esa misma mañana, en la tele. Y entonces, el *tiet*, en lugar de agradecer el comentario adulador y seguirle el rollo, se había plantado en medio del ruedo y les había espetado que no manipularan ni utilizasen sus palabras en su beneficio; que no lo colocaran donde no estaba, porque él no estaba en ningún lado, que no quería ningún carnet ni estaba dispuesto a comprar el *pack* completo y darle el sí a todo, ni a un bando ni al contrario. Y como el espíritu de la contradicción que siempre fue, a los de la radio catalana les prescribió la receta contraria a la que les había dispensado a los del matinal en la tele española. Ricardo argumentó, acaloradamente, que en lugar de endilgarles toda la carga de la culpa a los del gobierno del PP en Madrid, les exigieran primero a los de aquí talla y responsabilidad política; porque no podía ser que se pasaran la ley por el forro apelando a no sé qué leches de la épica envueltos en la bandera de la salvación del país y otras grandilocuencias, porque sin ley no había democracia, y que había líderes que se creían con cierto pedigrí y superioridad moral.

Resoplé. «No haces más que liarla, *tiet*. ¡Cómo te va la marcha, *nen*!». Quizá se debiera al efecto de las birras y el canuto, pero me acababan de poner muchísimo los cogotes medio rapados de Lidia y Carol. Y verlas saltar, brazos en alto, en su salsa, sin pudor alguno, y desgañitarse dándolo todo; observar cómo sudaban, cómo se levantaban la camiseta para airearse. Nunca las había mirado de otra manera que no fuera como a una pareja de amigas lesbianas y proselitistas del amor libre, del poliamor, decían ellas. Era cierto que tampoco me había visto inmerso jamás en aquel tsunami de excitación colectiva, como parte de un todo, un cuerpo vivo de cuerpos, cargado de razones, que se rebelaba contra la apisonadora que quería pasar por encima de nuestros derechos; integrado en esa masa que se creía ahora invencible, que tomaba las calles y las palabras con las que se escribiría el futuro; la historia que estaba por venir. La que yo empezaba a querer protagonizar, antes que contar.

3

What happened to the girl
[I used to know?
You let your mind out somewhere
[down the road
Don't bring me down

«Don't Bring Me Down»,
Electric Light Orchestra, 1979

Sant Cugat, 2023

Ricardo

Ni se ha enterado de la vibración del móvil. El mensaje de audio de Maite habrá entrado en el ratito del eclipse total de sueño breve, aunque muy profundo, conseguido en la última hora.

«Ricardo, buenos días. No sé qué planes tienes para hoy. No es ningún compromiso, ¡eh! Pero luego no me vayas a reprochar que tenía que habértelo dicho, ¡que nos conocemos! Este mediodía, a la una, celebraremos el funeral. Allí mismo, en Collserola. Y después de la misa le diremos adiós en un acto más íntimo, con la familia más cercana, con mamá, mi hermano… pocos más. Tú, si quieres unirte. Susana no ha llegado todavía. Ni llegará. Nos han dicho en la funeraria que no se podía demorar más. Si no, había que organizar la de Dios. No le da tiempo. Las conexiones de los vuelos son horrorosas. En fin, que si vas a quedarte nos podrías acompañar y después comemos juntos. A Pablo y a mí nos gustaría tratar contigo un asunto. Anda, dime que sí. A lo de la comida, al menos. Llámame y paso a recogerte. Un beso, *nen*».

Se pone las gafas. Por la hora del mensaje, lo ha enviado mientras tronaba la canción de la ELO y por eso no se ha enterado.

Al maldito dispositivo de la bola mágica, además de la supuesta inteligencia, no se le puede exigir sensibilidad. Alexa no guarda luto. A las 7.30, como cada mañana, ha disparado una canción de la lista después de exclamar con una voz tan cantarina como estomagante: «¡Maite, despierta!». Tres veces. El puñetero cacharro tampoco puede saber lo que no se le cuenta: que hoy su ama no duerme allí. Lo intentaba hacer, en vano, un amigo de esta.

Con el primer acorde de la Electric Light Orchestra dio un respingo en la cama que le hizo dudar por un instante de su profunda convicción contra la pena de muerte. Y eso que sonaba una de sus canciones favoritas. Sin embargo, ahora que hace memoria, jamás tuvo el disco. No entiende muy bien por qué, pero la verdad es esa. Su álbum favorito, el único disco que regaló más de una vez, nunca fue suyo. Le parece una contradicción curiosa, puede que con algún significado. Últimamente no hace más que encontrarles lecturas inéditas a capítulos de su vida a los que hasta ahora no le había dado ninguna importancia. A lo mejor tiene que ver con lo que está escribiendo, o esbozando más bien. ¡Está tan de moda la autoficción! Aunque ha renegado de ella justo por eso, porque aborrece las tendencias de la masa a las que todo el mundo se apunta como un rebaño, con muchas prisas y sin reflexión. Pero tampoco le duelen prendas por enmendarse la plana; no le faltarán argumentos para rebatirse. Hay quienes lo consideran un experto en ser capaz de discutir hasta con el espejo, y los que lo hacen se lo achacan más como un reproche que como una virtud.

Ricardo, si tuviera que definirse, no diría que es un veleta.

Dejémoslo en ecléctico. En especial en lo que se refiere a gustos musicales. Jamás ha entendido los prejuicios que hacen que un disco como aquel —su favorito que nunca tuvo, el de la ELO— les parezca muy estridente y demasiado moderno a unos y sensiblero tirando a moñas a otros. Pero sobre todo, si hay algo que no entiende, es que no se le dé una oportunidad, que haya gente en la vida que no vaya más allá de las portadas, que la observen con desprecio y, solo con mirarla, ya emitan un juicio radical, que imaginen que lo que les espera dentro no va a ir con ellos ni con su reducido mundo, porque, como en su manada se desprecia, ellos también.

Lo regaló dos veces una misma Navidad, la de 1979. Estaba recién publicado y sonaba a todas horas en la radio, en las pocas FM que había por entonces: Antena de Catalunya, de Ràdio Sabadell, y Radio Club 25, de Terrassa. La pinchaba también aquella excéntrica profesora de música de quien lo recuerda todo menos el nombre. ¿Isabel? La amante del rock sinfónico, de Alan Parsons, Mike Oldfield y Genesis.

«Debió de ser ese año. Encaja por la fecha de la matrícula del Citroën GSA», calcula Ricardo. B-DV. Coche que se estrenaba, coche al que había que hacerle el rodaje. Y eso era frecuente por la profesión del padre: comercial, vendedor de enciclopedias. Una buena excusa para zamparse los mil kilómetros largos que separan Barcelona de Mollina, en Málaga.

Miguel Santos, el padre de Ricardo, era el padrino. Pero no un padrino en el sentido calabrés. Con el de los Corleone tenía en común el ascendiente que ejercía sobre los suyos. Reclutó a gran parte de la familia andaluza y los volvió a juntar en Cataluña. No había tío, compadre o amigo de alterne a quien no le hubiera bautizado al primogénito. Se granjeó cierta autoridad moral por auspiciar sus migraciones hacia la aventura, las que empezaban en la estación de Archidona, con un hatillo medio vacío y los bolsillos peor. A muchos de ellos les tuvo que dejar los primeros duros a fondo perdido, cuando no cobijo, o el sustento mínimo mientras sacaban cabeza. En eso, Ricardo tenía que hacer honor a la verdad: el padrino tiró de todos. Tenía más fe que ellos mismos en que su prosperidad tenía esperanza, porque la suya la empezaba a tener. Mejor que mal, todos lo habían conseguido. El padrino siempre fue el pudiente para los demás. Fuera cual fuera su situación, porque jamás nadie se preocupó por su salud financiera. Daban por hecho que a él no le faltaba de nada nunca, y no siempre esa percepción respondía a la realidad.

Habían pasado más de cincuenta años y Ricardo estaba seguro de que no había nadie de la familia que no recordara con nostalgia los días compartidos bajo su primer techo de acogida en Barcelona, en la calle Bergara, en un piso inmenso de origen señorial del que se realquilaban tres o cuatro habitaciones al fondo del pasillo. Allí vivían hacinados todos los que cupieran y alguno más en lo que ahora llamaríamos un «piso patera con derecho a cocina», aunque esta se limitara al permiso para encender un hornillo en el propio cuarto. Disponía de un servicio de aseo colectivo en el rellano. Muchos de los domiciliados estaban de paso, no paraban más que para dejarse caer rendidos en el filito del colchón compartido cuando el agotamiento de un turno en la fábrica más otro jornal a pie de obra los dejaba molidos como para conciliar el sueño hasta en el palo de un gallinero. Así tiraban un día y otro, una noche y otras más; la memoria les dice que felices. Los recuerdos suelen jugar a proyectar en el futuro una película de montaje edulcorado.

En la memoria de Ricardo, el episodio de los discos de la ELO estaba grabado así: aquella Navidad, su padre, en su condición de padrino, le pidió consejo para hacer un par de regalos. Solo dos, con todo el dolor de su corazón, porque era rumboso y desprendido, pero una cosa es dárselas de que la economía no pasa por apreturas y otra diferente ir de rey mago. Imposible con aquella nómina extensa de ahijados, por muchas enciclopedias de *El saber universal* que colara en los salones de España.

—Tiene más o menos tu edad. ¿Qué le gustará a Óscar?

Óscar era el mayor de los Pujante. Pasarían a hacerles una visita a la vuelta de Mollina, como era costumbre.

A Alfredo Pujante el apellido le iba como anillo al dedo. Al menos en aquellos años. Era jefe de ventas de la editorial en Murcia y Alicante. Habían hecho muy buenas migas en las convenciones, con lo que llegaron a ser compadres. Ricardo, de niño, no entendía muy bien qué parentesco era ese de «compadre». ¿Quién lo era de quién? ¿Cuándo se adquiría? Dedujo que era más que amigo; rango de tío, como mínimo. Una forma de establecer el vínculo era apadrinándose mutuamente a los niños. Santos lo hizo con Óscar y a Pujante le correspondió apadrinándole a Remedios, la hermana menor de Ricardo. Remedios es la Remei desde hace unos años.

Los Pujante se notaba que tenían posibles. Manejaban billetes sin rubor. Desde su casa se veía La Condomina. A Ricardo le maravillaban los materiales nobles de sus baños y los electrodomésticos neoyorkinos de la cocina, modernísimos. ¡Joder con Murcia! Eso en Barcelona solo lo había visto en las casas de los padres ricos de sus amigos ricos del colegio para ricos donde él se había colado.

Tendría que hacerle caso a Pujante, que le aconsejaba a Santos que no dejara de morder, de tener ambición, «porque lo de las comisiones de las ventas está de putísima madre, dan para vivir bien, cómodos, incluso con tres o cuatro criaturas como nosotros, que eso ya sabemos que es un privilegio, pijo. Eso está especial, hoy en día. Pero, amos a ver, acho, que si quieres aspirar a esto y aquello —¡mira qué apartamento nos hemos comprado en Torrevieja, por ejemplo!— o a ese Citroën que llevas, compadre, que es canela en rama, con esa línea aerodinámica, ¡ahí es na! O ¿qué me dices del buga que me han traído de Cincinnati? Que no son cosas necesarias, lo sé... Pero si quiés permitirte estos pequeños caprichicos, pijo, que bien que nos los tenemos merecidos con la de horas y kilómetros que le echamos a esto, solo hay una salida: hazme caso y ponte por tu cuenta, monta tu propio negocio, Miguel. Si no tiene nada que ver con nuestro sector, mil veces mejor. Así, si la cosa decae, tú tienes los intereses puestos en otro lado».

Pujante había optado por los túneles de lavado. De coches, no de capitales.

«¿No tendrás una casete buena por ahí, compadre?», le pidió Pujante a Miguel mientras probaban el nuevo carro; los murcianos lo llamaban así. A los compadres les iba más Julio Iglesias y Rocío Dúrcal. «Eso son canciones, copón, y no el chumba chumba, que a mí no me llama, no me dice na, y menos los que cantan en extranjero, que no se les entiende una mierda. ¡A saber lo que nos estarán queriendo decir! ¡Que canten en español! ¿Tan difícil es, acho? Si quieren triunfar aquí, ¡en español!». Ese era el discurso del padre. «Ahora nos llaman carrozas. ¿Qué leches es eso de carroza? Porque yo veo que mi zagal piensa lo mismito. ¿A que sí, Óscar?». Y el zagal ladeaba la cabeza y soltaba «Amosss... descarao» mientras trasteaba en la guantera hasta llegar a una cinta de Rumba 3 comprada en la gasolinera y celebrar el hallazgo como un tesoro.

Por eso, cuando Ricardo le regaló el álbum de la ELO, lo hizo sin convicción alguna. Más bien con rubor y complejo. Óscar hizo una mueca de medio lado, lo miró haciéndole ascos con los morros —por el anverso, por el reverso— y sentenció con un chasquido de labios. Lo posó en el escritorio de manera descuidada y le preguntó por enésima vez si no le estaría vacilando con eso de que en el colegio daban catalán, porque para qué cojones quería saber catalán.

El *Discovery* jamás saldría de su funda.

El otro ejemplar fue para los primos de Hospitalet, en Reyes. Estos actuaron de forma más cortés, aunque tampoco demostraron mucho entusiasmo por la ELO. Se pasaron la tarde escuchando a Moon Martin y haciendo planes para acercarse un sábado a la calle Conde del Asalto, en pleno lumpen, cerca de La Rambla. En Discos Castelló se pillarían el *Made in Japan* de Deep Purple, que ese sí que era un grupo guapo.

La canción acaba con el eco del estribillo y, sin solución de continuidad, arranca la siguiente. Un *riff* con cuatro acordes y batería muy reconocible.

«Alexa, ¡para la música!».

Ricardo oye de nuevo el mensaje de Maite. «Tiene que saber algo de lo de Susana. Si no, ¿a cuento de qué viene esa alusión?», piensa.

Reproduce a doble velocidad hasta el final: «... nos gustaría tratar contigo un asunto. Anda, dime que sí. A lo de la comida, al menos. Llámame y paso a recogerte. Un beso, *nen*».

Le cuesta decidirse. El sueño no ha sido reparador. No ha sido ni sueño. Un duermevela alterado. Es imposible pensar con claridad. Ricardo no se apaña en el caos, le contraría; está descolocado. Aunque una cosa es cómo hierven sus pensamientos y otra el plan de su inconsciente, con vida propia, porque a la vez que se pelea con sus diablos y dudas se va aseando y vistiendo para estar presentable —atractivo— para Maite. Se da cuenta al oírse mientras graba la respuesta: «Ven cuando quieras, Maite. Ya estoy listo».

4

Barcelona, años cincuenta

Pitu. La primera vez que lo llamaron así no supo a cuento de qué venía. No sabía si era un apelativo cariñoso, como su tita con el niño con el que festejaba, a quien llamaba «churri» cuando quería sacarle algo. Un churri y un beso eran mano de santo.

¿Pitu? No preguntó por no molestar. A él le sonaba bien.

Mientras fuera leal a Gallés y cumpliera con sus encargos, todo iba miel sobre hojuelas. Era fácil que la cosa fuera rodada con Gallés, porque se le respetaba mucho. Ir de su parte abría todas las puertas. Ser su chico de los recados fue el primer trabajo de Pitu. Le salió nada más llegar a Barcelona. Ni siquiera tuvo tiempo de soltar la maleta ni de lavarse la cara del hollín y el polvo del camino de las últimas cuarenta y ocho horas. Dos días habían pasado entre que se subió a un coche de línea en Lorquí hasta que se apeó, con las piernas temblonas, en el andén de la Estación de Francia y se plantó en la casa de huéspedes. «¿Ves Colón?, pues todo para arriba».

Como si le hubieran estado esperando. Le vino a la cabeza lo que no paraba de repetir su primo mayor desde que estuvo en la mili: «Si no llego yo, os come la mierda, ¡eh!». ¡Qué risa! En Lorquí, al menos. Allí era la monda. Aquí no se atrevía a soltarle la ocurrencia a Gallés. Pitu, desde que era el Jose, con acento en la «o», siempre tuvo un radar especial para eso. Sabía con quién sí y con quién no ciertas cosas, porque se fijaba, porque hay que salir a la vida con ojos de ver; estar a la que llueva, pa que no se pierda ni una gota. Lo que ahora es agua, mañana es oro.

Ni a la secre. A Angelita, que así la llamaban entonces, tampoco iba a soltarle lo del dicho de la mili, lo de la mierda, ¡pues menudos humos se gastaba la gallega! Creía que lo escrutaba con desprecio. Quizá porque a Pitu se le iban los ojos donde se le iban. «¿Y tú qué quieres? No busques, carallo. No busques porque no vas a encontrar».

Hasta aquella tarde, estando los dos solos en el despacho. El jefe se había ido a Madrid a apañar un no sé qué en el Ministerio.

Cuando Gallés volvió con la cartera de clientes llena, caló a los chicos, antes compañeros, ahora tortolitos. Para los nuevos novios tampoco pasó desapercibida su cara de «¡Tate, que aquí concurren nuevas circunstancias!». Desde aquel día, nada fue igual. Se veía a Gallés con cierto recelo por el machihembrado. Pitu sostenía que estaba celoso perdido.

¿Qué significaba ser chico de los recados? ¿En qué consistía el trabajo de Pitu?

En hacerlo todo siempre y nunca nada igual. Llevar un sobre a Gobernación y recoger allí otro al que Gallés le daba el visto bueno. Este sacaba un papel, ponía otro y «¡Hala! Se lo acercas a primera hora de la mañana al alcalde de Molins de Rei». Muchas veces, a Pitu no le hacía falta ni retirarle la solapilla. Solo palpando ya sabía que iban unas cuantas perras en billetes de cien o de mil pesetas.

Gallés tenía el cuartel general en un entresuelo de la calle Conde de Urgel. Se presentaba en sociedad como gestor. «Intermediario», lo llamaban otros: un conseguidor. Si un constructor quería que le cayera un encargo de la Administración, hacía bien en llamar a la puerta de Gallés.

Como el jefe sostenía la máxima de que tu mano izquierda no ha de saber jamás lo que hace la derecha, no veía con buenos ojos aquel dos contra uno que supuso la alianza de sus dos jornaleros. Aunque, una vez más, la suerte se alió con Pitu; Pitu de

Papitu; Papitu, porque así se pronuncia la variante cariñosa de su nombre en el catalán de la calle que él va aprendiendo, sin saberlo. Pepito Terol, a quien Ángeles empezaba a enderezarlo y a corregirle las faltas. Ella se había hecho a la lengua sin problemas. Del gallego se llega más fácil. Hay que contar que Ángeles ya creció en Barcelona. Llegó siendo muy niña con su madre, una costurera de Santiago que se puso a trabajar para las señoras de Sarrià.

Los contactos del conseguidor no le resultaban útiles solo a quienes hacían negocios con él. Al propio Gallés le llegó su momento. Un exgobernador civil de Gerona fue reclamado en El Pardo para tener mando en plaza en la intendencia de palacio. Este, *ipso facto*, pensó en Gallés como garante de su guardia pretoriana.

—No quiero cerrar el negocio. No puedo, sería tan injusto para vosotros... —les explicó a Pitu y a Ángeles, tratando de aparentar aflicción—. No os quiero dejar en la calle tirados.

Detrás del falso abatimiento no había una decisión piadosa. Les estaba ofreciendo cederles la explotación del chiringuito, mantenerlo vivo para cuando fueran mal dadas y tuviera que retornar a Barcelona o —y ahí ponía cara de pavor para enfatizar el drama— si algún día una revuelta masónica acababa con el Caudillo, «¡Dios no lo quiera!».

La cesión era a cambio de una generosa voluntad sobre los beneficios.

—Y creo que una voluntad razonable estaría en torno al quince por ciento de las ganancias. Me lo mandáis por correo postal cada mes a estas señas. —Apuntó un nombre falso—. En el concepto indicáis: «De papá, que os quiere y os echa de menos».

Miguel Santos tenía carencia de colegio y de posibles, aunque lo que no le faltaba era empuje. Se vino a Barcelona en busca de mundo. De escuela, ya digo que traía lo justito; las cuatro reglas, lo suficiente para conseguir el puesto de botones en el sindicato vertical en Mollina, pero aquel era un trabajo que le daba poco que hacer y mucho menos dinero.

En la Central Nacional Sindicalista (CNS) repartía el correo y la prensa; llevaba cafés, y, de vuelta al bar, las bandejas; le procuraba al secretario un limpiabotas y, si no estaba libre el limpia, se las lustraba él y, de paso, pellizcaba un poco de betún para sus zapatos del domingo. Cosas de ese tipo. Pero sobre todo aprendió a ser discreto y a saber cuándo sonreír para que las propinas le apañaran el sueldo. Aunque con aquel jornal tísico no le daba ni para tapar la mitad de los agujeros que dejaban los vinos apuntados por su padre en las bodegas y ventas de la zona.

«En Barcelona se gana en un día lo que aquí en un mes, madre. Y eso si el mes es provechoso. Me voy a ver si hago fortuna». Si esa Fortuna era la diosa a la que se encomendó, esta echó su suerte a los dados y sin ponerle mucho empeño.

Los primeros meses en Cataluña, Miguel los pasó así: de madrugada ya estaba en el filo del alambre del andamio, y allí aguantaba, no sabía ni cómo, hasta las tres de la tarde; comida de puchero en una fiambrera de lata; después el tranvía hasta Santa Coloma. Allí, ocho horas en una cadena de montaje de culatas de motor, sábados incluidos. El trasiego y las novelas que devoraba por las noches —los misterios de Tony Spring y las del oeste del mismo M. L. Estefanía— le ayudaban a caer rendido sobre la mesa de la cocina. A la vez eran su anestésico para no echar cuentas de los pares de pies con derecho a habitación (su misma habitación) en la posada Bergara.

Así fueron sus días hasta que pasó por la pensión el chico de Gallés. Andaba dando la voz por si alguien conocía a un técnico capaz de llevar la maquinaria de una imprenta. Trabajo nocturno, pero bien pagado para como se pagaba el de a pleno sol a pie de obra. Se aprendía en dos tardes. Ideal para su situación. Lo libraría de seguir desafiando el vértigo desde el andamio y el deslome en la obra, además de dejarle en suerte por las mañanas, para él solo, la cama de derecho rotatorio.

5

Only hope can keep me together
Love can mend your life
Or love can break your heart

I'll send an SOS to the world
I hope that someone gets my...
Message in a bottle

«Message in a Bottle»,
The Police, 1979

Collserola, 2023
Funeral de Josep Terol

Es pronto. La sala está vacía. El rayo de luz que entra en un ángulo de cuarenta y cinco grados por una estrecha ventana lateral formando un remolino de polvo parece parte de la decoración. Dos operarios ultiman los preparativos. Ponen flores en el estrado principal, abrillantan con una gamuza un piano de cola y colocan un micrófono auxiliar. El único deseo que Terol dejó expresado para el adiós fue que una soprano cantara el aria *Lascia ch'io pianga*, de Händel. Maite, con el cabello moldeado y vestida de un elegante negro —le sienta bien, la hace más joven—, se queda en la puerta para recibir a los asistentes, junto a Pablo y su madre, Ángeles, hoy más entera. Los pasos de Ricardo resuenan lentos. Se adentra hasta colocarse en un extremo de la última fila. Agradece que hayan sido los primeros en llegar. Esquivará los saludos protocolarios, tan formales como hipócritas. Lo hizo igual ayer, amparándose en Maite, escudado tras ella como el niño que se agazapa entre las faldas de mamá. Desde su posición, ve llegar a distinguidos apellidos de la burguesía, de la política, del tejido empresarial, del gran comercio de Barcelona, del periodismo. Todos lo conocen. Algunos soltaron pestes de él en los años turbulentos desde la cobardía de la distancia. Otros se limitaron a aplaudir y a alentar a quienes lo hicieron, a quienes lo señalaron como el peor de los traidores a partir de su aparición en la foto junto a Borrell y Vargas Llosa el domingo después del referéndum. Necesitas de enemigos ilustres para hacer la guerra, aunque no te la hayan declarado. Él no guarda ningún rencor, pero le es imposible adivinar qué pasará por los sentimientos ajenos. Quiere ahorrarles un momento incómodo. No es el lugar ni el día.

Detiene el barrido de reconocimiento en Pablo. Ha de bucear en su mirada para ver en él al amigo de la infancia, al Pablo del colegio. No es una cuestión de que ya no esté rechoncho ni de que no le claree siquiera un poco la coronilla, como lo había imaginado, como le ocurre al mismo Ricardo —un doble juego de espejos en el baño del apartamento de Maite se lo ha vuelto a recordar esta mañana y lo ha malhumorado para todo el día—. Pablo ha huido del Pablo que le tenía preparado el destino sabelotodo; de cómo lo proyectaría un filtro de inteligencia artificial si le proporcionáramos una foto de sus duros años ochenta e invitáramos al *software* a que jugara con su futuro, porque jamás habría transfigurado a un Pablo tan atractivo, con el carisma que infiere la seguridad en uno mismo. Con el tiempo se han ido pareciendo Maite y él. También en esto. Los años han confirmado que son mellizos, que irradian la misma belleza y la personalidad arrolladora que tanto intimidan a Ricardo. Independientemente de que la vida nos haya tratado con más o menos benevolencia, todos somos otros después de cumplir los cuarenta. Lo sabe. Sin embargo, lo extraña. Le provoca cierto malestar y una profunda pena que se haya creado ese abismo entre ellos. Fueron uña y carne. Y ayer, igual que ahora, los dos se miden y actúan. No se rehúyen, pero se evitan. Hubo buenos modales. Incluso un beso de hermanos, pero se esquivan la mirada. Hoy, un educado «Buenos días, qué tal». Poco más. Le entristece porque —ya no solo con Maite, porque con ella es otra cosa, sino con el resto de los compañeros de esa época— las veces que se han reunido con motivo de la cena de los no sé cuántos años, en la fiesta de jubilación de la profesora tal e incluso en la presentación de sus primeras novelas, siempre han coincidido en lo particular de los lazos que se crearon entre ellos; por más tiempo que hubiera pasado, era como si hubiera sido ayer. Esta vez no ocurre eso con Pablo. A Pablo tampoco con él. Es evidente.

En el acto posterior a la misa, mientras el sacerdote musita las últimas palabras, calladas, frente gacha, se produce a su alrededor el verdadero silencio frío, sepulcral. Maite se besa las yemas de los dedos y los alarga hacia el ataúd antes del último sellado. Ángeles, la viuda, llora en silencio, se tapa la cara. Ricardo y Pablo están el uno al lado del otro, de pie. Los dos miran al frente. Ricardo, de forma instintiva y sincera, le pasa el brazo por el hombro a Pablo. Este responde apoyando la mano sobre la de Ricardo y asiente.

—¿Vamos a ir a comer a Can Ferran? —pregunta el escritor con naturalidad.

—¿Acaso le habrías convencido a él de que hay otros sitios? —responde Pablo, cómplice, señalando hacia la fosa.

Ricardo no recordaba así aquella casa de comidas *casolanes*, la masía que le descubrieron los Terol y que después él adoptó como propia; que convirtió, como solían hacer aquellos, en el lugar de encuentro familiar para toda ocasión que bien lo mereciera: la celebración de una buena nota en selectividad, la presentación oficial de una novia, la despedida de uno de los suyos por un largo tiempo. Le echa un vistazo a la carta y a las bandejas de *mongetes* y carne a la brasa dispuestas en las mesas cercanas. No ha perdido la esencia, aunque ahora dé la sensación de que uno se adentra en un restaurante chic y no en una casa de *pagès* cuyos muros de piedra retienen el olor de la leña quemada. No en vano, ahora no es extraño encontrarse allí con algún jugador del Barça o con el protagonista del culebrón de sobremesa en TV3. Espera que no sea el caso.

Antes de que sirvan la comida, Maite empieza a desmenuzar los detalles del caso en el que está implicado su hijo:

—Enric tiene pareja. Una chica con la que sale prácticamente desde que iban al cole. Una niña de muy buena familia, de Sant Gervasi. Se llama Lorena. Es un poco cupera y muy hippy, pero oye, una *noia molt maca*. Profesora en la uni, como él. Se quieren muchísimo. Si por ella estuvo a punto de dejarlo todo e irse a vivir a Italia... Menos mal que, después, la Lorena consiguió una plaza en la Autònoma y abortaron el plan. Ya lo tenían todo preparado. A mí me iba a dar un disgusto enorme.

Aunque ni Pablo ni Ricardo hacen amago de querer interrumpirla, Maite se excusa.

—Uf... Lo siento. Ya sé que soy una rollera parlanchina, como siempre me dices —se dirige al escritor—, pero te cuento todo esto porque viene al caso. Lorena, en la Autònoma, en Bellaterra, tenía como alumno a un tipo mayor. Mayor para ser estudiante, porque estaría en los treinta, más o menos. Un tipo que se obsesionó con ella. Lorena jura y perjura que jamás tuvieron nada y que, si se hubieran enrollado, lo diría sin tapujos, porque se ve que con Enric tienen una relación abierta. Esto nuevo del poliamor, *ja saps!* Creo que son los cuernos de toda la vida, pero asumidos. Yo no lo soportaría. Ellos sabrán. Ojalá eso fuera todo lo malo. Bueno, a lo que iba, que yo ahí no me meto: el alumno, el rarito, se quedó pillado de la chica de Enric hasta el punto de que, después de hostigarla con todo tipo de mensajes y amenazas (mensajes que están documentados; hay capturas de pantalla del WhatsApp), se presentó donde ellos, en su casa, cuando sabía que Lorena estaba sola. Quiso forzarla y ella se defendió, según ha contado, y le disparó. Lo mató.

Maite ha llegado al borde del precipicio. Se queda sin aire. No puede continuar con ese tono pretendidamente despreocupado que la ayuda a tomar distancia. Pablo, sentado junto a ella, la mira, levanta la copa. Pide su turno de palabra. Bebe un poco de vino y continúa él, con más poso y gravedad:

—No hay contradicciones en lo que han contado hasta el momento ella y Enric. Él no estaba en casa. El acosador de Lorena lo tendría todo calculado. La chica asegura que, cuando fue a abrir la puerta, Armand (Armand Trigo, así se llamaba el tipo) ya se había colado en el edificio haciéndose pasar por el cartero. La vecina del tercer piso reconoce haberle abierto por el telefonillo. Lorena salió de casa distraída, mirando la rueda de la bicicleta, que le pareció que andaba algo floja, y él la pilló desprevenida. Ya estaba arriba; sabía a qué hora solía salir de casa. De un empujón, la metió de nuevo dentro. Los partes de lesiones confirman todo esto. A ella, lo único que se le ocurrió en aquel momento fue mostrarse dócil y ofrecerle algo de beber. Lo vio fuera de sí. Lorena quería ganar tiempo, que se calmara. Logró convencerlo de que se quedara en la cocina. Ella se excusó. Iba a ir al servicio y a ponerse cómoda. Se mostró seductora, incluso. Fue para dentro. Mandó un mensaje de auxilio a Enric en ese momento. También queda constancia. Enric estaba dando clase y no lo leyó hasta más tarde. Cuando Lorena oyó que su acosador enfilaba el pasillo, cogió el arma y se la puso en el cinturón, en la espalda. Él empezó a gritarle, forcejearon, y... en fin.

—Pero ¿lo hizo con una de las pistolas que había desaparecido del coche de la Guardia Civil la noche de los altercados? —pregunta Ricardo.

—Una pistola y veinticinco balas. Dos de ellas ya sabemos dónde fueron a parar.

—¿Qué hacían en su casa? ¿Cómo llegaron hasta allí?

Maite vuelve a llevar la voz cantante:

—Eso mismo nos preguntamos todos. Es incomprensible. Aunque en todas sus comparecencias ante el fiscal y la jueza o en las visitas que le ha hecho el abogado, Enric dice que es verosímil lo que cuenta Lorena; que es probable que estuvieran en una mochila que dejó olvidada en el altillo. Él reconoce que con esa mochila se estuvo paseando arriba y abajo el día de los desmanes, cuando lo de los asaltos a los coches de la Guardia Civil. Pero que, cuando llegó a casa, dejó la mochila en el altillo y se olvidó de ella. Y, desde luego, asegura que alguien le debió de meter allí la pistola, porque no recuerda nada de que cogiera un arma, ni de que estuviera tan cerca de uno de los coches. Lorena dice que se la encontró en su momento, ordenando trastos, le dio miedo y no quiso preguntar porque no sabía en qué líos se habría metido Enric. Hasta aquella mañana, que recurrió al arma para salvar la vida.

—Pero, vamos a ver... —intenta sistematizar Ricardo—. No tiene mucho sentido. Enric se tiene que acordar si se llevó la pistola, las balas o lo que fuera del coche de la Guardia Civil. Eso sí que no se olvida.

Los hermanos intercambian una mirada.

—A partir de un determinado momento de esa noche, no recuerda nada —responde Maite.

Ricardo se hace su composición de lugar. Imagina el alcohol, el efecto de alguna droga. No incita a Maite a que sea más explícita.

—No entiendo una cosa: si Lorena sabía que la pistola y las balas estaban allí, quizá no las vio por casualidad, a lo mejor fue ella quien dejó ahí la mochila con el botín.

—Difícilmente.

—¿La está protegiendo?

—No la puede exculpar de haber disparado —interviene Pablo—, pero sí de haberse llevado el arsenal, al menos aquella noche. Enric fue identificado por la policía durante los incidentes. Se le sitúa en la zona. Ya sabemos que eso no es una prueba con fuerza suficiente como para acusarlo de nada, pero hay un indicio: estuvo en el lugar de los hechos a una hora compatible con el momento en el que se saqueó el coche. Ella, sin embargo, no. Imposible. Lorena estaba en Italia. Es fácil de demostrar. En cuanto a lo de la mochila... han pasado ya más de cinco años. Todos recordamos qué estábamos haciendo aquellos días, pero ¿tanto como para llegar al grado de detalle de saber si íbamos vestidos así o asá? Pero hay imágenes. La policía las tiene de las cámaras de seguridad de comercios cercanos.

Ricardo respira hondo y trata de ocultar su estupefacción. Él también sabe perfectamente dónde estaba. En aquellos días lo invitaban a más de una tertulia, de allí y de aquí.

Cuando lo llamaban de radios españolas, a los pocos minutos se arrepentía de haber aceptado la invitación, en cuanto volvía a sentirse utilizado por quienes disparaban palabras de un discurso aprendido, aunque jamás hubieran puesto un pie en Barcelona. Al rebelarse contra la ignorancia, pasaba por ser el catalán más peligrosamente secesionista de Madrid.

Si lo convocaban en emisoras catalanas creyendo que iba a repetir aquel discurso, se veía en una emboscada de intolerancia y desprecio contra *Madrit*, y entonces no podía callarse tres o cuatro cosas que a él se le antojaban de sentido común, pero que estaban siendo cegadas por aquel clima de crispación inflamado, tan poco racional, tan insolidario.

Se lio también con más de un tuitero, ya fuera indepe o españolista. Le zurraban por todos los flancos, unos por exceso y otros por defecto. Y viceversa. Todo por no asumir ninguno de los guiones establecidos plagados de lugares comunes, los de carril, de los que mejor que no se te ocurriera desmarcarte ni un milímetro si no querías morir en la hoguera de ambos. Al fin y al cabo, una hoguera con la misma llama: con escupirte el estigma de equidistante, tenían suficiente. Así se despachaban. Se sacudían las manos y «*Vinga, un altre botifler assenyalat. Vine ara a per més, si t'atreveixes*». Y los de enfrente, con tal de no razonar, coreaban un «¡A por ellos, oé, a por ellos, oé, oé, oé!» y santas pascuas. ¡Qué grandes somos que nadie nos va a arrebatar España!

La equidistancia. Él no se había movido de su sitio. Eran unos y otros quienes le observaban con ojos diferentes, miradas colocadas en un lado de la sala, pertrechadas en sus trincheras de las que no osaban salir, no por miedo, sino por pereza intelectual. Eso de escuchar ideas del contrario es incómodo y agotador.

Con la irrupción en la mesa de un postre de músico y una crema catalana, Ricardo vuelve al presente. Maite solo se ha pedido un expreso. Ricardo se decide a preguntar mientras pela unas almendras:

—¿Y en qué os puedo ayudar? ¿Qué puedo hacer yo?

Maite traga saliva y carraspea con timidez. Los dedos finos y blanquísimos sujetan la cucharilla con que remueve con lentitud el café. Pablo espera la señal. Los hermanos vuelven a mirarse. Es evidente que tienen un guion establecido, aunque no han pactado quién lanzará el misil.

—¿Qué me queréis proponer? —insiste—. Porque seguro que tiene que ver con todo esto que me contáis de lo de Enric, ¿me equivoco?

—No te equivocas —es Maite quien habla, con la vista levantada y ahora clavada en él—. Es muy importante para mí, Ricardo. Para nosotros. Escucha bien antes de decidirte. Piénsatelo, por favor. —Carraspea y bebe agua para aclarar la voz—: Queremos que te incorpores al equipo que lleva la defensa.

Ricardo resopla, suelta la cuchara, se echa hacia atrás en la silla.

—¿Equipo de la ¡DE-FEN-SA!? Pero si no llegué a acabar Derecho...

—Como puente directo con el equipo de abogados y como portavoz de la familia —matiza Pablo—. Querríamos que fueras tú quien mantuviera la relación con los medios, quien saliera a dar las explicaciones que nos van a empezar a pedir a todas horas.

El aludido sacude la servilleta blanca. No es fácil interpretar si pide una tregua, si se rinde o si es el gesto de alguien clamando auxilio porque le acaban de disparar directamente al corazón. A lo mejor no está repanchigado, sino que ha caído abatido.

—¡Uf! —resopla—. Imaginaba cualquier cosa menos esto. Había hecho cábalas de todo tipo. Antes de venir aquí, pensaba: acaba de morir Terol, me van a ofrecer que novele la vida de su padre, de uno de esos hombres que no sale en los libros, pero que, sin él y cuatro o cinco más, no se podría entender bien la historia. Vuestro padre, que se había relacionado y había hecho los negocios más importantes de este país en un momento crucial, desde la Dictadura a la Democracia y hasta antes de ayer mismo. Quizá conserve documentos que sean un tesoro en sí, y otros de los que, tirando convenientemente del hilo, ayudarían a perfilar el retrato de Cataluña y de España en el último siglo. Me había hecho ilusiones. ¡Fíjate qué idiota! También barajé la opción de que fuera un encargo menos ambicioso, aunque igual de atractivo: tasar las joyas literarias que esconde la biblioteca de vuestra casa en Valldoreix. No sé, cosas de ese tipo. Sin embargo, en cuanto hemos llegado, lo he visto claro. Queríais que os ayudara con lo de Enric. Debo reconocer que habéis superado con mucho mis expectativas. Hay una cosa buena en esto. Compruebo que no he perdido la capacidad de asombro. Es una virtud muy importante en lo mío, ¿sabéis? Tener flexibilidad en el músculo de la observación y mirar las cosas con ingenuidad ayuda mucho para montar una historia, ya sea ficción o realidad. Lo habéis logrado con creces.

Maite y Pablo lo observan atentos. Lo conocen lo suficiente como para entender que reaccione así. No hay decepción en sus rostros. Lo escuchan hipnotizados, como si fueran espectadores privilegiados del estreno en exclusiva del último libreto para teatro escrito por Ricardo Santos.

Un monólogo que prosigue:

—Ahora deberíais preguntarme si lo que acabáis de soltarme me parece tan marciano como para ponerme como me estoy poniendo. Y yo os respondería que a estas alturas uno cree estar curado de espanto, aunque, de pronto, un baño de humildad le obliga a envainársela y reconocer que, por muchos años que pasen, no dejas de ser un lelo a quien le queda mucho que aprender.

Cuando tus amigos de toda la vida, hermanos prácticamente, desesperados ante la situación jodidísima por la que está pasando tu hijo, Maite (y créeme que soy capaz de entenderlo; aunque no haya sido padre, soy capaz de ponerme en tu lugar), no tienen escrúpulos para querer utilizarte.

—¿¡Utilizarte!?

—No me he caído de un guindo.

—No entiendo por qué te indigna tanto, Ricardo —intenta conciliar Maite—. Necesitamos un portavoz de la familia. Alguien serio, que sea un referente. ¿Quién mejor que tú?

—¿Tú también, nena? ¿Tan fácilmente te ha convencido este? —Ricardo señala a Pablo.

—¿Convencerme de qué?

—De que os hago falta porque soy el títere ideal para representar el papel. Alguien que no sea sospechoso de compartir ni una letra del argumentario de los sediciosos, los ideólogos del *procés* que acabaron en la cárcel. Si la *titella* está en las antípodas, mejor. Quien haya tenido la idea es un lince. Si quien habla en nombre de la familia tiene el sambenito de españolista que le han endosado aquí al menda, se estará enviando el mensaje de que el robo del arma, de las balas y de su puta madre no tienen nada que ver con el movimiento de rebeldía o de secesión, y las penas, por lo tanto, tampoco han de estar relacionadas, ¿cierto? ¡Soy el cromo perfecto! El único problema es que nadie ha pensado en cómo salgo yo de todo esto. Llevo años cargando con el estigma de ser el enemigo número uno de Arran, de la CUP, de Òmnium, de la ANC, de TV3 y de san Pito Pato. Ahora que parece que, poco a poco, las aguas vuelven al cauce de cierta cordura, no se me ocurre mejor manera de darle munición a toda esa pléyade, mientras que la caverna irredenta de Madrid no tendrá escrúpulos en tirarme a dar con toda su artillería; ellos por todo lo contrario. Me pondrán en la picota como el vendido que defiende a un niñato pijo terrorista antisistema que roba pistolas a la Benemérita. Perdonad que sea así de crudo, pero tenéis que saber que, en cuanto trascienda el caso, va a pasar todo esto, va a ser exactamente así. Me conozco a mis clásicos. Hace unos años, hasta me hubiera puesto cachondo el reto.

Ricardo toma aire y parece que se arrepienta de la arenga, quiere aflojar. Está dolido, pero no quiere pasar por un energúmeno. No se merecen que los culpabilice del pasado. Los hermanos siguen quietos, prudentes, decepcionados, al otro lado de la mesa. Ricardo niega una vez más con la cabeza y hace amago de levantarse, pero algo se lo impide, quizá la mirada de una, quizá la del otro.

—Maite, Pablo, entendedme. Acabé muy quemado de todo aquello. Me supuso un desgaste emocional tremendo. Esta ha sido la primera Navidad casi normal con la Remei y la Puri, la mujer de mi hermano Jorge, porque he estado esquivando a la familia todo lo que he podido. Al menos, me he librado de la gran reunión. He estado un ratito con unos, merendando con otros, sorteando la encerrona. Porque me ha costado Dios y ayuda superarlo, o tener la sensación de que lo tenía superado. A la vista está que no dejaba de ser una ilusión óptica. La herida sigue ahí. Lo siento.

Ahora sí que consigue levantarse y se va.

6

Living on an island
Looking at another line
Waiting for my friend to come
And we'll get high

«Living on an Island»,
Statu Quo, 1979

Sant Cugat, 2023

Ricardo

Hasta el lunes, como pronto, no recuperará la maleta. Nada le ata ni le obliga a volver a Madrid, pero después de la escena en los postres le resulta muy violento quedarse una noche más en el apartamento de Maite. Ella le ha insistido en que puede disponer de él el tiempo que haga falta, sin problema. «Ahora todo es papeleo, burocracia. No puedo dejar a mamá sola, que la van a marear a la pobre mía». Sin perder la sonrisa, Maite le ha rogado que cambie esa cara de palo que se le ha puesto, que no sea niño, que «por un simple desencuentro no se va a arruinar una amistad de toda una vida, *nano*». Después, al dejarlo en la puerta de su casa, le ha dado un par de besos en las mejillas y le ha deseado buenas noches.

No lo serán.

—¿No tendrás, por casualidad, un lexatín o algo más fuerte? —le pregunta Ricardo antes de bajar del coche—. No estoy enganchado, tranquila. Solo recurro a drogas legales de higos a brevas. Llevo siempre un blíster en el neceser, por si acaso. Lástima que esté junto al resto de mis cosas en el maletero de un taxi que sigue en las cocheras.

—Te puedo ofrecer un premio de consolación. En el segundo cajón del baño hay Dormidina, probablemente caducada. ¡Intenta descansar!

Maite lo ve alejarse. Ricardo, al oír el motor al ralentí, sabe que está esperando a que entre en el portal, como tantas veces hizo él cuando la dejaba a ella. Levanta el brazo derecho y le dice adiós agitando la mano, sin darse la vuelta.

Maite

Dentro del Volkswagen escarabajo, Maite sube la música. Suena la canción de los náufragos. Así es como la renombraron en los apuntes.

Waiting for my friend to come
And we'll get high

La canturrea mientras piensa en esa lista de canciones. Es un álbum de fotos de estados de ánimo. Y, por más que se esfuerce en recordar, no hay ninguna que capte un no de Ricardo; nunca recibió una negativa por su parte. Hasta la de esta tarde. Ni siquiera cuando le pidió que mediara por el imbécil de Alfons. Llamarlo «imbécil» es quedarse muy corta. Un psicópata. Un mentiroso compulsivo es lo que era y lo que seguirá siendo, si vive, esté donde esté. Lo ve así con los ojos de ahora. En el cole no; con esa edad andaba tan ciega como coladita. Y mira que, menos papá —que creía que el heredero de Teixits Casamitjana era el mejor partido para la niña—, todo el mundo se lo advertía. «Cuidado... ve con cuidado con el chulito ese». Ricardo el primero, aunque él era parte interesada, porque menuda la gracia que le hacía que le levantara la chica de sus sueños el payaso aquel del Alfons, «*el mal parit dels collons*». Un abusador. Aunque eso también es fácil entenderlo y sentirlo así ahora, con el corazón de hoy.

A pesar de todo, Ricardo llegó a dar la cara por él. Evitó que lo expulsaran porque se lo imploró Maite. Ricardo era el delegado de los alumnos, el ojito derecho de los mayores en el consejo escolar común de Los Cedros y Las Encinas. Desde aquel episodio, todo el mundo tuvo claro que, quien quisiera algo de él, con convencer a Maite era suficiente. También ese hecho fue clave para que lo eligieran capitán del equipo en los campeonatos de debate. Llegaron a la final en un evento latinoamericano. Nadie dudaba de que Ricardo Santos acabaría dedicándose al arte de pervertir los discursos: a la política. Se desvió por otro camino no exento de trampas argumentales, pero que él consideró menos innoble: la literatura.

Una llamada telefónica anula la música de los altavoces. En la pantalla luminosa parpadea el nombre de su hija: SUSANA TEROL. La guarda así en la agenda. Maite eleva la barbilla y se mira de reojo en el espejo retrovisor. Es ego lo que siente al ver su apellido junto al nombre de su hija. Es orgullo. Quitarle el apellido del padre en otros registros, como el Civil, una vez que este desapareció de la faz de la Tierra, resultó una batalla agotadora, a pesar de las influencias y todos los hilos que se movieron. Maite no se conformaba con cambiar el orden como le ofrecían como mal menor, sino que aspiraba a fulminar el «Casamitjana». Y, como tantas otras cosas en la vida, hasta que no lo logró, no paró. Papá le ayudó con sus contactos. Fue la única forma que tuvo Josep Terol de enmendar, en parte, su gran metedura de pata, la única de la que se arrepintió toda la vida: haber bendecido aquel matrimonio que no se tenía que haber celebrado nunca.

La cobertura es nefasta, aunque Susana ha aprovechado el

wifi de Zanzíbar para llamarla por WhatsApp. El sonido va y viene. Le entiende que salió hace un par de horas del aeropuerto de Arusha, en avioneta, y que, si todo va bien, en unos cincuenta minutos despegará hacia su segunda escala en Dar es-Salam.

—Ahí es donde se nos va a hacer eterno. ¡Tenemos que esperar más de doce horas para viajar a Ámsterdam! La ventaja es que tenemos margen. Muy mal se nos tiene que dar como para perder la conexión. —Suelta una carcajada—. De allí, a Barcelona o Madrid, no lo sabemos todavía. En total van a ser treinta y pico horas de viaje, mamá. ¡Y ya estoy rendida!

Maite se queda tranquila sabiendo que Susana está de buen humor. Se limita a desearle buen viaje. Tarde lo que tarde, ahora ya da igual ocho que ochenta; ya han incinerado a su abuelo.

Ha vencido la fortísima tentación de decirle que el tío Ricardo se ha quedado en casa. Se vería obligada a matizar que solo él, que no ella, que no duermen juntos. ¿Ves? Se haría un lío, parecería una niña excusando una trastada y Susana, como hija de su madre y nieta de su abuela, es muy larga y notaría el azoramiento.

Por no exponerse, se ha quedado con las ganas de preguntarle lo que de verdad la intriga: ¿qué le pasó a ella con el tío Ricardo? Algo ocurrió, es evidente; ahora no le cabe ninguna duda. Algún tipo de encontronazo, una desavenencia, quizá una conversación política que devino en explosión. Maite suspira. Quizá han subestimado el precio que Ricardo ha tenido que pagar todos estos años por decir (y publicar) lo que piensa. Es muy extraño que Ricardo, cada vez que salía a relucir Susana, se pusiera lívido y cambiara de tema al instante. Su hija también ha sido siempre especialmente huidiza cuando Maite le ha insinuado alguna vez que no entiende por qué abandonó repentinamente la confortable casa del escritor en Chamberí y la cambió por una fonda de mala muerte de Malasaña. Maite supone que la educación ha tenido algo que ver, tan distinta hoy día de la que recibió ella de niña, en la que el control de las emociones y la astucia de las reacciones tenían un papel esencial. Su hija es mucho más libre. Si no está de acuerdo con algo, lo dice; si no quiere enfrentarse a algo, lo arrolla. Maite se pregunta en qué momento madre e hija se separan tanto como para que haya compartimentos estancos entre ellas, temas prohibidos, silencios inevitables. No tiene una respuesta.

Una vez más, no sabe cómo, ha llegado a casa sumida en sus pensamientos, conduciendo como una autómata. Algún día tendrá un disgusto. Y más por la noche.

Comprueba que su madre no se ha quedado sola. Pablo le ha estado haciendo compañía. Eso la alivia.

Le da el relevo a su hermano, con quien, en el fugaz encuentro, se da los dos besos de bienvenida y otro par para despedirse casi sin solución de continuidad. Solo median unas palabras. Lejos, eso sí, de los oídos de su madre. La excusa de acompañar a su hermano al porche para despedirlo le basta para alejarse del salón.

—Menudo fracaso, ¿no? —le dice Maite mientras él se pone la chaqueta.

Pablo se cruza de brazos y se hace el despistado.

—¿Te refieres a lo de Can Ferran?

—No me esperaba la reacción de Ricardo, la verdad —se sincera Maite.

—Sabes que volverá. Lo conoces bien. Él jamás te ha negado nada.

Maite sonríe. Quizá Pablo tiene razón, pero ella sabe exactamente qué contestar:

—Ni a ti tampoco, hermano. Ni a ti tampoco.

Ricardo

A muy pocos kilómetros de allí, otro náufrago deambula explorando su isla. Le da vueltas al insomnio. Descalzo, se recorre una y otra vez los poco más de setenta metros cuadrados de apartamento de Maite con la esperanza de aclarar sus ideas y de cansar las piernas para caer rendido. Camina, enjaulado, arriba y abajo.

Se detiene ante un doble marco de gran tamaño que ocupa una balda del salón. No es que repare por primera vez en el enorme parecido de Susana con su madre, pero en esa foto en concreto, con esa edad —calcula que veinte años—, asusta. Se estremece. Solo adivina que es su hija porque comparte el cuadro plateado con un chico de su misma edad que no puede ser otro que su hermano, Enric. A él hace mucho tiempo que no lo ve.

Ricardo se observa reflejado en el cristal del portarretratos y le gustaría averiguar qué llegó a pensar Susana de él, qué conclusión sacó si alguna vez, o un millón, lo vio mirándola así, siguiendo sus movimientos con esos ojos, prendado como está ahora ante su imagen fija, seductora.

El miedo espanta los pensamientos, que vuelan a otro lugar.

Repasa las ideas desordenadas y sueltas que lleva recogidas para su próxima novela. Preveía meterse de lleno en ella a no mucho tardar. Todavía no le ha dado cuerpo, ni voz, ni estructura. Solo sabe la intención. Y aunque esta crisis por la que está pasando es una bestia conocida que le ha enseñado las fauces en otras ocasiones y siempre la ha superado, esta vez teme que le gane el pulso, que termine por abandonar ese relato que ahora mismo solo está en pañales, esbozado, el que pensaba salpicar con grandes dosis de autoficción, con el *procés* de fondo. «¿Por qué de fondo? —se pregunta—. ¿Para no molestar? ¿Para no incomodar a los míos, a mí, a nadie?». Quizá porque es imposible afrontarlo y que suene a verdad sin que a la vez se cuelen personajes tan reconocibles como su familia, sus amigos, su profesión.

Es el monstruo de las dudas con el que siempre hay que lidiar.

«La muerte de Pitu Terol me ha mostrado una posible salida», piensa. La había visto como una luz puesta en su camino de forma providencial. Podría darle más peso a la historia del prohombre hecho a sí mismo que llegó a relacionarse con todos los círculos de poder de la Cataluña que Ricardo quiere y necesita retratar. Sería crucial acceder a sus archivos. Pero ¿con qué cara les pide que le dejen husmear en ellos después de haberse plantado en la negativa a dar la suya por la familia? Se lo ha dejado caer a Maite y a Pablo, pero no han hecho ni el amago de ver en el trueque una oportunidad para negociar. Confía en que los dos, que son listos, reparen en la insinuación. No quiere insistir más. Parecería ruin.

Solo sale de esa espiral cuando le aborda otra que lo mortifica de forma obsesiva: «¿Cómo has sido tan insensible? ¿Cómo no te has ofrecido para lo que necesiten, sin condiciones? El asunto en el que está involucrado Enric es muy delicado. Se les acaba de morir el padre, su referente. Te necesitan».

Coge el móvil y le escribe a Maite que lo perdone, que ahí está para lo que haga falta, que se pone a su disposición desde ese momento.

Lo relee una decena de veces. «¿Lo has hecho como un acto de generosidad o por interés, Ricardo?». No quiere afrontar la pregunta con franqueza. Le quitaría el poco sueño que tiene.

Deja el teléfono en modo avión. No le da a enviar. O eso cree él.

7

What a fool believes he sees
No wise man has the power
[to reason away
What seems to be
Is always better than nothing
And nothing at all

«What a Fool Believes»,
The Doobie Brothers, 1978

Can Brians, 2023

Enric

Se van a cumplir ya dos semanas desde que un juez decretó mi ingreso en prisión. He dedicado todo este tiempo a poner en negro sobre blanco, una y otra vez, mi versión para que no tenga fisuras, sin querer saber de días o de noches. He escrito, he borrado y he vuelto a escribir de la manera más ordenada cómo recuerdo todo lo que me ocurrió desde que salí de casa aquel 20 de septiembre de 2017. He probado a dejarme llevar por la escritura automática. No me ha dado resultado. Me falta algo. Para completar ciertas lagunas, han sido más efectivos los territorios de la mente más próximos a la hipnosis: los sueños. Tras una de esas cabezadas cortas pero intensas en las que caigo por puro agotamiento, me desperté sobresaltado por las imágenes confusas que me ofreció un sueño vívido, de las que después he sacado petróleo. Así es como he logrado incorporar, muy poquito a poco, escenas inéditas al orden cronológico de los hechos, fragmentos que, de forma mágica, han vuelto a mi memoria y que serían creíbles; tendrían sentido. Lo hago con la esperanza de que de uno de esos hallazgos surja la pieza que me falta: un encuentro, una carrera, un abrazo, un cántico, una noche de encierro, un desafío a un cerco policial, una barricada. Algo a lo que aferrarme para poder explicar qué hacían la pistola y lo demás en la mochila, en el altillo de casa.

Hoy tengo visita, lo cual me suele poner de mala hostia. Me rompen la disciplina, y luego, en frío, es como empezar de cero. ¡Vuelta a remontar el río contra la corriente! Total, el encuentro con los abogados no servirá de nada, no tengo novedades para ellos. No quiero soltar prenda hasta que no tenga algo absolutamente claro. Así que se desesperarán. No me lo dicen, pero lo noto. La ausencia de noticias no son buenas noticias. Pero ¿qué puedo hacer? Lorena usó el arma en defensa propia. Ella tiene que quedar exculpada. No puedo decirles más de lo que les he contado hasta ahora, que es poco, o al menos no lo suficiente como para que me saquen de aquí sin que tenga consecuencias para otros.

Sin embargo, parece que hoy las cosas van a cambiar. El *tiet* Pablo no me ha querido adelantar nada, porque estoy más irascible que nunca y no se sabe cómo voy a reaccionar. Él ha sido hasta ahora mi interlocutor para evitarle a mamá el mal trago de las visitas en prisión, para aliviarla en lo posible de la carga emocional que le suponen a ella, para quien es un tormento oír el eco del chirrido de los goznes de las rejas cerrándose a su paso hasta llegar a la sala de encuentros. A la salida, casi peor. O verme así, como dice ella que estoy, escuchimizado, con la sudadera que llevo siempre, dos tallas grande, la única que me resulta cómoda y con la que no paso frío. En verano será todo lo contrario: la celda da a la esquina del módulo y está expuesta a los rigores del clima. La pared está mojada todo el día. «Estás helado porque no comes como Dios manda, *nen*, seguro», me repite mamá cada vez que viene a visitarme.

Sé que las cosas van a cambiar cuando intuyo una nueva sombra plantada junto a la figura de mi tío Pablo. La vista se vicia después de tantas horas en penumbra, y el haz de luz que se cuela procedente del pavés de vidrio del pasillo me ciega. No lo distingo hasta que dan cuatro pasos, pero descarto que sea mi madre. Se cierra la puerta y la sombra se va corporeizando. Se sienta ante mí. El misterio se resuelve al oírlo:

—¿Te acuerdas de mí, Enric?

Su voz es lo último que guardaba de él, precisamente del día en el que empezó todo: lo oí por la mañana en la tele y por la noche en la radio.

—Soy yo, Ricardo.

El tío Pablo se queda solo un momento para informarme de que ha visto a Lorena y está bien. Me oculta de nuevo que sigue siendo reacia a que la defensa sea común. Eso lo sabré mucho después. No pierde la esperanza de que mi novia entre en razón y sigue con la pantomima:

—Muy entera. No tienes que preocuparte por ella, se la ve segura. Te envía mucha fuerza y besos.

Me emociono. Me seco las lágrimas con un clínex que me ofrece Ricardo. Antes de alargármelo, le ha pedido permiso al funcionario mostrándoselo en el aire.

Nos quedamos los dos solos.

—Es el pacto —me explica él—: si queréis que sea el portavoz de la familia, tengo que saberlo todo de primera mano, sin intermediarios, sin nadie que pueda condicionarte. Con tus familiares delante te callarías algunas cosas por pudor, lo sé. Necesito conocer todos los detalles. Te aconsejo que me cuentes siempre la verdad. ¿Estamos? —Asiento—. Hasta el momento, he visto que no hay incoherencias entre las versiones que habéis dado tu chica y tú. Es una buena señal. Si estuviera pactado, no me lo digas. No de momento. Cualquier contradicción, por mínima que sea, desmoronará todo el trabajo que hagamos ahí fuera. Lo único que tenemos ahora mismo a nuestro favor es la credibilidad. No nos podemos permitir tirar ese patrimonio por la borda. Te voy a pedir que hagas el esfuerzo y, aunque te dé la impresión de que lo has explicado mil veces, lo cuentes una vez más y empieces por el principio.

8

Change your heart, look around you
Change your heart, it will astound you
I need your lovin' like the sunshine

«Everybody's Got to Learn Sometime»,
THE KORGIS, 1980

Barcelona, 2023

RICARDO

Al salir del centro penitenciario de Can Brians, cuando se sube al coche, a Pablo le basta con levantar un poco las cejas para inquirirlo, y a aquel le sobra con asentir para responderle.

El móvil del escritor no para de vibrar.

—Pues parece que ya se han enterado. —Ricardo observa la pantalla escrutando con interés el listado de notificaciones—. Ahora hay que decidir con quién hablamos primero.

—Tú los conoces mejor. Han sido tus compañeros. Ahí te mueves como pez en el agua.

—Para eso me habéis contratado, ¿no? —Ricardo ve de reojo cómo la sonrisa de su amigo celebra la ironía, y él ríe también hacia dentro. Luego, se pone serio y le pregunta—: Antes de conceder la primera entrevista, ¿hay algo más que deba saber?

—¿A qué te refieres? —Pablo tensa los brazos, separándolos del volante, como si se preparara a recibir un impacto.

—Enric me ha dicho que era socio de Òmnium.

—¡Muchos catalanes son socios de Òmnium!

—Pero no son muchos los catalanes que están acusados de llevarse material del coche de la Guardia Civil desde el que les arengó su líder en plena revuelta.

—¡Enric no es de esos que se han subido al carro de Òmnium por la movida indepe, hombre! ¡No se apuntó en 2017 para financiar el *procés*! Si la Fiscalía quiere utilizar esa conexión de mierda en su contra, habrá que dejarles claro que es socio desde niño. No es muy complicado demostrarlo. Probablemente no tengan constancia, ni uno ni otro, pero seguro que es Maite quien paga las cuotas; por inercia, por dejadez. Un carguito más del nene, un apunte más de los que pasan desapercibidos en el banco porque no comen en una economía como la de mi hermana. Un día por otro, un día por otro…

—«Unos meses antes —continúa Ricardo leyendo sus apuntes—, en marzo de 2017, Enric Terol, doctorando en Historia, había intervenido como ponente en unas charlas organizadas por Òmnium». ¿Imaginas de qué iban? Te lo digo yo: «Cataluña: independencia o el yugo de los Borbones».

—¿Acaso es un delito eso ahora?

Ricardo refunfuña negando con la cabeza. Mira al frente, a la carretera, aunque la memoria inmediata de su retina sigue viendo a quien tiene sentado a escasamente un metro, a su amigo de toda la vida. En los recuerdos de sus años adolescentes aparece otro Pablo. Un chaval enérgico, inasequible al cansancio hicieran lo que hicieran. Divertido, con un ingenio socarrón del que, desde luego, es digna esa última pregunta retórica que acaba de dejar en el aire: «¿Acaso es un delito eso ahora?». Aunque era un Pablo infinitamente más optimista y feliz. Ricardo sabe que no lo ha pillado en las mejores circunstancias posibles, pero tampoco lo eran entonces, y menos para él. Y, sin embargo, Pablo no escatimaba en recursos para que se le viera con una sonrisa. Al escritor le apena percatarse de que, de todo eso, se ha dado cuenta hace nada, cuando su subconsciente se lo sacó de la chistera en su última novela. Es ahora —quizás muy tarde, pero jura que jamás antes— cuando ha visto que aquellos momentos de juventud fueron unos largos años de infierno para Pablo: mañanas de sábado en las que su amigo a duras penas disimulaba tragarse la rabia cuando Ricardo no lo escogía como pareja de dobles y se decantaba por Maite, con un nivel de tenis más cuestionable. O cuando lo dejaba al frente del giradiscos pinchando, por este orden, la de The Korgis; «Ti Amo», de Umberto Tozzi; y «How Deep Is Your Love», de los Bee Gees. El trío de oro con el que solía cerrar la fiesta del domingo por la tarde en el garaje de la casa de Valldoreix, en aquel antro con luces de *discoteque* que les instaló el propio Josep Terol con tal de que no se echaran a perder por las discotecas de charnegos de Cerdanyola o de Mollet. ¡Como si ellos no lo fueran! Pero Terol se refería a los otros charnegos, no a los de sangre, sino a los que no tenían posibles para codearse con *els catalans de debò*. Nunca lo dijo en público.

Las lentas cerraban la sesión cuando le convenía a Ricardo, cuando Maite rondaba cerca de la cabina. En ese instante le cedía los trastos a Pablo y él salía lampando hacia la chica para que nadie le robara el último baile agarrado. La media luz de la bola de colores atenuaba el rojo sulfurado de rabia que encendía las mejillas de Pablo. Ricardo le ha perdonado al destino (que no olvidado) que los caminos de Maite y los suyos no acabaran trazados como siempre imaginó de niño. ¿Qué sendas llegó a trazar el Pablo que ahora conduce a su lado serio, frío, apagado? ¿Adónde le han llevado ahora? ¿Le habrá perdonado?

Estos días no le ha visto pareja. Ni en el entierro de su padre, siquiera. «Si a la comida familiar no acude nadie, será que no tiene o que la lleva muy en secreto», piensa Ricardo. Quizá podría preguntarle, interesarse realmente por él, por cómo está, si sale con alguien, si ama o es amado. Lo mira de nuevo de soslayo para comprobar que no luce anillo. «No es síntoma de nada. Fíjate en ti, jamás has llevado alianza». Aparte de estas deducciones de detective de tres al cuarto, es en su barba perfilada, en la tez limpia por los tratamientos termales, en el perfume caro y el traje de más de cinco mil euros de Zegna donde está viendo al clon del personaje de su último relato, el gay reprimido en los ochenta —¡oprimido!—, a quien le resultaba imposible salir del armario y vivía dentro con su pecado, quemándose en esas brasas con las que le amenazaban en casa y en el colegio a la mínima que intuían su amaneramiento.

Ricardo traga saliva y guarda silencio. Ya le falló a su amigo una vez, de jóvenes. Hay costumbres que cuesta erradicar.

En *Los 40 Classic* suena otra canción a la que recurría para los bises del ocaso del domingo, «What a Fool Believes», de The Doobie Brothers.

La casa de los Terol, a la luz del día, exhibe una metamorfosis parecida a la que ya vio en Can Ferran. También estas tres décadas le han servido para desprenderse del encalado, herido por las grietas y los desconchones de la batalla diaria, para lucir ahora como una morada de cierto lujo; rústica y estilosa, aunque sin pretensiones horteras. «Firma de Maite —piensa—. O de Pablo, ¿por qué no?». Mira hacia arriba protegiéndose con la mano a modo de visera, procurando que el sol no le deslumbre. Pareciera incluso de mayor alzada por el efecto de los paneles solares tendidos sobre unas tejas que han recuperado su rojizo natural.

Las maletas de Susana están en el recibidor. María Ángeles, la matriarca, les ha abierto la puerta. Ricardo la abraza y le da dos besos. Esta le aprieta la cara entre las manos esbeltas pero repletas de arrugas y le jura que lo ve igual igual igual.

—Usted, que me quiere bien, Ángeles —a veces Ángeles, otras Àngels. Alterna también el tratarla de usted y tutearla. Lo segundo, cuando rompen el hielo.

La mujer sigue vistiendo el luto de arriba abajo, pero es el primer día tras la muerte de su marido en que se le ve el brillo de otros tiempos, como antes, y da órdenes y lo dispone todo, también como hizo siempre.

La llegada de la nieta la ha devuelto a la vida.

El olor a hogar. Eso es lo único reconocible para Ricardo, quien transita desde el vestíbulo al salón con los ojos abiertos al nuevo decorado, con María Ángeles, que se ha colgado cariñosamente de su brazo, guiándole.

En un largo sofá de piel —«¿El de siempre ahora tapizado? ¿El que vencimos a saltos? ¿Donde cada hermano —él en medio— dejaba caer la cabeza sobre sus hombros después de comer?»—, Maite charla animosamente con Susana, a quien todos encuentran muy cambiada, eso han dicho. Menos Ricardo, que se limita a observarla. Quizá sean esas botas con tacón de caña larga con los tejanos por dentro, o las secuelas del trajín de los días de safari, o la cola de caballo que peina, o todo al mismo tiempo, lo que convierten a la joven en una enorme espiga cuando se levanta para saludarlo. Sonrisas de cortesía sin palabras entre ellos. La chica hace el gesto de acariciar con suavidad el hombro del escritor y baja tímidamente la mano hacia su brazo. Este lo aparta como si recibiera un calambrazo. Maite se ha percatado.

María Ángeles preside la mesa ocupando el sitio vacío de Josep. A su derecha, Susana y Ricardo. Frente a ellos, Pablo y Maite.

La anfitriona ejerce de moderadora, reparte las cartas de la charla: abre temas, cierra otros, recoge lo que estima que se quedó en el aire por el afán de saltar de un recuerdo a otra anécdota que se antoje más divertida. Luego incita a Susana a que explique cómo ha sido su experiencia en Tanzania. En definitiva, hay un pacto tácito para no abordar el caso de Enric. No tarda en darse cuenta el forastero. Ricardo, prudente y respetuoso, no hace por forzar la situación, aunque haya sido traído hasta aquí con esa excusa: abordar el plan que deben seguir a partir de ahora. Obviar el asunto no significa que el invitado sea un mero testigo de piedra. Más bien al contrario, porque María Ángeles, para su sorpresa, se rebela como una gran lectora de toda su obra.

—Ángeles, ¡menudo honor! —celebra el agasajado—. Si lo llego a saber, te las hubiera enviado conforme iban publicándose todas, una tras otra.

—No hace falta. ¡Los libros hay que comprarlos! ¿Qué es eso de ir regalando tu trabajo por ahí? Después te enseño el lugar de privilegio que ocupan en la biblioteca de la salita. Las tengo todas.

—Bueno, pues como mínimo te habría invitado a mis presentaciones en Barcelona. Habría sido un placer.

—¡Por favor! Para la próxima, cuenta conmigo. No sabes la ilusión que me hará.

—Creo que no se las lee —dice Maite, misteriosa—. ¡Se las aprende!

—¡Exacto! Me puedo considerar una estudiosa, la gran estudiosa de la obra del gran Ricardo Santos —sentencia Ángeles con impostada solemnidad mientras levanta el vaso de Vichy a modo de brindis y ríe divertida, contagiando al resto de la mesa—. Me hace gracia leerlas, Ricardo, porque como te conozco desde pequeñito...

—No tan pequeño —corrige Maite.

—Era un canijo. ¡Erais unos mocosos! ¿Qué tendríais, ocho años cuando os conocisteis?

—¡Y diez también, mamá! ¡Y diez!

—*Vinga!* Ahora por dos años me vas a dejar por mentirosa. Unas criaturas, en todo caso. —Ángeles se vuelve de nuevo hacia Ricardo—: Es que te conozco tan bien que me divierte mucho leerte. Oigo tu voz, leo entre líneas. Creo que entiendo cosas que otros no sabrán jamás de dónde han salido, ni les importa. Quizá sean tonterías de una vieja nostálgica, pero a mí me gusta pensar que es así. *Oi* que me entiendes?

Ángeles les ha ido mirando de hito en hito, deteniéndose con pausa en Pablo, en Maite, en él mismo. Ricardo se ha ruborizado. Al autor le han venido fogonazos de pasajes de sus novelas y adivinaba la segunda lectura que pudo hacer la madre de sus amigos.

—Te he visto en muchos personajes —continúa—: en Ruan, en Santolaya, en Tomás Luzón, en Uribarri. ¡No me lo negarás! ¡Todos eran tú o un poquito de ti!

No es cierto del todo, pero quién es él para quitarle la ilusión. Detrás de cada escena, de cada personaje, se amagaba un poco de Ricardo. Tiene que reconocerse que lleva haciendo autoficción toda la vida. Los personajes nombrados por Ángeles son, en parte, su *alter ego*. Tienen en común su tendencia a la melancolía, a encerrarse en sí mismos, a sufrir algo parecido a la aversión social, sin llegar a ser patológico y diagnosticado y, sobre todo, la querencia a ser incapaces de entregarse y compartir su vida con nadie que no sea aquella mujer de la que se enamoraron en la adolescencia, si no antes, porque jamás la vida les pondrá en el camino a alguien así. Todos esos personajes son incapaces de controlar sus bajos instintos y dejarse llevar por la pasión, de perderse y luego mortificarse hasta pensar que merecen el infierno en vida, que el destino les castigue.

Antes de probar siquiera el postre, Ángeles aduce que se lo ha pasado como hacía tiempo que no se lo pasaba, pero que se tiene que retirar.

—Es mi hora. Voy a echarme, estoy agotada. Ya me disculparéis.

De una forma menos ingenua de lo que quiere aparentar, se despide de Ricardo haciéndole un ruego:

—Una cosa te digo, cariño: en la biografía que vas a escribir sobre el Pitu, espero que nos dejes bien. Sobre todo, a él, pobre mío.

Le da dos besos que se parecen mucho a los que sellan pactos de sangre en las familias italianas. Al resto se los lanza repartiéndolos en el aire.

Ricardo se ha quedado estupefacto. No se sienta hasta que Ángeles sale por la puerta, donde la espera la asistenta para conducirla del brazo hasta el dormitorio.

—Te lo íbamos a decir ahora, pero se nos ha adelantado —se disculpa Pablo.

—Nos parecía justo —añade Maite—. Después de lo que estás haciendo por nosotros, queríamos decirte que sí a lo que nos insinuaste el otro día. Siempre que sigas queriendo hacerlo, claro. Lo que pasa es que mamá es mamá, ya la conoces, de la escuela de los mayores que ordenan y mandan: política de hechos consumados y no hay más que hablar.

—¿Con acceso libre a todos los archivos? —quiere saber Ricardo.

—A todos. Sin censuras. Con absoluta libertad.

—¿Encuentre lo que encuentre?

—Tú sabrás valorarlo en su justa medida. Nos fiamos de un hermano —rubrica Pablo.

9

Cataluña, finales de los años cincuenta

Durante los tres años en los que Gallés fue fiel servidor de su amo en Madrid, Ángeles le dejó claro a Pitu que tenían que ser hormiguitas y prepararse para el día de su regreso, porque este llegaría, más pronto que tarde. No se podían dormir en los laureles ni tener falsa conciencia de clase: «No nos creamos lo que no somos, estamos aquí de prestado. Tal y como ha venido el privilegio, se irá; nada de esto es nuestro, estamos guardando el fuerte. No te las des nunca de señorito, que seguimos siendo el proletariado, *riquiño*».

Se lo decía bajito, procurando que no se propagara su voz patio de vecinos arriba, como le ocurría a *Ama Rosa*, la del serial, cuyas desdichas y lamentos salían cada tarde de casa de esta, de la otra. La radio estaba puesta a todas horas. Las monsergas de Ángeles surtieron efecto. Poco a poco, lograron que Pitu tuviera solo una idea en mente: conseguir las primeras cien mil pesetas. Por lo que veían en las americanadas que echaban en el cine parroquial, los veinte mil duros debían de ser lo que para los yanquis era el ansiado millón. Se comprarían el piso a tocateja y, con una vivienda en propiedad y su red de contactos, serían los reyes de mambo. Para llegar a El Dorado había que hacer sacrificios, porque el que algo quiere, algo le cuesta. Ángeles se había traído de Galicia una colección de citas, refranes y frases hechas por toda herencia de su abuela. También la humildad, el voto de pobreza y la idea del sacrificio en el trabajo.

Los domingos de fútbol aprovechaban los abonos de tribuna a nombre de Gallés en Les Corts y Sarrià. Pero no por gusto. Solo si había un trato a la vista. Si se iba al estadio era por acompañar al delegado provincial de turno para que, en el compadreo surgido al humo del Farias Corona y en el segundo carajillo, soltara alguna información de interés sobre las parcelas que iban a recalificar. También estaba justificado hacer uso del pase si se veía al constructor ansioso por ser el primero en enterarse de lo que habría deslizado la semana anterior el delegado.

Cuando Gallés volvió a Barcelona, Ángeles y Pitu tenían en la Caja de Ahorros y Monte de Piedad las cien mil pesetas soñadas y otros doce mil duros más de respaldo, además de otro patrimonio incalculable del que era más consciente ella que él: la red de clientes que se había encariñado con el desparpajo de Pitu, con su gracejo y descaro, con aquel murciano que chamullaba una mezcla de panocho y catalán del Ensanche, de bodega de los arcos portuarios, de regates en Los Encantes de las Glorias, el que se distinguía por desenvolverse con ademanes de señor. Y su palabra, porque palabra que daba Terol, palabra que iba a misa, ¡por estas!

—¡Conferencia para Miguel Santos! ¡Conferencia para Miguel Santos! —le despertó a media mañana la voz de la gobernanta—. ¡Su madre, señor Santos, que llama desde Málaga! —gritó mientras seguía aporreando la puerta.

Se trataba de algo gordo, una urgencia, seguro. Si no, podría haber esperado a que la llamara él en un par de días, como estaba establecido. Cada primer jueves de mes, Miguel se acercaba vestido de domingo al locutorio de Telefónica situado en la plaza Catalunya. «¿Por qué los jueves?», le extrañó a su madre. «Por los turnos en el trabajo», le mintió sin maldad. La verdad es que era el día de libranza de las chicas de servicio de las casas de bien, de la Bonanova, de San Gervasio, de Sarrià. Y a principios de mes era el único momento en el que manejaban generosamente algo de parné. Miguel, galán zalamero, sabía sacarle partido a su planta, pequeña aunque resultona. A poco que se le diera bien la tarde, se sacaba un par de meriendas gratis por las cafeterías de un lado y otro del Ensanche. Cafeterías que allí les llamaban «granjas», casas bajas que, resistiendo el envite del crecimiento urbano de su alrededor, como aldeas galas, mantenían un par de vacas en un corral de la trastienda. Los vecinos de confianza del barrio iban allí con lecheras de aluminio a abastecerse.

—¡Conferencia para Miguel Santossss! —seguía trinando la voz de la *mestressa.*

«Alguien ha muerto, ha muerto padre, ha muerto el abuelo; alguien ha muerto», se preparaba para la noticia la parte despierta de Miguel. «Si llama madre, madre está bien», razonaba mientras intentaba escabullirse de la trampa tendida por el gurruño de sábanas, enmarañadas entre las piernas y por la cintura.

Al otro lado del teléfono, la voz de una Sagrario irreconocible, como una niña tímida, sin costumbre de hablarle al aparato. El único drama que se cernía sobre la vida de Santos era algo con lo que hasta ese momento no había contado, aunque en el fondo supiera que algún día tenía que llegar: los mozos de su quinta estaban siendo llamados a filas. Su preocupación no era que fuera a perder la vez en el oficio que ya estaba aprendiendo, porque en la mili, al menos, no mancharía los pañuelos de la tizne negra que respiraba en los talleres de la imprenta por la noche. Su único agobio, y por lo visto también el de su madre, era saber cómo iban a salir adelante en Mollina sin las doscientas pesetas del giro mensual que les mandaba desde Barcelona.

El mismo día que estaba convocado para pasar la revisión médica y ser tallado en el Cuartel del Bruc, quince reclutas después, en la misma fila y por estricto orden alfabético, una voz de instrucción castrense —«¡Yyyyyy… aaaaaa formaaarrr!»— pasaba lista:

—¡Terol i Franquesa, José!

—¡Presente para servirle a Dios y a usted! —se oyó desde el fondo.

10

Casa de los Terol, Valldoreix, 2023

Ricardo les informa sobre las opciones que ha estado sopesando tras el primer encuentro con Enric.

—Tenemos a favor que el tema continúa estando en la agenda informativa. Sigue interesando. Los medios nos van a escuchar no solo por ser el nieto de quien es. Más ahora, que ha vuelto el tema del *procés* al centro del debate por la modificación del código penal. Unos creen que es un cambio a la carta, una artimaña descarada del Gobierno de Madrid para favorecer a los encarcelados, eliminando el delito de sedición y rebajando el de malversación; y los otros piensan que son pipas, calderilla; que es insuficiente porque lo que esperan es una amnistía. Esta misma confrontación juega a la vez en nuestra contra, porque va a ser imposible convencerlos a todos. Unos verán a Enric como un terrorista sedicioso, el brazo armado de los golpistas, la *kale borroka* catalana, los CDR y bla, bla, bla…, y los otros defenderán que no es más que una víctima de las circunstancias, que pasaba por allí. Aunque lo peor que nos puede ocurrir es lo que le pasa al Gobierno de Pedro Sánchez: que no cuela su discurso ni entre sus barones.

Maite, Pablo y Susana atienden con sucinto interés. En especial la madre de Enric, claro, en cuyo rostro Ricardo detecta algo distinto a lo que ha visto días atrás. Como si cierto peso hubiera relajado sus hombros, ahora más gráciles y vivos. Los ojos más abiertos. La sonrisa prudente pero ágil. Ricardo intenta centrarse en ella para eludir la mirada de Susana, sentada junto a su madre en el sofá. Siguiendo el criterio del periodista, deciden que la mejor estrategia es conceder entrevistas concretas a diestra y a siniestra, sin hacerle ascos a nadie. Descartan dar ruedas de prensa. En estas se dispersa la información y se tiende a ver al ponente como alguien necesitado de dar explicaciones; *excusatio non petita, accusatio manifesta.*

—Para estrenarnos, la misma mañana deberíamos aparecer en dos grandes medios. A poder ser, dos que se distingan por tener líneas editoriales situadas en las antípodas. Así enviamos el primer mensaje claro.

—¿El mensaje de que le hacemos la pelota a todos? —suelta una Susana cínica.

—Más bien el de que no nos casamos con nadie —responde Ricardo cortante.

—Yo podría echarte una mano —propone la joven.

Otro órdago. A ver quién es el guapo que pone de manifiesto lo que todos tienen en la cabeza. Ricardo ya ha dado muestras de que entre ellos no existe precisamente la mejor relación, hay una tirantez que no ha pasado desapercibida para el radar sensible de Pablo, y Maite, su madre, es consciente de que el problema no es solo de falta de química, porque química hay, aunque quizá peligrosa.

—Ahora mismo estoy libre. —Susana, impávida, mantiene el pulso y remarca el doble sentido de su libertad, asegurándose de que Ricardo lo capte—. No me contratan para reportajes exóticos todos los días, por muy *influencer* que sea. ¡A saber cuándo me llega el siguiente encargo! Ricardo, sabes que conozco el mundillo y me desenvuelvo bien. También tengo contactos. Muchos me los presentaste tú en Madrid —le guiña un ojo descarada—. No será fácil manejar la agenda si a la vez quieres aprovechar tu estancia en Barcelona para documentarte y escribir la novela del abuelo. Déjate ayudar, anda.

Ricardo carraspea pero, con un gesto, deja claro que no va a oponerse si el resto está de acuerdo. Como tantas otras veces en la vida, la compostura y mantener las formas se confunden con la hipocresía o la falta de asertividad, y no sabemos decir que no. Aunque todos estén viendo que la riera se desborda, nadie se atreve a ponerle un dique de contención.

No aprendemos.

11

We don't need no education
We don't need no thought control

«The Wall»,
PINK FLOYD, 1979

Can Brians, 2023

ENRIC

No tendré suficientes folios con el medio paquete que me ha dejado el funcionario sobre el pequeño escritorio de la celda. Ricardo me ha puesto deberes. Me ha advertido de que sea cauteloso con todo lo que deje en negro sobre blanco. Lo estaba haciendo desde la primera línea. No he nacido ayer. Lo único que prefiero obviar de mi relato en este momento es la parte que haría peligrar mi relación de pareja, las noches locas después de aquella épica con las amigas de Lorena, por más que hubiésemos pactado tener una relación abierta. ¡Los cojones! Y porque considero que es un episodio irrelevante para el caso, no aporta nada. Ellas no tuvieron absolutamente nada que ver. Sería sembrar la duda de forma gratuita.

Ricardo me ha hecho ver que es una buena noticia que no me

hayan encarcelado en régimen de aislamiento. Aunque los delitos que me imputan son graves, no me consideran un terrorista. Sin embargo, se teme que sea una maniobra política o algo más rastrero. Me he dado cuenta de que no quiere inyectarme el virus de la desconfianza, pero me ha recomendado que me ande con mucho cuidado con lo que diga al resto de los presos o a los funcionarios en las zonas comunes. Nunca se sabe. Siempre ha existido el juego sucio.

Ha pasado mucho tiempo como para responder con exactitud a la pregunta de dónde estaba, qué estaba haciendo en todo momento en cada hora, en cada minuto de cada uno de aquellos días del otoño de 2017, especialmente el 20 de septiembre y los días posteriores.

Escribo a mano y de forma compulsiva:

> A la mañana siguiente, 21 de septiembre de 2017, recuerdo que hablé con Lorena por videochat. Nos conectábamos siempre a la hora del desayuno. Ese día me reprochó que había tenido que insistir un par de veces antes de que le contestara. Quizá, ansiosa, me llamó un poco antes de lo habitual. O podría ser que yo me hubiera quedado dormido; la noche se alargó demasiado. No nos detuvimos mucho en eso.
>
> Los dos estábamos exaltados por lo que había ocurrido unas horas antes. Yo intentándole explicar cómo lo había vivido; ella haciéndome partícipe de lo que sabía por la prensa desde Italia. Me iba leyendo todos los titulares como si me pidiera confirmación de lo que contaban, emocionada y con un punto de envidia por no haber estado en medio del fregado. «*Però, mare meva! De veritat?* ¿De dónde salió tanta gente? *No pot ser! Que fort!*», repetía a cada uno sin salir de su asombro. ¡Increíble! Los dos estábamos alucinando con la que se había armado. Era el principio de algo importante que iba a trascender, que iba a hacer historia, nos decíamos.
>
> Hasta ese momento, no me había involucrado en la lucha activa. Tenía mis ideas. Bueno, más dudas que certezas, como ahora, como supongo que albergaré siempre. El primer paso al frente

no se da de la noche a la mañana, es el resultado de un proceso al que se llega, en mi caso, como fue para muchos, contagiado por el desencanto creciente de los últimos años.

En nuestro círculo de la universidad, el movimiento independentista es abrumadoramente mayoritario todavía hoy, y lo era mucho más en aquel momento en que el suflé, inflado por unos y otros, alcanzó sus cotas más altas. Era el tema, el monotema que lo impregnaba absolutamente todo, que se iba colando en el día a día, en las conversaciones de sobremesa, en las charlas de las horas muertas, en el trabajo y fuera. Hasta en clase. Te moja y te cala, te va empapando porque atañe a este, al otro, al de más allá; es un sentir general. Supongo que se produce cierto sesgo de confirmación que retroalimenta las ideas de la manada. Eso ocurría a un lado y otro, sospecho.

El 20 de septiembre me acerqué a las inmediaciones de la Conselleria de Economía. Lo hice más atraído por la curiosidad que espoleado por la indignación. Ya había acudido en otras ocasiones a algún acto de la ANC, por curiosear, por ver y escuchar, de la misma forma que me había implicado en las manifestaciones del 11 de septiembre, como quien se apunta a una fiesta popular. Eso es lo que eran, básicamente eso, hasta que en los últimos años se convirtieron en el cauce para reivindicar todo el descontento, el lugar donde se visibilizaban los mensajes que llevaron en volandas la ola hasta lo más alto: el «Madrid nos roba», el cabreo por los recortes hechos allí en el *Estatut* votado aquí con el que se nos había prometido que se tendía un puente de diálogo y de futuro, el agravio por la falta de inversiones, la negación a escuchar el malestar e intentar colaborar para ponerle remedio. Año tras año, la ola fue creciendo hasta convertirse en el tsunami que arrasó. Aquellas consignas confluyeron en un mensaje de fuerza que lo encerraba todo: «Queremos votar; es la única salida para salir del laberinto y del secuestro del Estado. Queremos decidir si nos compensa esta relación, exigimos tener la capacidad de elegir nuestro destino. *Al menys, parlem!*». Era algo tan obvio que cualquier negativa a ejercer ese derecho se entendía como un insulto desde una posición de dominio avasalladora. Y cuanto más fuerte era el clamor, más indignante resultaba el desdén. Madrid y España ya eran el enemigo opresor. La Policía, la Guardia Civil y el Ejército, las fuerzas de ocupación; los medios que emitían desde la capital del reino, la maquinaria de propaganda de la caverna; y el rey, el máximo símbolo de todo eso, y más siendo un Borbón.

Porque llegó un momento en el que a todas luces era insuficiente el ruego a España. No queríamos vivir arrodillados, implorando: «¿Qué ocurre? ¿Qué respuesta nos dais que no sea la de seguir amenazándonos?». Esperábamos que el Gobierno central nos dijera: «Esto hay que arreglarlo con *seny*, con sentido común. No os vayáis, hay que hablarlo, os queremos, os necesitamos, esto no nos conviene, ni a vosotros ni a nosotros», porque con su actitud coercitiva volvía a demostrar que estaba lejos de sus planes tender puentes de diálogo, de que algo parecido a una propuesta así saliera algún día de sus bocas.

Aunque no quiero hablar por nadie (igual que nunca he querido que nadie hable por mí, al final resultará que soy entre apolítico y anarquista) creo que esto que escribo no es una reflexión particular, sino de gran parte de la población de Cataluña. Así lo reflejaban las encuestas, la calle, la composición del Parlament.

No se puede dar la callada ni la espalda por respuesta. Estábamos hartos de que se nos remitiera a la ley, porque las leyes a veces son camisas de fuerza estrechas y es necesario cambiarlas.

El volcán —el mío, el de tantos— entró en erupción en otoño de 2017, tras muchos años en los que el magma se había ido caldeando hasta llegar a hervir. Pero eso no significa que, al abrirse la espita tras tanta presión acumulada, la actividad tuviera que ser abrupta, violenta, escupiendo lava y fuego. Pero las masas son incontrolables, y durante una noche como la de los hechos puede acabar alentándose, inflamándose de tal manera el ambiente que ¿cómo cojones controlas que no haya tres o cuatro sobreexaltados que expolien un par de coches de la Guardia Civil sin ocupantes? ¡No hay mejor símbolo de la opresión! ¿Qué mejor fotografía? No lo justifico, solo explico el fenómeno de cómo acaba explotando el polvorín. Ni lo legitimo ni participé. Ni siquiera lo alenté. No hay ninguna imagen ni ningún testimonio que me sitúe junto a los coches. Estuve por allí, claro. Hay fotos, sí. ¡Lejos! ¡Si aquello era la marabunta! Las únicas imágenes que recuerdo de los vehículos son las que he podido ver posteriormente reproducidas en los medios, igual que cualquiera.

Solo una sucesión de hechos concatenados, muy inoportunos, hacen que aparezca como sospechoso de haberme llevado el arma, las balas y el pasamontañas que desaparecieron. Influye, sin lugar a duda, el hecho de que, a esas horas, imbuido por todo lo que he contado hasta el momento, llamado por un espíritu patriótico de cierto fervor heroico, yo respondiera al anuncio de SE BUSCA ACTIVISTA y que me tengan clichado como tal.

Desde los entornos de la CUP, a través de la ANC, de Òmnium y de los sindicatos independentistas, buscaban a gente dispuesta a todo con tal de que el referéndum saliera adelante. Había que salvarlo como fuera. Lidia y Carol fueron quienes me hablaron de eso. El reclutamiento se llevaba con cierto secretismo. Había que evitar que llegara hasta oídos de los infiltrados del Estado. Se había advertido de que estos estaban ya empotrados en los principales corpúsculos. Me parecía todo muy peliculero, pero también es cierto que solo de esa manera —además de con la intervención de las comunicaciones y el hackeo— se podía entender que dispusieran de la información que propició los registros y las redadas en busca de documentación y urnas.

Los políticos estaban vigilados, con las manos atadas. El referéndum que nos llevaría a la proclamación unilateral de la independencia dependía de los valientes que estuviéramos dispuestos a involucrarnos, a jugarnos el pellejo. Todo estaba en manos del empuje de la población civil, de actuar desde la desobediencia: los CDR. La R primero fue de Referéndum. Más tarde, de República.

Aquel 20 de septiembre empezó la vorágine. Con el curso lectivo congelado y el corazón en llamas, hubo noches posteriores que las pasé durmiendo en el claustro de la Universitat de Barcelona. Otras, después, en las que nos cobijamos en una fábrica abandonada de Sants, okupada, el centro neurálgico de asambleas y debates. Con el buen tiempo a favor, en pleno veranillo de San Miguel, acampamos un par de noches más al aire libre, en el campus de la UAB de Bellaterra, donde nos habíamos movilizado para parar las clases también allí, para organizar piquetes informativos e impedir las charlas de los fachas unionistas. Íbamos de acá para allá, donde se nos requería, donde pensábamos que podíamos ser de utilidad. Recuerdo haber tirado el saco de dormir, entre otros sitios, en las cocheras de los Ferrocarrils, y compartir litronas a morro con quienes decoraban con grafitis los convoyes; con ellos bloqueábamos las vías a primera hora de la mañana. Se solapaban las noches con los días. Había mucho que hacer, mucho que hablar y poco tiempo para pensar.

El día del referéndum estuvimos defendiendo colegios electorales de los golpes de porras y las patadas que propinaron los maderos a vejetes cuyo único acto de rebeldía había consistido en depositar un simple papelajo en una urna que había llegado de extranjis. Después de aquello, fuimos a escrachar a los agresores al puñetero barco de Piolín amarrado en el puerto de Barcelona. Algunos iniciamos la romería por la costa, hacia arriba, al norte, para buscarlos en los hoteles de mala muerte donde los habían alojado y cagarnos en su puta madre.

La actividad era frenética. Azuzamos las huelgas generales y los paros de país. Nos rebelamos contra la injusticia del encarcelamiento de nuestros líderes, los Jordis. Y celebramos, como si nos fuera la vida en ello, el resultado apabullante a favor del sí en el recuento. Arengamos la proclamación frustrada de la independencia frente a una pantalla enorme instalada en las inmediaciones del Parlament. Tan grande como la decepción de que se suspendiera a los pocos segundos. No nos dio tiempo ni a llorar, solo a enrabietarnos ante la bajada de pantalones de quienes tenían nuestro mandato, el del pueblo, ante la cobardía de aquellos en los que confiamos para que al final acabaran acojonándose vivos. Algunos huyeron. Al exilio, dicen los que tienen tendencia a ponerle épica y romanticismo. Siempre ha ocurrido así a lo largo de la historia.

En el proceso que ahora se me abre, tengo en mi contra que me delataron. Estaré fichado por haber compartido planes y techo okupa, y aceras, días junto a quienes un par de años más tarde echaron lava salvaje en forma de adoquines, pedruscos gigantes, hachas y hasta lavadoras contra la policía. Fue tras la sentencia del Supremo, en aquellas mismas calles, en las noches de fuego de

2019. Pero, igual que en el episodio de los saqueos de los coches de la Guardia Civil, solo la puñetera casualidad hizo que yo estuviera por allí. No puede haber nada más en mi contra. Alguien metería en la mochila la mierda esa. Es lo único que se me ocurre que pudo pasar. De madrugada me fui a dormir a casa. Al salir a la mañana siguiente debí coger la mochila de Lorena, que es idéntica a la mía. Tenemos muchas prendas de ropa por duplicado. Un capricho de ella que no me atreví a contradecir.

12

I really mean to learn
'Cause we're living
in a world of fools
Breaking us down
when they all should
[let us be

«How Deep Is Your Love?»,
BEE GEES, 1977

Barcelona-Madrid, 2023

RICARDO

Mañana es el día. Se publican las entrevistas en *El Mundo*, en *El País*, en *La Vanguardia* y con la directora del *ARA*. Ricardo estará en Madrid, en el magazín informativo de RTVE, a primera hora. Antes habrá entrado por teléfono con Carlos Herrera y Àngels Barceló, en la COPE y la SER respectivamente, y todavía habrá tiempo de volver para salir en la sobremesa de TV3 y acabar la jornada en el programa político de 8TV en *prime time*.

El viaje va a ser corto, se supone, y además tiene más cosas allí que aquí. Así que no debería llevar mucho equipaje si no fuera por el puñetero tiempo cambiante en esta época del año. En Barcelona ya no existe el invierno —el invierno crudo de antes—, pero Madrid es capaz de recibirte ahora, o hasta en marzo, si no una Filomena, sí con una nevada súbita, como la de los últimos años. O sea, que va cargado con todos los «por si acasos» posibles, más el portátil. Elige esta pantalla como parapeto, a falta de móvil. Se le hace raro estar sin él en la mano. Al entrar en el AVE ha tenido que ponerlo en silencio. Después, cuando el tren ha salido de Sants, ha optado por apagarlo, a pesar de que van solos en la cápsula independiente del último vagón. No quiere quedar mal con sus excolegas, que se han volcado en el asunto desde que contactó con ellos para informarles de sus pretensiones, pero ahora no puede ampliar más la agenda. No conviene. Ya habrá oportunidad de atender a otros medios.

—Desvíalo al mío —le propone Susana, sentada frente a él.

Ricardo, sin retirar los ojos del ordenador, levanta una mano por encima de la pantalla, en un gesto que sirve igual para agradecerle el detalle que para decirle que no es necesario.

Quiere releerse por enésima vez los apuntes que tomó cuando fue a visitar a Enric a la cárcel, contrastarlos con lo que este le ha escrito, y volver a repasarse la motivación argumentada de la Fiscalía, algo engorrosa.

Sin embargo, no es capaz de concentrarse. Se da por supuesto que esta noche él y Susana irán a dormir a su casa. Nadie entendería que la hija de Maite se alojara en un hotel. Habría que dar demasiadas explicaciones para justificar el gasto. Aunque, si fuera por eso, él lo pagaría de mil amores de su bolsillo con tal de ahorrarse la escena incomodísima de abrirle a Susana la puerta de aquel piso del que en su día tuvo unas llaves, que fue su casa a todos los efectos y de donde la tuvo que echar; el escenario de lo que no tenía que haber ocurrido jamás.

Quizá Ricardo está haciendo un drama de toda esta historia, porque a Susana se la ve resuelta, sin complejos ni reproches. Bueno, ya tendrá tiempo de afrontar esa charla con quien ahora es su ayudante, la *assistant,* como se presenta ella. Jamás juega la carta de ser la hermana del encausado, aunque en los mentideros sea un detalle sobradamente conocido.

Ricardo todavía alberga la esperanza de que la joven le sorprenda a última hora con uno de sus inesperados giros de guion y le diga que se va a quedar a dormir en casa de una amiga. «¡Bah! En términos de intendencia, es mucho más práctico que el taxi los recoja de madrugada a los dos en Chamberí», vuelve a rebatirse el escritor, que es capaz de llevarse la contraria a sí mismo varias veces al día.

Susana lo saca de su abstracción. Baja la pantalla del portátil y planta los ojos frente a los suyos.

—Ya está bien, ¿no? Una cosa es estar tenso y otra es que ni me aguantes la mirada dos segundos antes de poner cara de mártir o de amargado. Ni que hubiéramos matado a alguien.

Él se revuelve en el asiento porque conoce el trapío e intuye lo que se le viene encima. Bebe agua. No es para aclarar la voz —ella no le va a dar bola—, sino para que sea más ligero el trago.

—Pasó lo que pasó y punto —continúa Susana—. Ni tú tenías que dar explicaciones a nadie ni a mí me apetecía darlas. ¡Si ya iba a dejar a aquel imbécil! Perdí la cuenta de la de veces que me había puesto los cuernos.

»¿Que no quieres que vuelva a suceder? Ok. *Cap problema*, chico. No te voy a perseguir desnuda por los pasillos de tu casa ni me meteré en tu cama a medianoche. Aunque reconoce que me diste motivos —se ríe—. Pero, oye, no puedes estar fustigándote como si hubieras cometido el más repugnante de los pecados y te fueras a consumir en el infierno. Ya sabes lo que pienso de eso. Los coles del Opus marcan carácter, por muy sociatas que os hicierais algunos luego.

»Creo que tienes mala conciencia porque soy hija de mi madre. Os veo todavía hoy y ¿te crees que no me doy cuenta de cómo te quedas ahí, medio embobado, mirando a la Maite? ¡Se te cae la baba! *Déu-n'hi-do!*

Ricardo se remueve en su asiento, entre perplejo e incapaz de seguir así, quieto, a la intemperie bajo el temporal. Lo que más le fastidia es que Susana tiene razón, cómo no iba a tenerla...

—Quien calla otorga —sigue ella divertida—. ¿Crees que no soy consciente de las cosas? Que sí, que debe de ser un tormento haberte acostado con la niña pensando en la madre. Esa madre con la que piensas que no os guardáis secretos desde que teníais diez años. ¿Y ahora qué? Un secretillo tampoco te va a llevar a las calderas de Pedro Botero. Por mí no va a ser. De esta boquita no va a salir ni pío. Déjate de... ¿farfollás? No, farfollás no. ¿Cómo era eso que decía siempre tu padre?

—Chuminás.

Ricardo ha sonreído al decirlo. Y con esa sonrisa ha hecho las paces con Susana. En su rapapolvo ha visto el temperamento de su abuela, de su madre, pero también en su propia voz ha oído al padrino: al mismísimo don Miguel Santos. «Chuminás». Así le ha salido, con el tono y el deje de su padre. Pero, sobre todo, ha sonreído al recordar que por fin está liberado de prejuicios idiotas de los que durante tanto tiempo fue esclavo: esconder su origen.

Tiende a pensar que jamás hubo un episodio en el que se le humillara porque por su boca hubiera perdido el pedigrí. Quizá, como mucho, en el cole de Barcelona, siendo un canijo, cuando sus compañeros se reían si utilizaba el «ustedes-vosotros» tan andaluz: «¿Ustedes habéis hecho los deberes?». Incluso en aquel momento eran risas curiosas, no burlonas. No atiende a saber por qué, entonces, vivía acomplejado. El hecho es que mató a sus padres antes del tiempo en el que se suele dar esa negación, allá por la adolescencia. Dejó de hablarles a sus compañeros de ustedes-vosotros, y, como eso, muchas otras cosas en las que se anduvo con mucho tiento. Renunció a usar palabras y giros, usos y costumbres que delataran su origen humilde y, lo que es peor, andaluz. Su madre no cantaba copla. «¡Por Dios! ¿Copla? No sé lo que es eso. Ah, sí, lo que le he oído a Mariquilla, la mujer que limpia en casa de mis abuelos». Ricardo desterró de su léxico babuchas, zarcillos o chícharos. De sus menús desaparecieron los molletes, los chicharrones con manteca colorá y la pringá.

Muy vulgar y de pobres. Sería como llevar en la boca un DNI delator de ADN mestizo, charnego. El «catalanes son todos los que viven y trabajan en Cataluña», aun sin conocer los antecedentes bibliográficos de su autor, Jordi Pujol, le sonaba a cantos de sirena.

Solo con el tiempo (demasiado) y con ojos abiertos de manera franca —como los que tenía ahora ante sí, celebrando que le dijera que se iban a dejar de chuminás—, le habían hecho entender que nadie lo había castrado. Nadie más que él y su complejo de inferioridad. Pero el caso es que la Maite acabó casándose con el indeseable de Alfons Casamitjana y no con Ricardo Santos. Claro, puestos a seguir tejiendo los nudos de la riqueza familiar, al patriarca Josep Terol no le cupo en la cabeza un marido mejor para su hija que aquel. ¿Valoró alguna vez el viejo a Ricardo como un igual para su niña? Imposible saberlo. ¿Luchó Ricardo lo suficiente por serlo? Esa era harina de otro costal.

Nunca se cruzó con nadie, fueran catalanes de ocho apellidos o murcianos asimilados como los Terol, que mirase su Rh para tratarlo de una manera u otra. A él no le pasó. Quiere pensar que tampoco a otros de su clase y origen. Quizá fue como las grandes amenazas de los cuentos, como los monstruos, el hombre del saco, el lobo... Te pasas la infancia temiéndolos, te comportas como si te acecharan, como si te estuvieran esperando, agazapados, al doblar la esquina, debajo de la cama, en la oscuridad, para zamparse tus entrañas. Hasta que te das cuenta de que no existen.

¿Que no existen o que no habían enseñado todavía sus fauces?

Ricardo respira hondo, se inclina hacia delante y le ofrece la mano derecha a Susana por encima del portátil.

—De acuerdo. Amigos, ¿trato hecho?

13

HECHOS PROBADOS DE UNA EVENTUAL CONDENA A ENRIC TEROL

Escrito de la Fiscalía de Barcelona

El día 20 de septiembre de 2017, los ya condenados D. Jordi Sánchez Picanyol y D. Jordi Cuixart Navarro convocaron a la población a que compareciera ante la sede de la Consejería de Vicepresidencia, Economía y Hacienda de la Generalitat de Cataluña, sita en los números 19-21 de la Rambla de Cataluña, en Barcelona. Esa convocatoria se verificó a través de sus propias cuentas de Twitter y de las organizaciones que lideraban. El motivo fue que los agentes del Grupo de Policía Judicial de la Guardia Civil de Barcelona, por orden del Juzgado de Instrucción n.º 13 de esa ciudad, habían practicado una serie de detenciones y habían iniciado la ejecución de la decisión judicial de registrar las instalaciones de la Consejería con la finalidad de encontrar elementos y datos que permitieran depurar las responsabilidades derivadas de la convocatoria del referéndum previsto para el 1 de octubre e impedir su celebración en el marco del operativo Anubis.

Las entidades ANC y OC, a través de la página web <www.cridademocracia.cat> (concretamente en la subpágina <www.cridademocracia.cat/whatsappi>) ofrecieron la opción de unirse a grupos de WhatsApp desde donde se invitó a la movilización y a estar conectados permanentemente para recibir alertas y poder estar organizados en caso de necesidad. De hecho, ese día 20 de septiembre, Òmnium Cultural, mediante mensajes de WhatsApp, a las 8.55 horas, llamó a concentrarse, además de en la sede de Vicepresidencia, en Economía y Hacienda, en las Consejerías de Exteriores, Bienestar y Familia, y frente a Gobernación.

Las convocatorias no solo publicitaron que se estaba produciendo una actuación de la Guardia Civil tendente a impedir el referéndum, sino que divulgaban el lugar donde se efectuaba el registro judicial, emplazando a la ciudadanía a defender las instituciones catalanas. Exigían que la Guardia Civil pusiera en libertad a las personas que habían sido detenidas y pedían a los catalanes que se movilizaran. Se les animaba diciendo que no podrían con todos ellos, que las fuerzas del orden se habían equivocado y que habían declarado la guerra a los que querían votar.

Los agentes de la Guardia Civil integrantes de la comisión judicial llegaron a la Consejería sobre las 08.00 horas del día 20 de septiembre de 2017, aparcando en la puerta sus vehículos. En los minutos siguientes, la afluencia de personas se fue incrementando, hasta el punto de que a las 10.30 horas de esa mañana los manifestantes habían rodeado por completo el edificio impidiendo a la comisión judicial la normal realización de sus funciones.

Bajo la sola protección del reducido número de *mossos d'esquadra* que diariamente se encarga de la vigilancia ordinaria en el acceso del edificio (quienes no recibieron refuerzo alguno durante el día, salvo la llegada de unos agentes de mediación) los acontecimientos se desarrollaron con la presencia de una cifra próxima a los

40.000 manifestantes que se agolpaban en un ambiente en el que coexistían los gritos reivindicativos, contrarios a la presencia de la comisión judicial, y los actos lúdicos, algunos espontáneos, otros promovidos por los organizadores.

No se estableció el perímetro de seguridad que la comisión judicial reclamó, de manera que, para discurrir entre los miles de manifestantes allí congregados, no había otro acceso que un estrecho pasillo humano que únicamente permitía el paso en fila individual y que no era un cordón controlado policialmente, sino formado por los propios voluntarios de la entidad convocante ANC, que llevaban chalecos identificativos de pertenecer a esa organización. Ese pasillo no posibilitaba que la comisión judicial trasladara a través del mismo los efectos intervenidos, ni siquiera el mero paso de los agentes, como resultó con los *mossos* de mediación que, confundida su adscripción por la concurrencia, sufrieron lanzamiento de objetos y tuvieron que guarecerse de manera precipitada en el inmueble contiguo.

Las entidades sociales que animaban la convocatoria montaron una tarima y repartieron agua y bocadillos entre los asistentes.

La movilización impidió que la Guardia Civil pudiera introducir en el edificio a los detenidos, quienes debían estar presentes en el registro, conforme disponen las leyes procesales. También impidió que pudiera ser atendida la orden judicial con plena normalidad. Los vehículos de la Guardia Civil, tres Nissan Patrol con distintivos oficiales y matrículas PGC-5313-N, PGC-2446-N y PGC 5314-C, y cuatro vehículos camuflados Renault Megane PGC-8401-C, Ford Focus PGC- 8019-C, Renault Laguna PGC-6504-B y Hyundai 120 PGC-8784-C, quedaron totalmente rodeados por la multitud y fuera del alcance de los propios agentes.

Solo sobre las 00.00 horas se consiguió preparar una salida para que la letrada de la Administración de Justicia del Juzgado de Instrucción número 13 de Barcelona pudiera abandonar el lugar con seguridad, infiltrándola entre los espectadores que abandonaban el teatro sito en el inmueble colindante, al que hubo que acceder desde la azotea de los edificios. El resto de los agentes de la Guardia Civil pudo salir cuando la manifestación ya se hubo disuelto, haciéndolo concretamente en dos turnos, uno a las 04.00 de la madrugada del día 21 de septiembre, y el otro a las 07.00 horas de esa misma fecha.

La efectiva dispersión de los últimos manifestantes tuvo lugar, ya entrada la madrugada, a raíz de unas cargas policiales ejecutadas por la brigada antidisturbios de los *mossos*.

Durante los disturbios, D. Jordi Sánchez se erigió en el interlocutor de la movilización ante los agentes policiales actuantes e impuso condiciones para el efectivo desarrollo de su función, negando a los agentes de la Guardia Civil que pudieran introducir a los detenidos en el edificio, salvo que asumieran conducirlos a pie entre el tumulto. Igualmente, se negó a que los agentes de la Guardia Civil pudieran hacerse cargo de los vehículos policiales si no se acercaban a pie, sin garantía alguna de indemnidad, hasta el lugar donde estaban estacionados, atravesando la masa de personas que los rodeaban. Al ser informado por los agentes de que en el interior de esos coches había armas, dispuso lo necesario para aislar los vehículos.

Sobre las 21.15 horas de ese mismo día, el entonces jefe de la brigada antidisturbios de *mossos* (BRIMO) pudo comprobar por sí mismo la ingente multitud que se agolpaba a las puertas de la Vicepresidencia y Consejería de Economía, hasta el punto de que consideró, en términos de seguridad ciudadana, imposible su desalojo. Se entrevistó con el Sr. Sánchez que, hasta tal punto ejercía el control sobre la masa, que se permitió reprochar a su interlocutor la presencia de los efectivos policiales: «... saca a la BRIMO de aquí ..., esto que estás haciendo no es lo que hemos acordado, largaos de aquí». Conforme avanzaban las horas de la noche, sin embargo, cambió hacia una actitud más colaboradora con los agentes.

Desde la llegada al lugar de D. Jordi Cuixart, este y D. Jordi Sánchez se dirigieron en diversas ocasiones a la multitud para conducir su actuación. Así, en la tarde del día 20, el Sr. Cuixart, dirigiéndose a los congregados, exigió la liberación de todos los detenidos y retó al Estado a acudir a incautar el material que se había preparado para el referéndum y que tenían escondido en determinados locales.

Tras esta intervención, tomó la palabra el acusado D. Jordi Sánchez, quien agradeció a los presentes que hubieran confiado en las entidades soberanistas. Recordó que estas entidades habían prometido salir a la calle a defender las instituciones cuando hiciera falta y que estaban allí. Proclamó que ese era el día y que había llegado el momento de salir a la calle para defender la dignidad, las instituciones y el referéndum, por lo que ni Rajoy, ni el Tribunal Constitucional, ni todas las Fuerzas de Seguridad del Estado podrían pararles. Aseguró que hacía un rato se había reunido con el presidente de la Generalitat y que este le había asegurado que habría referéndum. Terminó pidiendo que nadie se marchara a casa todavía, pues tenían una «noche larga e intensa», y que habían de trabajar porque ellos eran el sueño de un nuevo país.

Sobre las 23.41 horas, ambos, D. Jordi Sánchez y D. Jordi Cuixart, subidos sobre uno de los coches oficiales de la Guardia Civil, se dirigieron una vez más a los presentes. El Sr. Cuixart manifestó hablar en nombre de las entidades soberanistas, así como del PDeCat, ERC y la CUP-CC, proclamando que «todos estaban alzados» para luchar por su libertad y afirmó que, «... desde ese altar» —en clara referencia al vehículo policial—, el Sr. Sánchez y él querían convocar a todos los asistentes a una movilización permanente en defensa de los detenidos, emplazándoles a una concentración que tendría lugar a las 12.00 horas del día siguiente en el Tribunal Superior de Justicia de Cataluña. Por su parte, D. Jordi Sánchez volvió a dirigirse a la multitud diciendo que ni el Tribunal Constitucional, ni Rajoy, ni la Guardia Civil, ni nadie lograría impedirlo y, tras instar a los congregados a que abandonaran la movilización de ese día, les pidió que acudieran a la manifestación del día siguiente ante el Tribunal Superior.

Estos actos fueron promovidos, dirigidos y queridos por los ya condenados, los Sres. Sánchez y Cuixart, que mantuvieron la convocatoria hasta las 00.00 horas (momento en el que se había fijado y comunicado previamente su finalización), llamando entonces a la manifestación permanente y a presentarse a exigir la libertad de los detenidos al día siguiente ante el Tribunal Superior de Justicia de Cataluña.

Por su parte, el acusado, D. Enric Terol, tuvo una participación activa durante todos los hechos, concretada en que, al menos está presente desde las 21.25 horas del día 20 y hasta las 02.15 del día 21 de septiembre portando una mochila Decathlon de color rojo, y jaleando todas las intervenciones de los acusados Sánchez y Cuixart.

Esta situación descrita anteriormente fue aprovechada por el grupo, entre el que se identificó a Enric Terol que, amparados en la masa y la confusión, y por medios no determinados, violentaron las ventanillas del vehículo logotipado Nissan Patrol con matrícula PGC-2446-N y accedieron a su interior. Como constan posteriormente en las actas levantadas por los *mossos d'esquadra* a requerimiento de la Guardia Civil, de uno de esos vehículos desaparecieron —entre otros objetos que no se refieren para esta causa— una pistola tipo Glock, así como 25 balas de 9 milímetros, aptas para ser usadas en dicha arma.

Estos objetos fueron hallados, junto a una mochila roja marca Decathlon, en fecha reciente, el 4 de enero de 2023, en el registro efectuado en el domicilio de doña Lorena Perelló Sanchís, pareja de don Enric Terol, sito en el *carrer* Sort de Barcelona, tras proceder a la detención de esta, acusada de participar en la muerte por homicidio de D. Armand Trigo Alier.

Delitos que imputar a D. Enric Terol:

- Delito de robo con fuerza: arts. 237, 238.2.º, 240.1, 240.2 en conexión con 235.1. 6.º Código Penal (cometer el delito aprovechándose de una situación de peligro que ha facilitado la comisión del delito y debilitado la posible defensa del ofendido). Por este delito solicitamos 4 años de prisión.
- Delito de participante en sedición; artículos 544-545 CP. Pena de 6 años de prisión e inhabilitación especial para empleo o cargo público de 5 años. Por retroactividad de la reforma del código en beneficio del penado, cambia por lo que ahora es un delito de desórdenes públicos agravados (desde el presente 2023), se solicitan 4 años y 7 meses de cárcel y 7 años de inhabilitación, ya que los años de cárcel serán en el rango de la mitad superior cuando «portaran instrumentos peligrosos o a los que llevaran a cabo actos de pillaje» y «en un grado superior cuando se portaran armas de fuego».
- Tenencia ilícita de armas: art 563-564 CP. Petición de 1 año y 9 meses de prisión.

14

No mires a los ojos de la gente,
me dan miedo, siempre mienten.
No salgas a la calle cuando hay gente.
¿Y si no vuelves? ¿Y si te pierdes?

«No mires a los ojos de la gente»,
Golpes Bajos, 1983

Madrid, 2023

Ricardo

«Nadie mejor que tú puede sostener tus argumentos», «Si vas con la lección aprendida, no dependes de la suerte» o «El conocimiento te hará libre» son los mensajes de refuerzo que se va repitiendo Ricardo Santos. No sabría decir cuándo los aprendió, pero le acompañan desde niño. No han sido fruto de la moda de los *coaches* de motivación y otros vendehúmos. Le resultará curioso comprobar que, días más tarde, cuando visite a Enric y comparta con él sus sensaciones sobre cómo han ido las primeras entrevistas, el joven cite algunas de ellas de manera literal.

A Ricardo le dan seguridad antes de afrontar la entrevista con mayor trascendencia. Las de los periódicos salieron de las imprentas a medianoche con todas las palabras medidas y puestas en su sitio. Susana se había encargado de pedir una revisión antes de dar el visto bueno, por si hubiera habido algún detalle sobre el que solicitar una pequeña rectificación. No fue necesario. En cuanto a las de la radio, muy torpe tendría que haber estado para no colocar los tres mensajes principales en los que quiere hacer hincapié:

Primero: que la acusación no se sostiene, pues lo único que se argumenta contra Enric Terol son indicios muy endebles, un «se sabe que él pasaba por allí».

Segundo: que se le está prejuzgando por su filiación, no por los hechos probados, porque no hay ninguno que lo sitúe cogiendo el arma. Es la acusación quien debe demostrar cómo llegó la pistola hasta su casa, no ellos. Y, de momento, parece que haya sido de forma mágica, si no es que la llevaba el mismo acosador.

Y tercero: que todo es una burda maniobra política de la que Enric Terol no es más que una víctima colateral, un cabeza de turco que, ni hecho a posta: nieto de pujolista y cachorro de los CDR. La pieza de caza mayor que puede servirle al Gobierno para recuperar la credibilidad sobre la defensa de la razón de la ley y su pretendida firmeza contra quien amenace con romper España. O sea, para compensar el descontento social del votante medio tras el recorte hecho en el código penal para rebajar las penas de los condenados por el *procés*.

Esta última idea se la ha apropiado tras escuchar cómo la defendían con el mismo ahínco dos plumas ilustres separadas entre sí por varias galaxias: un tertuliano del programa de Jiménez Losantos y un diputado de Junts per Catalunya. La única diferencia es que el primero calificaba los recortes en sedición y malversación como una maniobra obscena para contentar a los suyos, mientras que el congresista lo veía como una broma de mal gusto que quedaba muy por debajo de las expectativas de la amnistía.

Ricardo no quiere dispersarse. Vuelve a visualizar, a proyectar la entrevista que le va a conceder ahora a Isabel Gimpera. De ella se extraerán los clips que después se troceen en los informativos de todas las cadenas y agencias de noticias a lo largo de día y los que se viralicen en las redes sociales.

«Si vas con la lección aprendida, no dependes de la suerte» o «El conocimiento te hará libre» son, por lo tanto, el mantra que ocupa su mente mientras lo están maquillando. O después, con el tercer café, haciendo tiempo en la sala vip de invitados, antes de entrar al plató de RTVE.

Hay un par de monitores encendidos casi sin sonido, con el volumen tan de fondo que resulta imperceptible. Pero las imágenes y los rótulos no dan lugar a engaño. Esta madrugada se ha registrado un fuerte terremoto en la zona fronteriza entre Turquía y Siria. Las consecuencias son dramáticas. Utilizan reiteradamente los términos «tragedia» y «dantesco». La bandera de Ucrania que hasta ayer ocupaba un recuadro en la parte alta de la pantalla ha cambiado por las de los países sacudidos por el seísmo.

En una pausa para la publicidad, Ricardo ha ido al lavabo y se ha cruzado con Isabel, la presentadora. No se tratan como amigos porque no se puede decir que lo sean, pero tampoco meros colegas. Dejémoslo en viejos conocidos. Estudiaron parte de la carrera juntos, coincidían en algunas asignaturas. Ella acabó casándose con un compañero, Xavier Torres. Ricardo lo conocía no tanto por ir a la misma clase sino por ser uno de los fijos en los desayunos del bar de Derecho donde se juntaban los más madrugadores. En el mismo grupo, el primero en llegar siempre era un chico de Parets, retraído y aplicado, de vestimenta capillita, gafas de pasta y agobio permanente porque las materias de Romano, de Civil o de Historia eran inasumibles; «Los apuntes y trabajos me devorarán», se quejaba amargamente. «*No arribo, no arribo*». Las notas no decían lo mismo. Ricardo reconoció años más tarde a aquel chaval de expediente brillante y trato exquisito cuando empezó a tomar relevancia en la política catalana: Jordi Turull, *exconseller*, hoy encarcelado por el referéndum ilegal.

Ricardo Santos no se atreve a preguntarle a Isabel por su marido. Le han llegado rumores sobre la crisis que está viviendo la pareja. Siempre habían estado en las antípodas ideológicas. A ella se la vincula con un catalanismo burgués de posibles, gente de bien. Llegó a Madrid de la mano de un prohombre del equipo de comunicación de Aznar. Torres, ¿su ex?, sin embargo, nunca escondió su republicanismo independentista. Hacía gala de él desde finales de los ochenta, en los tiempos de los desayunos en el bar de la facultad, cuando entró como becario en el *Avui*. De manera mucho más beligerante en los últimos tiempos. La cohabitación de Gimpera y Torres no parecía extravagante en la era del oasis; dos sensibilidades que confluían en los extremos de CiU. Sin embargo, aquel edificio de la coalición quedó tan derruido y dañado como los que ahora ve en las imágenes internacionales, de los que siguen extrayendo escombros los equipos de rescate en Turquía. Ese edificio, esa casa que, cuando se ha pretendido levantar de nuevo con no se sabe cuántos nombres y arquitectos diferentes, se ha hecho sobre cimientos viciados de corrupción. Piensa Ricardo que tendrá tiempo de ahondar en esas realidades cuando se meta de lleno en la documentación del libro sobre el patriarca de los Terol.

Ahora saluda cordialmente a Isabel. Ella le agradece que le haya concedido la primera entrevista en televisión y se disculpa porque el ritmo de los acontecimientos está retrasando su entrada en la escaleta del programa, aunque está segura de que sabrá entenderlo; no es un mundo ajeno a él, ya sabe cómo funcionan estas cosas. Vuelve hacia el plató contoneándose y colocándose las bragas con las manos por encima de la falda entallada.

No ha escogido a Isabel Gimpera para la gran entrevista porque esa relación de amistad en segundo grado lo favorezca, eso no la va a convertir en una periodista más dócil y complaciente. Gimpera es educada, exquisita, aunque siempre incisiva. Muerde y come víctimas sin dejar de sonreír, sin abandonar las buenas formas de niña bien formada en el Liceo francés. Ricardo tampoco pretende compadreos. Quiere que se le vea firme, seguro, convencido de la inocencia de Enric. «Nadie mejor que tú puede sostener tus argumentos».

Ha elegido a Isabel Gimpera porque nadie como ella conoce en profundidad la realidad de Cataluña, los matices, cómo se ve y se juzga por los Madriles, pintando una realidad de trazo grueso en muchas ocasiones; y porque nadie como Isabel, si las aguas de los rumores vienen cargadas de verdad, sabe de las consecuencias, de todo lo que ha sido capaz de dinamitar la tensión generada por el *procés* en las firmes columnas de tantas familias en el día a día, Navidad tras Navidad.

Se acuerda ahora de los mensajes que tiene acumulados en el WhatsApp, de Jorge y de la Remei. A Ricardo le cuesta acostumbrarse a esto de la Remei; en casa siempre fue Reme, la niña, y lo que el corazón aprende de pequeño, la cabeza se niega a cambiarlo con la edad.

Sus hermanos se habrán enterado de que sigue por Barcelona, le estarán llamando para confirmar si la razón de que se haya quedado es por lo que se dice que es. Ya es público y notorio, como podrán comprobar por ellos mismos. Una razón más para que Ricardo quiera huir del interrogatorio de tercer grado al que le someterán su hermana y su cuñada en cuanto tengan la oportunidad de encender la pira. Miedo le da el próximo encuentro, el que evitó en Navidad, aunque tarde o temprano tendrá que afrontar de la manera más estoica posible y habiéndose hecho el firme propósito de no entrar a ningún trapo del barrizal político. En cuanto vuelva por Barcelona, ya no habrá excusas; no le quedan comodines.

Remei

Veinticuatro horas antes, de compras por Vic, cargando para la semana, Remei notó que el teléfono le vibraba cinco o seis veces seguidas. Pensó que era la Dolors, su compañera en el ayuntamiento, que no para de reenviar todas las chorradas virales que recibe, sea la hora que sea. No iba a soltar las bolsas en mitad de la plaza para leer los memes de siempre: el fotomontaje sobre el *borinot* de Felipe VI que suele acabar en llamas, los vídeos de siete minutazos del último gag del programa satírico de TV3, *Polònia*, o la petición del día en change.org para sumar lazos amarillos virtuales a razón de no sé cuántos céntimos cada uno para sufragar el próximo viaje a Bruselas de apoyo a nuestro líder por siempre, oh, nuestro señor. «*Vinga ja, home!* ¡Y los de aquí chupando cárcel!». Está ya un poquito hasta el mismísimo coño de tanto fariseísmo. Esto no se le ocurrirá decirlo nunca en voz alta, y menos con esas palabras. Ni a la Dolors, ni a ninguno de los compañeros a los que tan unida está gracias a la causa, *a la lluita*. La gran hazaña fue traer las urnas de China para el referéndum siguiendo las consignas desde la clandestinidad, interviniendo en decisiones vitales: ¿las cajas tienen que ser de metacrilato o de plástico? «Mejor de plástico», propuso ella con acierto, mucho mejor para transportarlas de Marsella a Cataluña y para almacenarlas luego en cualquier sitio. La logística, los mensajes en clave para hablar de «las fiambreras», los camiones que las llevarían a los colegios o a una nave primero, escoger a los camioneros de confianza. ¡Qué subidón! Formaban parte del entramado de no más de doscientas personas que estaban al cabo de la calle del plan maestro a la altura de la sagacidad y osadía con la que se estaba construyendo la naciente República catalana y tomaba vuelo el sueño de la revolución del *poble.* Para cada ley escrita (para cada ley injusta), una solución; una trampa. Ella, la Remei, funcionaria de carrera, secretaria del *ajuntament* de Ausona, una pequeña localidad del Plà de no más de tres mil quinientos habitantes, pionera en erigirse como *territori català lliure*; ella, Remei Santos, se sintió una pieza imprescindible en el engranaje que hizo que las urnas estuvieran donde tenían que estar el día en que se debían abrir; las urnas con las que le dieron en todos los morros al Estado opresor.

Pero no, los pensamientos turbios que de vez en cuando la asaltan, los que rayan el hastío, no se los soltará a los compañeros. Ni siquiera desea oírselos ella. «Va, Remei, *dona*, es lógico que decaiga el empuje de aquellos días. Precisamente esto es justo lo que quieren conseguir: desgastarnos, que caigamos en el desánimo y abdiquemos de nuestros ideales. Forma parte de la estrategia de la guerra psicológica. Está muy estudiado».

Mientras le siguen vibrando los mensajes en el móvil, la sacuden las dudas. La Remei está cruzando la plaza y suenan las campanas. Son las ocho. Un día más, como todos a esa misma hora desde hace cinco años, la voz en *off* retumba a través de la megafonía del ayuntamiento: «No normalicemos una situación de excepcionalidad y de urgencia nacional. Recordemos cada día que todavía hay presos políticos y exiliados. No nos desviemos de nuestro objetivo: la independencia de Cataluña». A la vez, repican las campanas de la casa consistorial, decorada con la estelada en el balcón y un gran lazo amarillo junto a un cartel que pide la libertad de los presos políticos.

Remei respira hondo, alza la cabeza, agarra con fuerza las bolsas de la compra y vuelve a sentir, como aquellos días heroicos, el orgullo, el tañer de esas otras mil campanas que resuenan en su corazón.

Al llegar a su casa en Ausona, a muy pocos kilómetros de allí, mientras guarda la carne y pone a estofar las lentejas de las que comerá dos días (congelará para un par más), le suena el teléfono. ¡Se ha olvidado de mirar el chat! Esta vez no son memes, ni borbones a la plancha, ni *sketches* de TV3, ni cuestaciones populares. Le escribe la Puri.

«Adivina en qué se ha metido ahora el tontolaba de tu hermano Ricardo».

15

Mend that fight,
it's twisted through them
I'm rich, you ain't,
so you won't go to the ball

«Jericho»,
SIMPLY RED, 1985

Sant Martí del Vallès, 2023

RICARDO

Al final ha decidido alquilar un coche, uno pequeñito, híbrido, que no gaste demasiado. Por una cuestión práctica, le dará más libertad y no estará dependiendo de que llegue el taxi o el Cabify. Aunque sea solo para moverse por el Vallès, para ir de casa de Maite, en Sant Cugat, donde sigue instalado, al cuartel general de los Terol en Valldoreix, sede del despacho personal del patriarca, donde empezará en breve la labor de rata de biblioteca. Y porque, conforme van pasando los días, son más los amigos y viejos conocidos que hacen por verlo. No se siente cómodo pidiéndoles que le hagan de chófer la propia Maite, Susana o incluso Pablo, aunque se hayan ofrecido, y Ricardo sabe que lo han hecho de corazón.

Ricardo, de manera insólita, se está dejando querer, acepta las invitaciones con gratitud y afronta las citas con la emoción juvenil que va recuperando. Aparte de los compromisos profesionales, aumentan los de otra índole. Tiene prevista una cena de exalumnos. Se ha encargado Maite de organizarlo todo. Le gustaría pensar que ella está tan excitada como él con la posibilidad que se les presenta para charlar y reencontrarse en otro entorno. No por las circunstancias por las que se han visto estos días, sino como un adolescente enamoradizo. A Ricardo, a decir verdad, eso es lo único que le ha motivado de estas citas, organizadas de higos a brevas durante todos estos largos años: que a ella la vida le haya cambiado lo suficiente como para verlo con otros ojos.

Está solo a cuatro manzanas del centro de Sant Martí. La vivienda pareada a la que se mudaron los Santos a mediados de los ochenta era entonces un descampado para hacer las prácticas de pista del carnet de conducir. Más tarde se construyó el Ateneo cultural en la prolongación de esa misma calle. Lo inauguró Alfonso Guerra, vicepresidente socialista. También estuvo allí Ernest Lluch. Luego se asfaltó, después se le empezó a poner nombre al barrio, la Martinica, y creció sobre la falda de la montaña en la que se dispersan ahora casitas por doquier, hasta la comisaría. Hoy forma parte del núcleo de la ciudad, del *rovell de l'ou*.

Con mucha suerte, ha logrado aparcar el Toyota Yaris dos calles más arriba de la que fue la casa familiar hasta que mamá murió. Lo sigue siendo de alguna manera. Viven en ella su hermano Jorge y Puri con sus hijos. Hoy cenan todos aquí.

Por extraño que parezca, plantado ahora ante la puerta de la casa, la ve más estrecha que nunca, como le pasaba con las calles de Sant Martí las primeras veces que volvía de visita cuando se instaló en Madrid. La ve aprisionada entre las dos viviendas que la custodian, aunque sean gemelas. La de los Santos luce menguada. Es la única que conserva vivas las maderas originales en puertas y ventanas, en castaño ennegrecido por el barniz, cuando las vecinas hace años que mutaron al frío aluminio blanco. La primera verja baja que da acceso a la vivienda chirría, como siempre, pero echa de menos las macetas; más que tiestos, arriates de lavanda y hierbabuena que solo vivieron hasta que lo hizo su madre. También encuentra a faltar que sea ella quien salga a recibirlo y lo achuche como no lo hacía cuando era niño.

Puri le preguntó con retintín si acudiría solo. Él contestó con un simple y seco «Sí». Y ahora, Remei, la primera en llegar para echar una mano en la cocina, también gesticula, muy teatrera, como si estuviera buscando, aguardando que apareciera alguien detrás de su hermano.

—¿Se puede saber qué haces? —pregunta Ricardo.

—¿Y tu chica? ¿Dónde la has dejado?

—Pero ¡qué chica ni qué niño muerto!

—¿Por qué no te has traído a Maite? —interviene Puri, que sale también a recibirlo secándose las manos.

Se ríen hermana y cuñada, cómplices circunstanciales. Aliadas esta noche. Veremos lo que dura.

Ricardo, que todavía no ha pasado de la entradita, se desprende del abrigo y lo cuelga junto al gabán jaspeado que enseguida reconoce. Hace años que Jorge lleva el mismo, como el bastón, que descansa apoyado en la esquina. De golpe, le sobresalta el bufido de Sprinter, el fiel labrador de su hermano. El perro está arrebujado, dormilón junto al radiador.

Hasta ese momento, Jorge ha estado metido en su mundo, con los auriculares puestos, ajeno a todo. Sin embargo, el simple resoplido del perro guía, que es imposible que haya podido oír con el volumen al que tiene puesto el fútbol, logra sobresaltarlo, lo pone en guardia. Como un resorte, se incorpora de su butaca, se quita los cascos y mueve la cabeza como si buscase un punto indeterminado del techo, a derecha e izquierda.

—¿Ricardo? ¿Eres tú?

La respuesta es un abrazo cálido con el que lo recoge el invitado de la noche. Se dan dos besos.

—¡Qué besucones sois en esta familia! —han soltado los dos

al unísono. Ríen. Es lo que diría su padre. Como si Miguel Santos, el cabeza de la tribu, no se sintiera representado por esa costumbre. La verdad es que la demostración franca de afectos, tan ajenos en su infancia en Mollina, más tarde fue el primero en cultivarlos.

Besos para todos. Para Puri, para Remei, también para los chicos, que bajan las escaleras para unirse al cónclave sin dejar de mirar el móvil ni un solo segundo. La joven Cristina aclara que ella ya ha estado colaborando en los preparativos.

—Una mesa de profesional del protocolo, ¿eh, *tiet*? —alardea ante Ricardo.

De boca del chico, Ferran, solo sale una especie de gruñido-saludo, «¡Heimm!». A la vez pone la palma de la mano derecha para que Ricardo se la choque en plan «*Hey, bro!*». Dubitativo, cuando se decide se encuentra ya con el vacío. Su sobrino la ha retirado y se está interesando por el resultado del partido de fútbol.

—Siguen empatados —le informa su padre—. Me huele a penaltis.

—¿Y no lo ponéis en la tele? —pregunta Ricardo.

—Es de pago —zanja Puri.

La respuesta tajante de su cuñada retrae al escritor. Es más prudente el silencio que ofrecer su contraseña para verlo. En su cabeza resuenan reproches del pasado sobre su condescendencia, su solvencia del nene rico de la familia: que si iba de sobrado, que si los hacía de menos, que si Puri a veces había notado que los miraba por encima del hombro, que qué se había creído, que no quería saber nada de ellos, de su hermano, pobrecito el cieguito, de los charnegos catalanes ahora reconvertidos en peligrosos indepes de los que renegaba el intelectual de Madrid, el pijo y rojo de Loewe, que muy de izquierdas por fuera, pero solo fachada; fachada y facha tienen la misma raíz, por qué será. En fin, cosas que no se sienten, sabe Ricardo, pero que salen así de gruesas y ácidas, y duelen. Y se guardan. Sin rencor, pero con memoria.

—Si ya está todo, ¡vamos, a la mesa! —propone Jorge. Ha sonado a «Ojalá tengamos la fiesta en paz».

—¡Coge, *padrí*! —La sobrina le ofrece un platito con almendras fritas. Es más lista que los ratones colorados. Busca contribuir a que las aguas bajen mansas—. Son como las que hacía el abuelo. A ver si te gustan.

—¡Gracias, *maca*! Seguro que sí —celebra Ricardo, consciente de que ahora el padrino es él, de que, en esas reuniones familiares, cada vez más espaciadas, cada vez más forzadas, debe hacer honor a la memoria de su padre y estar a la altura, llevar el cetro de la autoridad moral. Es el primogénito. «No te olvides, Ricardo. Hoy no eres tú, eres papá. Trágate el orgullo. Por encima de todo, la familia».

—Por fin podemos celebrar la Navidad, aunque sea casi febrero —observa Remei— ¡Que ya tiene delito, nene, que estando en Barcelona, Ricardete, no hayamos podido juntarnos cuando teníamos que haberlo hecho!

—Todavía es Navidad, mujer. Según la teoría de mamá, nada de quitar el árbol ni el pesebre hasta la Candelaria —Jorge contemporiza una vez más.

Hay silencios donde se oyen las respiraciones de uno, de la otra, cogiendo aire para hablar. Pero dejan las palabras en el limbo y quedan en suspiros. Los adolescentes se miran de reojo. Mascan la tensión. Se les encienden las mejillas, la sangre bulle en rodales rojos que marcan el acné. El humor es una huida y, en un par de ocasiones, sus mofletes están a punto de ser las válvulas de escape y pringar a los comensales con esquirlas de tostas de *foie* y langostinos con mayonesa. Solo un drama de ese calibre salvaría la tragicomedia.

Los entrantes discurren entre formalismos: qué tal todo; hay que ver la de tiempo que hace que no nos vemos; sí, tendríamos que vernos más; los chiquillos los tenéis ya criados; pero no te puedes hacer una idea de la guerra que dan, niños mayores, problemas mayores; oye, este vino no lo conocía; es un Ribera joven que me recomendó la Lola; ¿la del colmado?; la misma, ahí sigue, en esa tienda chiquitita, enfrente de la farmacia del paseo Cordelles, luchando contra los Amazon y los Carrefour.

Acabando el churrasco, entre el tintineo de copas y esgrima de cubiertos, a Ferran, el sobrino que hasta el momento no ha abierto prácticamente la boca —salvo aquel onomatopéyico «¡Heimm!» con el que era complicado juzgar el timbre de su voz—, le da por organizar unas cuantas palabras y formula la primera oración completa que se le conoce en mucho tiempo:

—*Tiet*, era verdad lo del colegio Sant Salvador.

Se miran entre los adultos, se miden otra vez.

—¿Y qué decía el tío sobre ese colegio? —salta su madre suspicaz.

Quien peor disimula es Jorge, que suelta los cubiertos y mira hacia donde siempre mira sin ver, a su aliado, el techo. Ricardo tampoco es un dechado en interpretación, abre mucho los ojos mientras despliega hacia fuera el labio inferior, en un mohín demasiado expresivo como para no delatarse. Ninguno de los presentes ha olvidado la zapatiesta que se montó en uno de los últimos encuentros de hermanos, cuando Ricardo contó lo que decía saber de buena tinta, lo que ocurría en aquel colegio.

—¡Que no dejan hablar castellano en el patio! —segunda frase del adolescente que sirve para ponerle nombre y apellidos al conflicto. Segundo proyectil.

—¡Ah, ya! —Ricardo finge caer en la cuenta, en plan «No, no lo tengo presente, no es importante»— ¿Sant Salvador, dices?

—Sí, el que está en esa calle —reafirma Ferran, que recibe un codazo muy poco discreto de su hermana.

—Claro, donde llevaba tu amigo a sus hijas. —Remei se arremanga, entra en la batalla. En el brillo de los ojos se nota que los tiene cargados de ironía y sarcasmo, que huele a sangre, que le apetece, que afila el colmillo—. Sí, hombre, ese periodista de la radio que va contando que las tuvo que sacar de ahí porque, según él, los niños se amenazaban entre ellos con chivarse al director si no hablaban catalán. ¡Bobadas! No me lo creo. O, en cualquier caso, cosas de niños, de chiquillos. ¡De ahí a decir que el colegio esto o el colegio lo otro! *Au, ves a cagar!*

—Pues yo sí creo a mi colega. —Ricardo se mete en el barro. De momento, con suavidad—. ¿Por qué no iba a creerlo? Mira lo que dice Ferran, que conoce a otro chaval que se lo ha contado.

—¡Ricardo, por Dios bendito! Igual el niño lo ha oído por ahí. Ya sabes cómo va esto de los bulos y a quién le interesa difundirlos —interviene Puri—. ¡A saber lo que cuentan en su casa! ¿Quién es el niño, Ferran?

El chaval se encoge de hombros. No porque lo desconozca, sino en señal de rebeldía; se niega a ser el delator. «A mí no me metáis en vuestros líos».

—Ya estamos con la misma gaita. Lo de siempre... —El tono de Ricardo empieza a olvidarse de la dulzura, de que va a ser el pacificador en nombre de papá y esas leches—. Yo soy el primero al que le duele que quienes no tienen ni puñetera idea de la realidad de aquí hagan una norma de lo que puede ser un caso aislado, que se generalice, que se piense que pasa en todos los colegios de Cataluña. Pero, oye, no tengo por qué no creer a mi amigo. No es sospechoso de ser anticatalán, ni facha ni nada de eso que le atribuís a los que...

—¿¡Que le atribuimos!? —Remei ha elevado la voz unas cuantas octavas y le sale un gallo.

—Sí, cualquiera que denuncia este tipo de cosas y se sale del carril es ¡un facha! Haya dicho lo que haya dicho. ¡Pero si habéis metido en el saco a Serrat! ¡A Serrat, que se plantó cuando vivía Paquito y no fue a Eurovisión si no cantaba el puto «La, La, La» en catalán! ¡Con dos cojones así de grandes! ¡Y a Sabina! ¡A todo dios habéis metido en el saco del facherío! ¡Y todo porque no os siguen el rollo ese de secta que os traéis!

—Buenooooo, venga. A mí esta canción ya me suena —pretende mediar Jorge—. ¿Podemos tener la fiesta en paz?

—Eso quisiéramos todos. Todos menos tu hermano, por lo visto —señala Puri—. A la mínima que puede, mete cuchara. ¡Siempre con la misma vaina! Es un poco cansino...

—No me extraña que estéis agotados. Tantos años de lacitos y mamandurrias. ¡Menos lacitos y más gestionar la sanidad, la educación! ¡Menos vender la burra de que queremos y tenemos derecho a ser Dinamarca sin contar la verdad! ¿Cataluña independizada? ¡Uganda sería ahora mismo, coño! ¡Uganda!

—¿Ves?

—Ves, ¿qué? ¿Qué tengo que ver? Perdona, Puri, pero no he sido yo quien ha sacado el tema. Solo he contestado a un comentario que ha hecho tu hijo. Solo me he limitado a eso, a responder a lo que me preguntaba Ferran. Si queréis, hablamos del tiempo que hará mañana porque, cuando no os conviene y le veis las orejas al lobo, hay que evitar el monotema. Habéis sido vosotros los que pim, pam, pim, pam... ¡Lleváis años dando la matraca con el asunto! ¡Sois un coñazo hasta decir basta!

—Después que si los demás generalizan...

—¿Qué quieres decir, Reme?

—Ya van dos. Primero que si hemos (¡todos!) metido en el saco de fachas a este, al otro y al de la moto. Ahora, que si hemos (¡todos!) dado la matraca y simplificado los argumentos, como la caricatura burda esa que acabas de marcarte, hermanito.

—Es una forma de hablar, chica... A lo que me vengo a referir es a que una cosa es que se dé un caso como el de ese colegio, donde encima de la pizarra hay unas normas y la primera dice: «*Només es parlarà català*»...

—Pero tu amigo no será tonto, ¿no? Porque será periodista, pero es lelo de culo. ¡Sabía que era un cole catalán! Aparte de que estoy segura de que eso, así, tal cual, no lo pone en la pizarra, ¡hostia!

—¡Coño, Remei! ¡Pues, nada, lo que tú y tu pensamiento mágico digáis! ¡Pa ti la perra gorda! Como los niños, que se tapan los ojos y creen que han desaparecido. ¡Igual!

—¿Tan grave te parece que se informe a los niños de que se habla en catalán en clase?

—¿Solo en catalán? ¡Vamos, no me jodas! Pero ¿qué mensaje les transmites a los pequeños si les dices que la otra lengua oficial de su país está proscrita? Lengua ¡oficial! Y se lo está diciendo el sanctasanctórum, el profesor, que para ellos es Dios, ¡y en el lugar al que te han llevado tus padres para que te enseñen los valores fundamentales! Una cosa es que sea un colegio catalán y otra que el director se pase las normas por sus santos cojones. ¿Sabes quién es el director? ¿¡Eh!? Porque yo sí lo sé. Lo conozco bien. Había sido mi profesor de Educación Física y de Inglés en Sant Cugat. Uno de los hippies que ficharon los capillitas, el que después se presentó al ayuntamiento de aquí por ERC. Como salió tarifando también de los republicanos, se montó el PI, el Partido por la Independencia. ¡Que haga política donde se tiene que hacer la política y no adoctrinando criaturas! En su colegio, por cierto, ¿sabéis cuándo dan una clase de castellano, una mísera hora de castellano a la semana? Ni en primero ni en segundo, como marca la ley... ¡En quinto de primaria! ¡No les dan ni una jodida hora de castellano hasta que no tienen diez u once años!

—¡Eso no puede ser! ¡Eso es mentira! —Remei está furiosa—. ¡No hacéis más que manipular!

—¿Ahora qué me vas a gritar? ¿Prensa española, manipuladora?

—Va, por favor, calmaaaa... —Jorge lo vuelve a intentar—. Creo que otra vez estáis haciendo una montaña de todo esto. Así no vamos a ninguna parte.

—¿¡Por qué no lo denunció tu amigo, eh!? —Más que una pregunta de Puri, que ha hecho caso omiso a su marido, es un desafío—. Si es así como dices...

—¿Todavía no me crees? ¡Soy tu hermano! —Ricardo de quien pasa es de Puri. Implora a Remei.

—Si es así como dices —repite ella—, ¿por qué no fue a Ensenyament, a Inspecció, a denunciarlo?

—¡Vamos, no me seas pánfila! ¡No me jodas!

—¿Que no te joda qué? ¿El argumento? ¿El discurso victimista?

—¡Por el amor de Dios, niña! ¡Sabes perfectamente las campañas que les montan a quienes denuncian estas cosas! Estarán señalados de por vida. Ellos y sus hijos. ¿Qué podía hacer? Y más él, que tiene cierta dimensión pública.

—Sí que es valiente tu amiguito, el de la casi dimensión pública —desafía una Remei burlona.

—No, los valientes son los que después se congregan a las puertas de los colegios e insultan a los hijos de los que han levantado la voz contra la ilegalidad o los que señalan a los hijos de los guardias civiles como los nazis con los judíos. Para eso ya no somos tan humanistas, ¿no?

—¡Joder!, ya ha salido el nazismo. Estaba tardando —consigna Puri.

Remei es más beligerante:

—¡Vete a la mierda! ¡Eso son cuatro casos mal contados!

—Exacto. Mal contados porque no lo hemos explicado bien nunca desde la prensa con la mierda de los complejos. Si nos hemos rebelado un poquito contra los abusos de la inmersión lingüística, insulto mágico: «¡Cheeeeee, que eres un facha!». Y así nos ha ido. Hemos callado como gilipollas. ¿Qué es eso de que son solo cuatro casos mal contados? ¡Como si es solo uno, Remei, coño! ¿O vamos ahora a limar la gravedad de los delitos en función de que sean más o menos frecuentes? ¿Es menos grave un asesinato machista porque solo haya habido uno este mes? ¡Dime! ¿A que sería una perversión argumental? ¿Se puede pasar por alto? «No, es que como solo es uno...». ¡Qué bajeza ética! Lo que ocurre es que aquí, desde hace muchos años, se tiene una condescendencia de la hostia con todo lo que es el catalanismo, con la lengua y la madre que los parió. En nombre de la lengua se permite cualquier cosa. Pujol logró eso, precisamente: ese fue su gran hallazgo y su gran victoria, que nos fijáramos en esto mientras él y su familia despistaban el dinero de Banca Catalana o del tres por ciento de comisión y se lo llevaban calentito, camino de Andorra. Ese fue su gran triunfo: que la defensa de la lengua pasara por encima de todo y que la idea poco solidaria de la independencia se viera como algo noble, sobre todo progre. Cuando ellos, especialmente sus herederos, son los más facinerosos, los más xenófobos y racistas que ha parido madre. Ahora, si te rebelas contra eso, ¡zas!, ¡eres un facha españolista! Y así anda la izquierda de aquí, con ese complejo que les tiene las manos atadas, con el miedito de «A ver si van a creer que soy franquista; a ver si le doy la razón al *ABC* o a *El Mundo* y me ponen en la lista de enemigos de la patria». —Ricardo se ha ido encendiendo. Se ha puesto de pie. Aprieta con fuerza una servilleta.

—Anda, calma, calma —Jorge quiere tranquilizarlo.

—Sí, que como te oiga tu defendido —remarca con inquina, Remei— va a recordar de pronto que su portavoz es el mismo que se hacía la foto con Vargas Llosa, Borrell y Manel Valls. ¿Has roto el carnet de Ciudadanos?

—¡No me jodas! ¡Yo no he sido de ningún partido jamás!

—Bueno, y aunque lo fuera, ¿no? —Ahora Jorge sale en su auxilio—. ¿O no se es libre para militar en un partido democrático?

—¿De-mo-cra-ti-quéééééé? —clama Puri.

Ricardo frena a última hora un golpe que está a punto de dar en la mesa.

Se muerde los labios mirando al suelo. Suelta lentamente la servilleta que tiene hecha un ovillo y la deja junto al plato. Resopla. Se toca la frente, las sienes. Está sudando. Se lleva la mano derecha a la parte izquierda del pecho. Sobrevuela el fantasma. Así murió papá. Demasiado joven, no mucho mayor de la edad actual de Ricardo. De los sesenta a los setenta solo hay un paso. Lo piensa él. La idea pasa como un rayo por la mente de los demás. Los chicos ahora están pálidos.

—Joder, lo siento. Ya está, ya está. —Expulsa el aire y se yergue de nuevo en la silla—. No pasa nada. Nada, salvo que la hemos cagado de nuevo. ¿Veis lo que intentaba evitar en Navidad? No hay manera. Caemos en la trampa una y otra vez, una y mil veces más.

Todos lo han escuchado con atención y bajan la mirada, avergonzados. Ricardo y Remei se buscan de soslayo, por encima de las cejas. No se sabe muy bien si al acecho, para que no les pille desprevenidos la próxima ofensiva del otro. O necesitados de una firma de armisticio.

Jorge chasca la lengua y, como quien piensa en voz alta, dice:

—Además, ¿qué facha ni facha? ¿Ahora que estás dando la cara por un cupero metido en líos, justo ahora te vamos a considerar jacobino? ¡Lo que hace el amor!

El hermano pequeño tiene esos golpes que solo están al alcance de los ángeles puros desprovistos de prejuicios.

16

Señora Azul que, sin contemplación,
desde la cima de tu dignidad,
vas a imponer tu terca voluntad
y con tu opinión medir nuestro criterio.

«Señora Azul»,
Cánovas, Rodrigo, Adolfo y Guzmán, 1974

Sant Martí del Vallès, 2023

Ricardo

«Para unas cosas eres muy grande y para otras muy chico, según te convenga», oye en su memoria mientras trastea por la cocina buscando la cafetera Oroley y el paquete de café molido, pero nada de eso está donde estaba siempre. El fantasma de su madre, de nuevo. Se ha quedado solo con la excusa de que va a hacerse un café; un descafeinado, que si no después no hay quien duerma. Abre la ventana y levanta las tablillas de la veneciana con un simple golpe al canutillo vertical rudimentario que tiene a tal efecto; como cuando se quedaba allí a fumar después de la cena. A veces un cigarrillo aliñado con la Remei. Solo pretende tomar aire. Y distancia. Los demás se han quedado en el salón viendo un programa de famosos que emulan a chefs, aunque, a juzgar por el griterío, se diría que viven con intensidad los últimos segundos de un partido decisivo de baloncesto.

Sabe que es imposible que la brisa le haya traído el olor a la albahaca del patio del pueblo. Ricardo tiene grandes recuerdos de los veranos en Mollina siendo niño, en casa de los abuelos. Y ninguna de las vivencias de aquellos días, por muy dispares que fueran, hiciera lo que hiciera, se escapaban de esta letanía de mamá que, sin saber por qué, vuelve a asaltarle: «Para unas cosas eres muy grande y para otras muy chico, según te convenga». No era a él a quien le convenía vestirse de niño o de adolescente en función del viento y la circunstancia. La excusa les servía a los demás para permitirle que él hiciera o dejara de hacer. Mamá la habría aprendido de la abuela Sagrario, porque a ella también se la tenía oída. O del abuelo Rafael. O quizá era un lema arraigado en el pueblo. Haciendo memoria, la pondría también en boca de Anita, la de la casa arriba, y de Nati, la de la casa abajo. «Arriba» y «abajo» se referían a la pendiente de la calle de Los Luceros, empedrada, sin aceras. Peatonal, como todas en el barrio, menos el Camino de Antequera, que atravesaba Mollina. Exenta de tráfico salvo cuando entraba el carricoche del pan, el de la leche o el del hielo, a primera hora de la mañana. O cuando llegaban los forasteros, los de Barcelona.

Con poco más de diez años, a Ricardo le decían que era muy grande para estar todo el santo día montado en el columpio que les improvisaba el manitas de su abuelo nada más entrar el tren en la estación de Archidona. Lo primero que se lanzaban a comprobar él y su hermana Remedios, dos años menor, nada más traspasar el zaguán. ¡Directos al patio interior! Allí, el abuelo había tirado una cuerda marinera de pared a pared y la había atado sobre los ganchos de dos maceteros de hierbabuena, desconchándola, con la consiguiente regañina de la abuela. «Pero como era para darle el gusto a los nietos y eso pasa una vez al año, mujer... ¡Ya la encalaremos!».

Una toalla liada sobre la guita servía de asiento.

«Déjale un ratito a la niña, leche, que tú eres ya muy grande, jodío». Ricardo, obediente, se bajaba y columpiaba a la peque.

Él, con diez años, se veía muy grande como para meterse en la piscina hinchable que les plantaban en el mismo patio, bajo el columpio. Por las mañanas había que recoger la cuerda para bañarse. Ricardo, solo cuando se sabía a salvo de las miradas de la vecina, se animaba a chapotear como un gorrino en el barro. Entonces recibía la reprimenda de uno de los mayores, porque ya era muy grande para estar armando ese jaleo, salpicando y malgastando tanta agua.

No lo veían con edad de coger el bañador enrollado en una toalla, las chanclas puestas y ¡hala, arreando para la piscina municipal!, con Vero, la vecina de la casa de arriba, una mujercita solo un año mayor, la que no quería Ricardo que lo viera hacer el ridículo bañándose en la charca de plástico.

«¡Te he dicho mil veces que no, no seas pesado, hijo de mi vida! La semana que viene ya está aquí tu padre y os vais con él a la Albarizas, que eres muy chico para andar por ahí solo. ¡Y menos en la piscina! ¡Ay, padre mío, si te pasara algo! ¡No lo quiero ni pensar!». Mamá se santiguaba, como si lo viera. Así se expían los miedos y se deja constancia de que no se osa desafiar al temor a Dios.

Las vacaciones eran otras cuando llegaba su padre. Miguel Santos se organizaba la ruta desde principios de julio para que le pillara en Mollina justo cuando arrancaba la feria de agosto. Aragón, Valencia, Alicante, Albacete, Murcia, Almería, Granada, Málaga, luego una pequeña incursión en Córdoba y, finalmente, marcha atrás para recalar en el pueblo, sobre el día 15, una vez que había enseñado por su media España las novedades enciclopédicas de cara al próximo curso. Por entonces, hasta acabado el mes no empezaba la operación vuelta al cole. Antes no se andaba con tanta bulla, como decía su abuelo.

Mientras no llegara papá, el verano era, día tras día, *Los Porretas* en la radio a la hora del desayuno, tareas del cole mientras hacía la digestión, piscina hinchable luego, gazpacho y carne, siesta, columpio… Ah, y las chuches y los tebeos de ca Juan Sin Sangre, barbero y sacamuelas. Su despacho olía al anisete de los caramelos y dulces que despachaba en la entrada. Para Ricardo, Sinsangre era un apellido. Todo el mundo lo conocía y se refería a él así. Ni se le pasó por la cabeza que fuera el mote que le habían puesto de niño a Juan, de piel traslúcida y venas grises, vacías de nervio. Solo con el tiempo entendió la mala leche que le hervía a Juan cada vez que Ricardo se dirigía a él así.

—Dame cinco duros pa ir a donde Juan Sin Sangre.

—Eres muy chico para llevar dinero. Luego paso y se lo pago.

—Ven conmigo entonces, abuela.

—Ay, Ricardo, que eres muy grande para que te tenga que acompañar nadie a la vuelta de la esquina a por dos de pipas.

Y cuando volvía con el recado y con dos ejemplares de *El Papus* y *Barrabás*:

—Estas no, chiquillo, que no tienes edad, déjate de gorrinadas. Cómprate algo para tu edad, como Vero. Los tebeos de *Lucky Luke*, *Los Pitufos*…

A Ricardo le divertían más las revistas escondidas del abuelo.

Se veía suficientemente mayor para irse con la pandilla a la feria y convidar a Vero a los autos de choque. Por fabular, se veía alternando —sin alcohol, pero alternando— en las casetas donde a las diez de la noche empezaba el sarao, el baile, las actuaciones en directo. Un año estuvo Miguel Ríos. Otro fue Tequila.

A los ojos de mamá no tenía edad para eso, ni mucho menos. Tampoco para quedarse hasta las tantas a la fresca, sentado en la silla de anea sacada a la puerta de la casa, viendo a los borrachos pasar de ida, y alguno ya de vuelta. El abuelo y él con la radio puesta, bajita, que así daba más miedo el programa de los fantasmas. «Quita ya eso, niño, que después no duermes, tienes pesadillas y te meas en la cama». ¿Mamá no se daba cuenta de que no tenía que decirle esas cosas delante de los demás, y menos delante de Vero, que lo avergonzaban como un tomate?

A veces era muy niño y otras veces era demasiado hombre.

Muy hombre para estar discutiéndole a su hermana «de quién son las carcamonías, ¿tuyas o mías?». O de nadie, porque ¡no van a ser de nadie, porque ya verás cómo las tiro todas a la basura como vaya yo para allá!, que gritaba mamá. Como aquella tarde, después de la siesta, desde la habitación de la planta baja donde dormía ella junto a la cuna de Jorge, de pocos meses. Eso se lo oía a Socorro mientras le cambiaba los pañales, que iba a ir ella y los iba a poner a caldo. Y, más bajito, que qué guapo está mi niño, ajo, ajo, ajo. Igual que llegaba lo que parecían risotadas del enano.

—¿Dónde vas tú con esos dibujitos en el brazo, niño? ¡Quita, quita, que son cosas de niñas! ¡Ricardooooo! ¿Queréis dejar de pelear? ¿Voy yo? Verás como tenga que ir...

—¿Y quéééééé? —respondía Ricardo a gritos desde la sala baja contigua mientras porfiaba con Remedios—. ¡Quita ya, niña, pesada! ¡Son mías! ¡Me han salido en el helado a mí! ¡Haberte pedido uno!

—¡Qué más te dará a ti! No te irás a poner eso, ¿no? —Intentaba convencerle su madre a voz en grito—. ¡Esos tatuajes son de niña, criatura!

Entre medias, gorgoritos y alguna queja de Jorge.

—¡Si no me las va a ver nadie! —refunfuñaba el mayor.

—Sí, claro, como no andas medio desnudo todo el día por ahí...

—Si no me dejas ir a la piscina. ¡No es justo! —protestaba Ricardo—. ¡No es justo!

—¡Qué sabrás tú lo que es o no es justo! Justo, dice... —Y a Jorge, con tono dulce—: ¿Tú sabes lo que es justo, cariñoooo? Tú, cuando crezcas, no serás tan cabezón como estos, ¿no, mi vida? —Y de nuevo vociferando hacia la sala baja—: ¿Cómo quieres que te lo diga? ¡Que no! Que no te vas a poner eso. Al final no será ni para una ni para otro, que me tenéis muy harta, ¡que vais a acabar conmigo, por Dios! ¿Voy para allá? No lo repito más, ¿eh, niños? ¡Como vaya, veréis!

—Veréis, ¿qué? Si me han salido a mí. ¡Ella no me deja nunca sus cosas!

La abuela estaba oyendo la zapatiesta desde la cocina, y canturreaba y dejaba de canturrear para poner el oído, mientras continuaba preparando las croquetas de la cena. El abuelo, más cerca de los niños, medio adormilado en la butaca, se dejaba mecer. No había tenido suficiente con la enésima cabezada. Ni los gritos, ni los forcejeos, ni la llantina de Remedios o las amenazas de Socorro desde el otro cuarto se la habían impedido. Se limitó a mascullar algo que sonó a «Engaa..., ¡no pelearseeeee!».

—¡Ay, Dios mío! ¡Será trabajoso este niñooooo!

Socorro se ha plantado delante de los pequeños, brazos en jarra. De un manotazo les arrebata el papel plastificado motivo de la disputa. Lo levanta en el aire para verlo al trasluz. Lo baja, indignada. Boca de piñón, toma aire.

—¡Mira! ¿Para qué queremos más? —Lo blande ante la cara de circunstancias de Ricardo—. ¿Se puede saber qué narices te pasa? —Eleva más el tono—. ¿Cómo te vas a pintar una margarita en el hombro, en el pecho o en...?

¡Catacrac!

En seco.

El golpe viene de la habitación de la cuna.

Es un golpe rotundo que lo detiene todo, que calla a Socorro, la bloquea. A ella y a los niños.

Un golpe que saben que no es un mazazo cualquiera, que van a recordar para siempre, que no se parece a ninguno que les haya provocado un repullo como aquel.

La modorra del abuelo se estremece. Está lívido.

La abuela cierra el grifo de la cocina. Con parsimonia, como si quisiera detener aquello, volver atrás, se seca las manos, expectante, a la espera del llanto, de la señal de vida que diga que sí, o ver si persiste aquel silencio duro que está contando lo peor.

Tras el mazazo, la quietud a cámara lenta.

El tiempo sigue suspendido durante esas décimas de segundo que son la eternidad.

Se les hiela el corazón. Después se les para. El pulso se les acelera.

El eco del golpe resuena en ellos, encogidos por el miedo, por el «No, no, no quiero saber».

Ahora son maniquíes con los ojos abiertos de par en par.

Todo queda en blanco, entonces, en el recuerdo de Ricardo que, con el tiempo, ha ido reconstruyendo la historia a partir de cómo la contaron unos y otros a lo largo de los años. Dicen que fue el timbre de la puerta el que los sacó del estado de *shock*. La vecina llamaba, la de la casa de abajo o la de la casa de arriba. Habían sentido algo. El timbre sacó del *shock* a la abuela que, con ese nervio eléctrico que la distinguía, cogió una mantilla, envolvió a Jorge y salió escopeteada calle de Los Luceros arriba, con sus pasos cortos, muy ligeros. Iba dándole golpecitos al bebé para que arrancara a llorar, para que retornara en sí. «Pero ¿¡dónde vas, mamá!?». «¿Qué haces, abuela?». Sagrario no oía nada de eso. Ella, derechita a ca don Joaquín Benjumea por si estaba en la consulta, a dos plazoletas de allí. Y gracias a Dios que estaba y que, como zutanita, la enfermera, la vio tan desencajada y con el niño muerto —eso pensaba ella en el fondo, que poco había que hacer ya—, ovillado en sus brazos, ni le preguntó razón de por cuánto ni por qué y la hizo pasar, estuviera como estuviera el paciente a quien atendía dentro. Que imagínate que le hubiera pillado en paños menores, con el culo en pompa o en peores bretes que se dan cuando se explora la anatomía. Fue providencial. Otros decían que milagroso. Nada más entrar en la consulta, don Joaquín se hizo cargo. Ese hombre sabía tanto que no hubo ni que explicarle ni ponerle al corriente. Lo cogió por los tobillos, lo puso bocabajo. De esa pose le dio dos cachetes en la espalda, sin miedo, como hay que dárselos, que no hay nada como saber, y el chiquillo se puso a berrear lo que no está en los escritos. Y lo hizo volver a la vida, como si acabara de nacer de nuevo.

Cuando lo tuvo calmado, suspiraron todos.

Don Joaquín el primero. Y zutanita.

Hasta la señora que se quedó a medio reconocer, con la enagua por los suelos.

El médico exploró de arriba abajo al bebé, tocándole la fontanela lo primero, le hizo cosquillas en las plantas de los pies, a lo que Jorge reaccionó de manera muy graciosa, encogiéndolos, como si le hubiera llegado por sorpresa una ola de agua fría en la playa.

—Bien esto, bien lo otro, bien por aquí... —iba tranquilizando a la abuela—. A ver... sí, esto también muy bien.

Menos cuando llegó a los ojos.

—Uy, quiero ver mejor esas pupilas.

Don Joaquín torció el gesto. Arrugó la nariz, como cuando algo no te huele bien.

—Dile a tu hija que venga con el niño cuando pueda, Sagrario.

Hasta ese día no habían notado nada. Los pediatras tampoco habían advertido si Jorge reaccionaba bien o regular a los estímulos visuales, porque, «Si hubiera habido algo extraño, se habría detectado ya», argumentaba don Joaquín. La madre no se quedaba en eso. Ella repetía una y otra vez que el niño nunca se había girado sobre sí mismo, con lo rollizo que estaba, «¡Jamás!, nanay del peluquín. Si no, ¿cómo se me hubiera pasado a mí por la cabeza dejarlo allí, en esa cama tan alta? La culpa es de estos dos, que me tienen frita, ¡que van a acabar conmigo!».

Lo único cierto es que, tras la caída, fuera desafortunada o porque Dios así lo dispuso, Jorge no vio nunca más.

17

Cataluña, segunda mitad del siglo XX

Familia Santos

El coche olía a colonia cuando Granada quedaba atrás y la peña de los Enamorados se recortaba al frente. El primero en poner las manos en forma de cuenco era Jorge. Remedios cogía el frasco de Nenuco y rociaba con dos dosis a cada hermano, flus, flus. Ella se echaba tres, tenía el cabello más largo. Después, peinaba a su hermano pequeño.

Ricardo, echado hacia delante entre los asientos de sus padres, sacaba medio cuerpo por encima de la palanca de cambio para que le dejaran pitar a él.

Los abuelos, en la casa, calculaban: «Si han salido de Barcelona a las cuatro de la mañana, pues sobre las seis o las siete. Tirando mucho, a las ocho de la tarde estos andan ya por aquí». Y a una hora u otra, la bocina del nuevo coche de los Santos se oía acercarse, sonando ya desde el tramo final de la cuesta de San Sebastián y cada vez más cerca, más fuerte, antes de encarar la calle empedrada.

«¡Ya llegan los catalanes!». En algunos sonaba a alegría, a admiración. Eso mismo, en boca de otros, tenía carga de sarcasmo.

Cataluña es otra cosa. Aquello es Europa.

Eso les dicen los primeros, y «los catalanes» les siguen la corriente. «Si estos supieran la de trampas que tenemos; la de letras que nos comen: la del coche, de la nave, la rehipoteca del piso, el colegio de los niños. Pero somos los pudientes, coño, ahora somos los catalanes. ¿Por qué vamos a romper la magia del cuento?».

—Es verdad que allí es otra cosa, sí. Te tenías que haber venido cuando los primos y mis hermanas. Hay trabajo para el que quiere trabajar. Y se prospera, ¡no hay más que vernos! —le repite Miguel a su cuñado un año más.

Ya sea por la noche, a la fresca, viendo a la gente pasar, sentados al filo de las sillas de enea sacadas a la calle, calle de cuya piedra solo emana fuego, pero el infierno de las casas bajas que dan al oeste es peor. O en la taberna de Ramitos, con el catavinos lleno de un jerez fresquito. El momento y el lugar es lo de menos, pero la tradición es la tradición y, al menos una vez por visita, cae la sentencia. Y después de oírse la fanfarronería, se vuelve a tentar de soslayo con Socorro.

Qué envidia, cómo los miran los de Mollina, con qué admiración.

—Aunque hay un pero, no te puedo engañar. Ya no es como antes. La política está poniendo la cosa regular, ¿sabes? La política y la lengua: como no hables catalán, no tienes nada que hacer.

—¿Y tú lo hablas, Miguel?

—Lo entiendo todo, y con eso me basta. Tu hermana, así así. Yo ya lo tengo todo hecho. A mí me conocen y me lo permiten. Estos sí, claro —señala a los niños—, estos lo dominan como tú y yo el andaluz.

«El andaluz», ha dicho.

Hoy están comiendo pronto para los horarios de verano en Mollina. Ni a las cuatro ni a las cinco. La tele ya ha llegado a casa de los abuelos. Y eso quiere decir que avanzan los años ochenta. De fondo está puesto el telediario. A Jordi Pujol lo doblan.

—¡Hijo de la gran puta! —Y hacia la tele—: ¡Habla en español, coñooooo!

Ricardo se avergüenza. Le afea las malas maneras a su padre, que se ponga en plan tabernario, porque esas cosas no las dice cuando están en Barcelona. Porque esas cosas, y con esa ira, no las oiría jamás en boca de Josep Terol. Y él, que empieza a echarle un ojo a *La Vanguardia* en casa de sus amigos, que lee y entiende ciertas cosas de la política, que podrá votar más pronto que tarde, no quiere jugar a los dos papeles, verse siendo uno aquí y otro allí; un Ricardo con los Santos y otro bajo la tutela de los Terol.

—¡Tú qué coño sabrás, niño!

—¡El que no tienes ni idea eres tú! —le suelta enrabietado el chaval.

El cuñado hace un mohín que Miguel ha interpretado, y no le falta razón, como «Mucha educación y mucha leche, mucha Europa y tal y cual, pero mira qué desahogado te ha salido el niñato este insolente».

«El niño este no me deja a mí en evidencia», piensa Miguel. Le echa una mirada de las que matan. Se lo quiere comer.

Pero, no se sabe bien a resultas de qué (¡menos mal, Ricardo!), se ponen a hablar de la mili. Siempre hay un momento y una excusa para que salga la mili.

—Repetiría ahora mismo. ¿En el Cuartel de Bruc? Buah, yo allí era el capitán general. «Miguelín, ¡al mercado!». Y yo, allí, en el puesto donde sabía que me podían atender bien: «¿Qué quieres, que te compre a ti las patatas? ¿Qué gano yo?». Allí se comía lo que yo decía. Siempre me caía una propinilla, ya me entiendes. —Le guiñaba—. Allí éramos todos iguales. ¿Mejor que yo? No creo que nadie pasara una mili mejor que el menda. Aunque siempre hay algún espabilado al que no se le ve el pelo.

Miguel se está acordando de un tipo que debía de ser hijo de alguien con poder, un enchufado de un pez gordo del Régimen, seguro. Sorpresa: tenía apellidos catalanes.

En el primer sitio donde Terol hizo valer la renta de sus contactos fue en la mili. En el campamento de San Clemente fue uno más, no había tutía. Allí mordía el polvo todo dios. Como mucho se libró de alguna imaginaria. Pero en cuanto lo destinaron al Cuartel del Bruc, movió los hilos para que quien tuviera que poner firme al coronel lo hiciera.

Durante el año largo de servicio en Pedralbes durmió en la primera casa que pagaron al contado por mucho menos de lo que habían guardado. Un notario les había dado el queo sobre una familia apurada, con una mano delante y otra detrás: varios hermanos que heredaban un piso en la parte alta de Las Ramblas y la miseria los llevaba a matar. No quería saber el uno del otro. Necesitaban liquidez. «Se lo compras por setenta y me das diez a mí, Terol». Firmaron antes de ir a verlo. No hizo falta. El palacete del Ensanche lo cuartearon en dormitorios y baño común para huéspedes. Nunca tuvieron una habitación vacía. En aquel tiempo llegaban a miles los que habían salido de sus casas, como ellos, desde Aragón, Andalucía, Extremadura. Bastaba con sábanas limpias y algo de cariño para que los hospedados les dieran razón a los que en origen hacían sus maletas para coger las de Villadiego, que eran las de Barcelona.

Ángeles regentó la hospedería mientras Pitu Terol cumplió su año y pico de cuartel, dejándose ver por las oficinas un rato, entre las nueve de la mañana y las doce del mediodía. Se acercaba para echarles un vistazo a las cuentas y presentarse ante su superior, por si este tuviera algo que mandar; él se lo conseguiría.

«Terol, ¿usted se puede enterar de quién va a edificar en este sitio o en este otro?».

Pitu, largo como él solo, y más que lo era la Ángeles, se coscó del negocio que estaba por florecer cuando por dos o tres frentes le llegó el mismo interés: «¿Qué se mueve en la costa? ¿Qué está ocurriendo en lo que, hasta la fecha, no eran más que páramos abiertos al mar en pequeños pueblos de pescadores?». En la

Costa Dorada y en la Costa Brava se empezaban a planificar desarrollos a precio de terrenos yermos cerca de la playa.

—Ahí está la oportunidad. ¡Lo veo clarísimo, Angelita!

—Pero con tiento, Pitu, con tiento; *de mica en mica* —le aflojaba los ánimos, ella.

A Terol, a esas alturas, le quedaban pocos anclajes en Lorquí. En Galicia, a Ángeles todavía menos; los abuelos eran mayores cuando se marcharon y todos los tíos se fueron mundo adelante. No había raíces. No iban a dejarse caer ni por un sitio ni por otro en vacaciones.

A uno de aquellos terrenos rústicos que compraron con buen ojo le sacaron algo más que el montante de una ganancia. Le echaron valor para empezar a construir y se quedaron uno de los pisos para veranear. En Comarruga.

Josep Terol siempre mantuvo que, si no hubiera sido porque su esposa lo frenaba y les ponía algo de cordura a sus inversiones, no habría construido jamás aquel pequeño imperio porque, en una de esas, habría apostado todo a un número y se habría caído con todo el equipo. A saber qué habría sido de su vida. Ángeles, sin embargo, unas veces le daba la razón y otras tendía a opinar que, si no le hubiera sujetado tanto las riendas, hoy encabezarían la lista Forbes.

18

I got bodyguards,
I got two big cars,
that definitely ain't the whack
I got a Lincoln continental
and a sunroof Cadillac
So after school, I take a dip
[in the pool,
which is really on the wall

«Rapper's Delight»,
The Sugarhill Gang, 1980

Barcelona, 2023

Ricardo

El bufete de Llorens i Mongay ocupa las dos últimas plantas de un edificio rehabilitado de la calle Balmes, próximo a Sant Gervasi. El lavado de cara de la finca ha consistido en elevar en la fachada un imponente jardín vertical. Ricardo lo observa, alzando la vista desde la calle. Aunque no hace más que oír maravillas sobre esta moda a los expertos en sostenibilidad, calcula el gasto en mantenimiento, en agua sobre todo. La vegetación brilla lustrosa ahora, claro, pero se pregunta si aguantará cuando vengan los meses de verano y se sucedan las cada vez más famosas olas de calor. Dará igual. De la noche a la mañana seguramente arranquen los vestigios mustios y achicharrados y traigan matas nuevas de vivero. Todo tiene un precio. Todo, una caducidad.

Han quedado a las seis. Se ha adelantado, para no faltar a la costumbre. Espera en la puerta desde hace un rato a Maite, Susana y Pablo. Vienen en otro coche desde Sant Cugat. Acaban de llamarlo para disculparse por la tardanza. Están aparcando. Han salido con tiempo de sobra, pero los túneles de Vallvidrera a esta hora están colapsados en el sentido de entrada a Barcelona. Ricardo no es que no se fíe pero, por curiosidad, simula el trayecto en Google Maps. Hay retenciones en naranja. No es para tanto.

Llorens y Mongay, los socios principales, herederos de los fundadores, son viejos conocidos. Lluís Llorens iba a su misma clase y Mercè Mongay a la de Maite. Los Terol no dudaron en recurrir a ellos para llevar la defensa de Enric cuando decretaron su ingreso en prisión. Ricardo también ha seguido en contacto con la firma durante estos años. Aunque él viviera en Madrid, se han encargado de todos sus asuntos fiscales y de la gestión de sus derechos de autor. La última vez que les dio trabajo extra fue cuando algunas entidades y bancos como La Caixa decidieron trasladar sus sedes sociales fuera de Cataluña ante la inestabilidad política en el otoño de 2017. Lo recuerda nada más saludarse con Lluís Llorens.

—Ya pasó la tormenta, ¿eh, Santos? Se han calmado las aguas.

—Que sea por mucho tiempo…

—¿Es que no confías?

—No es comparable a aquello, pero ahora me da la impresión de que es como si hubiera un renacer, lo percibo en el ambiente. No quiero ser cafre. Debe de ser por la nueva crisis energética, o por las últimas decisiones de Madrid, que no contentan a nadie. O quizá es que aquello me volvió más miedoso y ahora veo fantasmas. Nadie con dos dedos de frente pensaba entonces que se fuera a llegar tan lejos, y se llegó. Pero dímelo tú, que estás en contacto con el tejido empresarial y con los inversores.

El abogado le quita importancia con un chasquido de la lengua y espanta los malos augurios con la mano, como moscas que sobrevolaran. Luego los invita a que tomen asiento. Están en la sala de juntas, ante una mesa ovalada. Tazas de café y vasos vacíos en cada uno de los sitios que ocupan. En el centro, una jarra de zumo de naranja, un par de termos y otras tantas bandejas con minicruasanes de cuernos dorados.

Llorens ha recibido a los Terol en catalán; con su socia también lo habla. Sin embargo, Mercè se entiende con esos mismos clientes y amigos de la infancia en castellano, igual que con Ricardo. Este la ha saludado en catalán, pero enseguida, al oírse, le ha sonado extrañísimo y ha cambiado de idioma.

—Es curioso, ¿verdad? —observa el propio escritor—. Nos relacionábamos así de niños, y así nos hablaremos toda la vida. El otro día, paseando por mi pueblo, cerca de casa de mis padres me encontré con el Garrigó. ¿Os acordáis del tarambana del Garrigó? El que se alistó en un submarino como cocinero.

—¿Qué me dices? —salta Maite.

—¡Como lo oyes! Me estuvo contando su vida. Tan bohemio y tan viva la vida, ¡pues la mitad de los locales y bares de Sant Martí son suyos!

—¡Ostras, sí! —recuerda Maite, que hasta el momento solo seguía la corriente, sin haberle puesto cara y ojos al personaje.

—¡Lo tienes que conocer! Es la única persona que habla más que tú. —Ríen—. En lo poco que me dejó meter baza, cada vez que le soltaba algo en catalán, se frenaba, abría los ojos como si estuviera ante un marciano y volvía a hablarme en castellano. No había forma. Lo dicho: como en el cole, según con quien.

Tras cuatro batallitas de anecdotario, Mercè, que no hace más que mirar el reloj, toma la palabra en un tono más formal. Se ha puesto el traje chaqueta de señora abogada y piensa sacarle partido. Han quedado a esa hora para disponer de margen suficiente y así abordar otros asuntos que el equipo de Llorens i Mongay quiere exponerles, novedades sobre la investigación que son vitales en el punto del proceso en el que se encuentran. A las nueve de la noche, Ricardo y Susana tienen cita en los estudios de Radio Nacional, en el programa de Josep Cuní, *24 Horas*. Habrá que atravesar la ciudad hasta llegar al distrito 22.

Mercè Mongay se apresura en iniciar su exposición. Primero lo hace sopesando las reacciones que ha tenido la ofensiva mediática tras las entrevistas concedidas por Ricardo. Deja claro que no habla según su juicio, «porque este podría ser arbitrario y de parte», sino basándose en un informe técnico elaborado por el departamento de comunicación del bufete. Han auditado los comentarios en las redes sociales y los artículos de opinión. También las valoraciones vertidas por analistas y firmas con ascendiente en la población.

—No es que no confiáramos, porque fue idea nuestra, pero, para nuestra sorpresa, el mensaje que ha lanzado Ricardo ha logrado con creces lo que nos propusimos. Cada uno por su motivo, pero lo cierto es que, desde todas las sensibilidades políticas, se interpreta como injusto el caso contra Enric Terol. Era lo que pretendíamos. La batalla del relato la tenemos ganada ahora mismo.

—Detalla esto, por favor, Mercè, que es muy interesante —la invita Lluís.

—Según la encuesta que hemos encargado, los votantes progresistas y los partidarios de la independencia coinciden en verlo como un abuso del poder del Estado, del poder judicial; en este caso, movido por intereses políticos. Es una sensación mayoritaria incluso entre los votantes del PSOE, el partido que sustenta el Gobierno de Madrid. Estos entienden que está gestionando mal o muy mal el caso catalán. Unos por exceso y otros por defecto, pero, en definitiva, el cincuenta y cuatro por ciento de sus fieles piensa así.

—No hablemos ya de los votantes de derechas... —Lluís Llorens sigue el hilo—. La gente del PP, por efecto rebote, ven a Enric como una víctima propiciatoria, no como una mano ejecutora del peligroso desmán violento al que puede llevar la idea de la independencia. Una víctima propiciatoria con la que el Gobierno de Pedro Sánchez intenta poner un parche al escándalo de haber eliminado el delito de sedición y haber rebajado la pena de malversación. Según estos, una chapuza hecha a medida para contentar a los políticos catalanes encarcelados y recibir así el apoyo de sus partidos, con un único fin: mantenerse en la Moncloa.

—Que fuera Ricardo Santos quien diera la cara es lo que realmente ha hecho posible la cuadratura del círculo.

Pablo ha remarcado el nombre y el apellido; no ha sido su amigo Ricardo quien lo ha hecho, sino el periodista con firma, el escritor. El halagado bromea:

—El mérito es vuestro. ¡Mira que confiar en un proscrito de ambas orillas! Y encima que me vieran como un hombre creíble, de consenso, de la noche a la mañana. ¡La de Dios!

Lo celebran de nuevo haciendo gala del buen humor que hay en el ambiente, se forman corrillos, hablan de sus cosas, de lo bien que ha quedado la reforma del bufete y, por supuesto, del Barça, de los apuros económicos por los que pasa el club, agravados por el escándalo por los pagos descubiertos que se hacían a la empresa del número dos de los árbitros.

—¡Eso sí que sería gravísimo: que cayera el Barça! La hecatombe. El drama social. ¡Ríete tú del *procés*! —exagera Lluís. O lo parece.

Vuelven a salir vivencias del colegio, pero Maite se escabulle con sutileza y se va a la terraza a fumar. Ricardo la vigila de soslayo. Aunque aparente un temple admirable, su hijo está en la cárcel. «La procesión irá por dentro», supone. A través del cristal, y aunque se las arregla para seguir la conversación del interior, observa a la Maite de su infancia mirar a la nada, llevarse el cigarrillo a los labios, resoplar. Antes de que se decida a seguirla, Susana se estira y bosteza, cansada. Decide acompañar a su madre. ¿Se habrá dado cuenta ella de que Ricardo miraba a su madre? Es cierto que la relación entre Susana y él ha fluido mejor desde la incomodísima charla en el AVE, pero así y todo el escritor se siente al filo del precipicio. Pablo se disculpa y va al servicio. Mercè sigue intranquila. Solo parece relajarse cuando recibe una llamada.

—*D'acord, sí, que passi. Genial!*

A los pocos segundos entra su secretaria y le acerca unos documentos. La abogada los ojea, los repasa con gesto de satisfacción. Se pone el puño en la boca reprimiendo la celebración, pero está visiblemente contenta.

Con los papeles en la mano, los recluta a todos, empezando por Ricardo, que se ha quedado mirando al infinito a través del ventanal.

La abogada tose y reclama la atención del resto.

—Ha llegado casi con la campana, pero aquí está lo más importante. No os podéis ir sin esto. —Blande un par de carpetas.

—¿Buenas noticias? —se interesa la madre del detenido, de vuelta de la terraza.

—Yo diría que sí. ¡Mucho! —Le alarga un pliego a Susana y otro al escritor—. Hay que andarse con mucho ojo, porque la forma en la que hemos conseguido esta información... en fin, es un tema delicado.

—Digamos que ha sido por métodos no muy ortodoxos —precisa Lluís, que está al corriente.

—Leéroslo con detenimiento antes de la entrevista con Cuní —les encarga a Ricardo y Susana—. A su equipo ya se lo hemos filtrado. No nosotros, claro. Si se supiera, sería sencillo atar cabos hasta llegar a nuestra fuente y dejarla con el culo al aire. Quedaría en evidencia y, por su cargo, es muy comprometido. El asunto es lo suficientemente jugoso como para que mañana lo replique toda la prensa. Preparaos para otra ronda de entrevistas. Esto nos dará argumentos muy sólidos para que pongan en libertad a Enric.

—Danos un titular, al menos —le pide Susana, impaciente, cogida de la mano de su madre.

—Hay dudas sobre el origen de la pistola con la que disparó Lorena. Quizá no salió de ninguno de los coches asaltados de la Guardia Civil.

19

Father wears his Sunday best
Mother's tired, she needs a rest
The kids are playing up downstairs

Our house, in the middle of our street
Our house, in the middle of our

«Our House»,
Madness, 1983

Sant Cugat, 2023

Ricardo

Es demasiado temprano para lo tarde que se hizo anoche. Ricardo se levanta con la resaca de la edad. No probó ni una gota de alcohol. Cada vez lo tolera menos. Se prepara el primer café mientras deja que la vista se le pierda en el paisaje que se ve desde la ventana de la cocina del apartamento de Maite. Una estampa abierta a la ladera de Collserola. Cada año florecen antes los almendros. Hoy ya no ha saltado la calefacción. Son pequeños hitos del despertar del nuevo día que se le cuelan entreverados en sus auténticas preocupaciones. Una en especial, por encima del resto, ahora mismo.

Se da una vuelta por la casa. Es un piso funcional. Bien decorado. Con gusto, pero sin estridencias. Desprovisto de lujos, aunque Maite se los podría permitir todos. Quien no la conozca pensaría que es una vivienda impersonal y algo fría. Casi industrial. Ella es así. Austera. No rácana, sino práctica. Siempre fue partidaria de quedarse solo con aquello que tiene utilidad. Tal vez por eso hizo en su día *tabula rasa* con cualquier cosa que le evocara a su marido, por mucho que fuera el padre de sus hijos. Ricardo ha vuelto a comprobar estos días que en torno a Alfons sigue sobrevolando un gran misterio. Es el borrado por los Terol, o el cancelado, en términos de hoy en día. Ni siquiera se atreve a decir que sea un tabú para la familia; no llega ni a eso. Deduce que es como si hubiera una ley no escrita y ampliamente aceptada entre los Terol de las tres generaciones para obviarlo. Si el impresentable de Alfons Casamitjana puso tierra de por medio sin considerar que debía dar explicaciones, que nadie vaya a mover un dedo para enmendarle la plana. Nadie jamás se rebajará a remover Roma con Santiago para dar con él y pedirle cuentas. Ni sus hijos. Y no porque Maite haya hecho una campaña sostenida para desacreditarlo. También en eso es muy pragmática y jamás ha gastado ni un gramo de energía, a sabiendas de que «Por los hechos los conoceréis» y de que «El tiempo lo pone todo en su lugar», enseñanzas de los dichos favoritos de su abuela gallega.

Una ensoñación de Ricardo, ocasional, pero recurrente estos días, es imaginar cómo habría sido su hogar, el de ellos como pareja. No se asemeja en nada a esta casa. Lo ha pensado mil veces desde que era niño. Siempre se ha visto en la vivienda familiar, o una idéntica a aquella, el chalé de los Terol en Valldoreix, donde a esta hora ya se habrá levantado Maite. Una casa vivida, con ajetreo, en la que entrarían y saldrían niños, y los amigos de los niños, y donde sería extraño el día en el que no se organizara una cena, una barbacoa, un cóctel, donde llegara la familia sin necesidad de avisar, donde llamaran a la puerta los conocidos que anduvieran de paso por la zona porque habría sitio para todos, «Pasad y poneos cómodos, como si estuvierais en vuestra casa».

Pero en un rapto de honestidad con él mismo, sabe que una cosa es el Ricardo proyectado en una ilusión naif y otro el de verdad. Con el auténtico es con quien mantiene ese debate moral sobre lo que acaba de pasar; con ese escritor mitad misántropo, mitad cascarrabias y egoísta que, al fin y al cabo, necesita soledad (cada vez más), estar con él mismo y sus infiernos; y, cuando no los tiene, se los busca porque, si no anda por los límites de lo convulso, se aburre. Es como si no viviera, y quien no vive no escribe. Por eso ahora no puede decirle a Alexa que reproduzca el pódcast de la entrevista de anoche en Radio Nacional, para no despertarla. Por eso Ricardo sigue zascandileando por la casa, a ver si encuentra unos auriculares, porque los suyos también están ahí dentro, en la mesita de noche, igual que la bola principal de Alexa. No quiere incordiar. Allí sigue, respirando fuerte, profundamente dormida, como si la cosa no fuera con ella. En el dormitorio continúa quien le ha vuelto a quitar el sueño, a incitarle a que le puedan otra vez los mil demonios y los remordimientos.

No puede explicarse cómo no vio venir el peligro. «No te engañes —se dice—. Lo viste venir a la legua. Lo buscaste. Cuando aceptaste cenar algo juntos, ya la hora que se había hecho, tan tarde...». Y ella sabía dónde estaban las cosas, claro, dónde estaba, por ejemplo, aquella botella exclusiva de vino, pero es que la ocasión bien lo merecía. Botella que cayó mientras ella le hablaba de cómo le había ido en todo este tiempo con sus viajes y sus amantes y sus dimes y diretes. Ricardo se quedó embelesado y se acercó a ella en el sofá, medio consciente y medio ebrio, para besarla. No sería la primera vez. Aunque esa iba a ser la que más remordimientos le iba a acarrear. Ella al principio dudó, más por Ricardo que por ella. Luego pasó lo que ambos sabían que iba a ocurrir. Se dejaron llevar por el calor del vino y acabaron desnudándose allí mismo para después continuar en la cama de su madre. A veces los clichés son difíciles de evitar.

Maldito seas, Ricardo. Maldita seas, Susana.

Al fin encuentra unos cascos en un cajón del mueble de la entrada, el único rincón donde hasta la persona más ordenada del mundo se permite el caos. Territorio libre de TOC.

Reproduce la segunda hora del programa. Pasa rápido los titulares del boletín y el resumen de lo fundamental de la actualidad del día. Normaliza la velocidad de reproducción al reconocer la sintonía. Al oírla, revive cómo fue el momento. Durante esos breves segundos instrumentales en los que todavía no se había encendido el piloto rojo, pudieron saludarse de manera informal, fugaz. Cuní retiró un instante la mirada de los folios que sostenía, le regaló una sonrisa afable y le guiñó un ojo. Con la mano libre lo invitó a que ocupara la silla situada a su derecha.

Josep Cuní Ricardo Santos es periodista, escritor. Como analista de la actualidad, ha sido colaborador en diferentes medios. La vida y la profesión han hecho que coincidiéramos más de una vez en el pasado, incluso como colaborador de otros programas que tuve la suerte de dirigir. Me va a resultar muy extraño mantener el trato de usted que dispensamos a todos los invitados de este espacio, sin excepción. Señor Santos, buenas noches.

Ricardo Santos Buenas noches, Josep. Afortunadamente, yo no tengo esas servidumbres y es probable que te tutee. Me saldrá de manera natural, me temo. Espero que no te moleste. Porque también estoy seguro de que la proximidad no va a condicionar la dureza del tercer grado al que veo que estás dispuesto a someterme.

Ricardo tiene la tentación de darle al avance rápido cada vez que se oye. No se soporta. Y menos cuando entra en el juego de su interlocutor. Cuní maneja bien la fina ironía mientras que él queda como un burdo imitador engolado.

Josep Cuní ... Esta noche viene en calidad de portavoz de la familia porque hay novedades sobre este caso que ya se conoce, en términos periodísticos, como el caso Enric Terol. Son novedades que les estamos adelantando hoy en exclusiva y que podrían darle un vuelco a todo lo que ha trascendido hasta el momento. Se duda de que la pistola con la que Lorena Perelló, la pareja de Enric Terol, disparó en defensa propia a su atacante, según ella misma ha confesado, sea de la Guardia Civil. Al menos, esa pistola, por los datos de los que ahora disponemos, no habría estado nunca listada entre los objetos desaparecidos de los coches vandalizados. Jamás se denunció su desaparición.

Ricardo Santos Eso parece.

Josep Cuní ¿No se lo han confirmado? ¿No han tenido noticias del juez que lleva la instrucción o del fiscal?

Ricardo Santos Por raro que parezca, nos hemos enterado hace pocas horas por la prensa, por ustedes. Nuestro equipo legal está haciendo todas las consultas para confirmar si es así, porque, desde luego, y no quiero avanzar nada que no me corresponde, deberíamos solicitar medidas cautelares para que se ponga en libertad inmediatamente a mi representado. Quiero imaginar que, si los periodistas —los suyos, enhorabuena por el trabajo, por cierto— han tenido acceso a esa información, no se les podrá negar a las partes interesadas.

Pausa. Eso cree que ha colado. No se le da del todo mal la mentira política. Mejor que el sarcasmo, desde luego.

Josep Cuní Vamos a recordar lo fundamental con este informe elaborado por Silvia Claveguera y el equipo de investigación de 24 Horas. Silvia, buenas noches.

Periodista Buenas noches, Josep. Es un hecho judicial probado que los manifestantes se concentraron el 20 de septiembre de 2017 frente al Departamento de Economía y Hacienda de la Generalitat para dificultar la operación Anubis contra el referéndum, y vandalizaron, al menos, cuatro vehículos de la Guardia Civil en los que había varias armas largas, escudos antidisturbios, porras y pertenencias de los agentes.

Josep Cuní ¿Qué pertenencias exactamente? Ahora vamos con ellas. Primero, recordemos que lo que aparece en casa de Enric Terol y su pareja son, en concreto, veinticinco balas, un pasamontañas y una pistola tipo Glock. Y que, hasta el momento, según la instrucción de este caso, se daba por hecho que pertenecían a los objetos saqueados de esos coches. Para seguir la pista de los objetos desaparecidos, tenemos que situarnos el 5 de octubre de 2017, catorce días después de los hechos, Silvia.

Periodista Ese día, agentes de los Mossos que habían participado en el dispositivo de seguridad del Departamento de Economía declararon, en diligencias internas, que vieron cómo varios fusiles y escopetas seguían dentro de los automóviles de la Guardia Civil entrada la noche, cuando ya habían empezado a disolverse los manifestantes. Uno de esos agentes afirmó que a las 3.45 horas comprobó que, dentro del maletero de uno de los coches, «había dos armas largas, concretamente una de ellas parecía un fusil de asalto alimentado con dos cargadores transparentes donde se podía apreciar munición». Y que «este fusil estaba parcialmente tapado por la zona del cañón y apuntaba a la Consejería de Vicepresidencia, Economía y Hacienda. Además, se podía ver también un arma larga tipo escopeta».

Josep Cuní Son palabras recogidas de forma textual en esos dosieres. Aquí no se habla de ninguna pistola. Solo fusiles largos. Sigamos.

Periodista Sí. Un segundo agente que participó en el dispositivo manifestó que vio cómo un teniente de la Guardia Civil retiraba del maletero dos escudos de color verde y que fue entonces cuando observó que, debajo, había «dos armas de fuego largas», una marrón y otra negra, sin poder especificar los modelos concretos. También es textual.

Josep Cuní Sigue sin salir la pistola. Solo armas largas. Más datos. Atención porque esto es muy importante, y aquí podría estar la clave: el día 21 de septiembre, un día después de los hechos, en torno a las seis de la tarde, el vigilante de seguridad del cementerio de Montjuic, situado a cuatro kilómetros del Departament de Economía, encontró dos mochilas dentro del recinto. Así lo hace saber. ¿Qué contienen esas mochilas, Silvia? ¿Dónde se entregan? ¿A quién?

PERIODISTA A los Mossos, que levantaron acta del material entregado por este vigilante. Leemos la lista de lo que contenían las mochilas: cinco cargadores con treinta cartuchos cada uno, una guía de pertenencia de un arma tipo pistola marca Walther, calibre nueve milímetros Parabellum, un pasaporte, dos tarjetas de identificación de la Guardia Civil, otra identificación expedida por el Ministerio de Defensa, un DNI, dos permisos de conducir, una autorización de acceso de AENA, dos tarjetas Visa de BBVA, varias prendas de ropa, auriculares de telecomunicaciones y una tarjeta de la Guardia Civil expedida por el Ministerio del Interior, además de las dos mochilas marca Mil Tec en las que apareció el material, una negra y otra de camuflaje. Dos días después del hallazgo, el 23 de septiembre, a las 10.49 horas, los Mossos hicieron entrega de todos esos enseres a dos agentes de la Guardia Civil en la comisaría de la calle Ulldecona de Barcelona. Pero los funcionarios del Instituto Armado descubrieron en ese momento que todavía faltaban algunas de las pertenencias que habían dejado dentro de los vehículos a primera hora del 20 de septiembre.

JOSEP CUNÍ Por lo tanto, no aparece. Pero ¿se reclama esa pistola tipo Glock como parte del material que echan de menos?

PERIODISTA Tampoco. Según el acta levantada por la policía autonómica, se denuncia la desaparición de las veinticinco balas de munición nueve milímetros Parabellum y dos pasamontañas negros, junto a unas gafas de sol marca Pegaso y dos linternas tácticas. Un segundo agente echó en falta unos guantes tácticos marca Meyer, un pasamontañas y un chubasquero de color negro, una boina oficial de la dotación de la Guardia Civil, unas gafas de sol de color negro, una linterna táctica, un casco antidisturbios oficial que también formaba parte de su equipo y diez euros en efectivo.

JOSEP CUNÍ ¿La mochila de Enric Terol se corresponde con las descritas, las que aparecieron en el cementerio?

Periodista En absoluto. La que se halló en casa de Enric Terol es una mochila muy común, de color rojo, de la línea básica deportiva de Decathlon, con la que fue fotografiado en varias ocasiones, durante la concentración y en días posteriores. Siempre con esa mochila roja. Así lo recogen los informes de los equipos encargados del despliegue de seguridad, al igual que diversas fotos que están apareciendo en las redes sociales y en la prensa.

Josep Cuní ¿Se puede confundir una pistola Walther con una Glock? Aunque, maticemos que, de la primera, no se dice que desapareciera, sino que se encontró su licencia. Lorena Perelló, sin embargo, disparó con una del segundo tipo, con una Glock.

Periodista Nuestros oyentes pueden juzgar, porque acabamos de colgar las fotos de los dos modelos. Expertos consultados por este equipo, tanto de la Guardia Civil como de los Mossos, consideran poco probable que se describa por error una por otra, y menos en un inventario hecho con ese grado de precisión, en un listado en el que no se obvian ni siquiera los diez euros en efectivo que echaron en falta los agentes.

Ricardo, que está en la cocina con los auriculares puestos, detiene el pódcast. Mira hacia la puerta. No está seguro de que haya ocurrido lo que cree que acaba de pasar. A través de los cristales biselados juraría que ha visto fugazmente la sombra de Susana caminando de puntillas. Cuando sale al recibidor, se fija en que ya no cuelgan del perchero ni el tres cuartos ni el bolso de la chica. A ella también le ha sorprendido e incluso avergonzado lo ocurrido anoche. De lo contrario no habría eludido el encuentro matutino, la más que potencialmente tensa conversación.

Se prepara un segundo café mientras su cabeza es el mono saltarín que va de liana en liana, sin orden ni concierto; tan pronto sus pensamientos proyectan el pasado reciente como se dispersan imaginando cómo será la cena de exalumnos de pasado mañana organizada por Maite y, sobre todo, el encuentro con ella después de lo que ha vuelto a suceder en su casa, en su cama y con su hija; luego tiene otro rato para los autorreproches; no se olvida de flagelarse por cómo trascurrió el encuentro con su familia, y maldice de nuevo no haberse sabido callar a tiempo, por estar a la que salta, sin hacer caso a aquella máxima que logró aplicarse en las redes sociales, al fin: «No escribas ni digas nada que no contribuya a cambiar las cosas de verdad; es decir, no digas ni mu».

Después le sobrevienen los miedos sobre qué encontrará en el despacho sellado de Pitu Terol y si sabrá gestionar toda la información sin traicionar a Maite, a Pablo, a Ángeles, sin traicionarse a sí mismo. Su mente es un torbellino que vaga de acá para allá sin pararse en los deberes que se había puesto: el pódcast, que sigue sonando, aunque no lo escuche.

JOSEP CUNÍ ¿Le puedo preguntar una cosa a la que, por lo que le conozco, estoy seguro de que usted le habrá dedicado mucho tiempo de reflexión?

RICARDO SANTOS Por lo que yo también le conozco, es una formulación muy suya, marca de la casa. No sé qué es lo que me va a preguntar, pero puede hacerlo; ya veremos si soy capaz de responderle.

JOSEP CUNÍ No, esta vez es muy simple: ¿por qué? ¿Por qué ha decidido un intelectual como usted, que siempre ha luchado por que se le viera como un pensador independiente, no adscrito a ninguna corriente, a ninguna vía, ponerse al frente y dar la cara por Enric Terol? ¿Es por Enric Terol en sí? ¿Tan claro tiene que es inocente? ¿Es por la familia? Josep Terol, no lo olvidemos, fue un empresario conocido por su proximidad al pujolismo, señalado en varias causas que tienen que ver con la financiación irregular de Convergència, aunque nunca haya sido imputado formalmente. Y ahora su nieto aparece involucrado en un caso que lo tiene absolutamente todo: el *procés*, la noche de los Jordis, los CDR, el asalto de los coches, de un símbolo tan españolista como es la Guardia Civil, una pistola presuntamente robada, una muerte... Si no fuera un asunto tan serio, señor Santos, le preguntaría si es que ha decidido usted ser el protagonista de una de sus novelas.

Ricardo Santos Como me temía, y a pesar de su advertencia, no es tan simple, es una pregunta-Cuní: un ensayo en sí misma. [Sonríe]. Responderla no es fácil, tampoco. Quizá la clave esté en lo que has dicho al principio. ¿Y por qué no? ¿Qué razón hay para que me tenga que inhibir de defender los intereses personales de una familia que ha sido como la mía? ¿La ideología...? Mejor dicho, ¿los parámetros de los marcos mentales donde nos sitúan los demás han de estar por encima del factor humano? Es una forma de rebelarme contra esa imposición que, de forma lamentable, cada vez gana más terreno en una sociedad enferma de sectarismo.

20

I am the eye in the sky,
[looking at you
I can read your mind
I am the maker of rules,
dealing with fools
I can cheat you blind
And I don't need to see
anymore to know that

«Eye in the Sky»,
THE ALAN PARSONS PROJECT, 1982

Barcelona, 2023

RICARDO

«Los días laborables serán los que tienen razón. Si quedó así dicho por el poeta, será por algo», escribe Ricardo. Añade: «Confirmar si es de Gil de Biedma». Lo anota en los apuntes que nunca llegan a nada, aunque se obliga a ir tomándolos a cualquier hora y en lo que tenga a mano: en un papel, en las notas del teléfono, en un archivo de voz, aunque estos no los ha estrenado. Lo de apuntar cualquier idea que le sobrevenga no es una cuestión práctica; lo hace por tranquilizar su conciencia, para justificar su pereza en las épocas en las que le bullen ideas inconexas, pero en las que no pica piedra frente a un papel en blanco. A no ser que le pille enfrascado en un libro, esas notas se dispersan como si jamás las hubiera atrapado al vuelo. Rara vez las llega a colar porque no sabe si las utilizó en algún momento del pasado y se le hace muy cuesta arriba, cuando está en plena efervescencia creativa, frenarse para buscar por palabras clave en los archivos de Word de todos sus libros si ya ha explotado esa ocurrencia. Ante la duda, las deja pasar.

Sigue instalado en el apartamento de Maite. Ella no parece que tenga ninguna intención de volver, al menos mientras se prolonguen las tareas de la defensa de Enric. Es como si fuera parte del pago: emolumentos más vivienda. A Ricardo le resulta cómodo. Ya lo ha hecho suyo, aunque de vez en cuando asome el remordimiento por lo que pasó allí con Susana.

El orden y la disciplina de los días de trabajo son los que lo sacan de la rutina en la que lo sumen sábados como este, días sin obligaciones en los que no sabe organizarse.

Esta noche tiene la cena con los antiguos alumnos de Sant Cugat. No sabe a qué hora levantarse por la mañana para llegar fresco a la cita nocturna, sin mochila de achaques, pero tampoco con un exceso de café en las venas. Se ha pasado toda la madrugada dándole vueltas a ese mísero dilema. Se le han ido las horas, de nuevo se le han colado los demonios capaces de robarle el sueño de verdad.

Ha dormido poco, mal, a duermevela. En esos ratos ha vuelto a tener pesadillas con Susana, que se escabulló sin dar explicaciones; tampoco hace falta, pero luego que no le venga con que es él quien le tiene miedo a enfrentarse a la realidad, el mojigato, el cobarde. Desde ayer solo ha sabido de ella por algunos mensajes que le envió para despachar asuntos de trabajo, como si no hubiera pasado nada: «Te van a llamar de tal periódico»; «Esta revista quiere un artículo de equis palabras»; «¿Qué te parece volver a TV3 el lunes, o prefieres que pospongamos un poco?». Ni una brecha que no se saliera de lo estricto, de lo profesional. Hielo puro.

Ahora Ricardo tiene un tremendo dolor de cabeza y confía en que nada le sabotee la siesta.

Cuando se relaja, bip, bip, entra un mensaje. Ha dado un respingo, como un adolescente enamorado. La naturaleza de la taquicardia cambia cuando comprueba que no es Maite, ni Susana. Casi peor: es la Remei.

«¡Hola! *Bon dia!*».

La abuela Sagrario decía que Dios aprieta, pero no ahoga, aunque esas palabras de su hermana son suficientes para temer que el Señor sostenga la soga en la mano y lleve intenciones de deslizar el nudo hacia su cuello.

GRABANDO AUDIO, lee en su estado.

Durante esos segundos pasa una película de terror de arte y ensayo, lenta. Desasosegante. Nunca sabe para dónde va a chutar su hermana, aunque la estadística le dice que suele hacerlo para el peor de los lados. Si no han discutido más a lo largo de sus vidas ha sido porque Ricardo, que no se considera contemporizador, se achanta ante ella, como lo hace con las personas tóxicas, esas a las que no se les puede llevar nunca la contraria, las que son capaces de sacar petróleo polémico de la balsa de paz más cristalina. Las que pueden llegar a escupir bilis, tires tú por donde tires; a las que hay que cantarles lo de «Tú lo que quieres es que me coma el tigre». Esa es Remei. En sus propuestas, siempre hay una trampa; puesta de forma inconsciente o no, pero la hay, y con doblez.

Por fin completa el audio:

> ¡Mira qué casualidad! Hacía siglos que no veníamos al Mercantic, *nen*. Estoy con la Puri. Y, *coi*, hemos caído en que andas por aquí, ¡por Sant Cu! Quizá estés visible, aburrido o las dos cosas. ¿Hace un café? ¿Qué? Vaaaa… Si te apetece, ¡eh! Sin compromiso, Richi. Besosss.

Sonríe inevitablemente y lee la parte positiva: aquí no ha pasado nada. Es la familia. Por muy graves que fueran las acusaciones cruzadas, jamás han rebasado el límite de lo que no pudieran perdonarse. El temor de Ricardo es que algún día ya no sea así, que llegue un momento en el que Jorge no sea el muro de contención y se desborden las aguas.

Lo de Richi le ha gustado. Hace siglos que nadie lo llama así. Solo ella, y solo por hacerle rabiar, en plan quillo, como empezaron a dirigirse a él los compañeros del fútbol en Rubí. Pablo y él jugaron allí una temporada, con quince años más o menos. Ninguno de los dos se habría atrevido con esa aventura de riesgo si no se hubiera visto espoleado por el otro. A Pablo jamás se le hubiera pasado por la cabeza colarse en territorio apache sin la compañía de su protector. Habría sido objeto de todas las novatas cuartelarias de los garrulos, así veía a sus nuevos compañeros el chico de los Terol, criado ajeno a esos ambientes. Estos a él lo consideraban de entrada un pijo de mírame y no me toques. Un equipo de fútbol de regional en un barrio de una ciudad obrera como Rubí era un universo en las antípodas de Pablo Terol. Significaba, por ejemplo, compartir vestuario con esos chicos de su edad que no iban al entreno en una Derbi Variant o en el coche de mamá si llovía mucho, chavales que llegaban en autobús de línea fumando Ducados, con el loro a tope y tocando las palmas al compás de Los Chichos, como habían estado haciendo en el andamio todo el día, convidándose a carajillos con hombres de más de cincuenta.

Ricardo, curtido entre dos aguas, se manejaba bien en los dos mundos; sabía camuflarse entre unos y otros y pasar por uno más. ¡Qué más daba que los vieran como un par de pijos fuera de lugar! Se adaptarían bien. Se harían querer. Lo que importaba era el fin en sí mismo: estaban a tiempo de recalar en el Barça. ¡Seguro! El club blaugrana desplegaba su red de ojeadores por todos los campos de mala muerte de Cataluña en busca de diamantes en bruto. Uno de ellos era el padre de un amigo de su clase. Ya se habían frustrado los sueños de que Terol y Santos fueran los nuevos Björn Borg y Jimmy Connors. Entrar en la élite del tenis estaba al alcance de muy pocos en todo el mundo. Y aunque ellos apuntaran maneras, supieron que habían tocado techo al caer en la semifinal de dobles en la pista central del Reial Club de Tennis Barcelona, en el campeonato de interclubes, a una edad a la que Borg ya había debutado con el equipo de Suecia en la Copa Davis.

La cosa en el fútbol tampoco prosperó. Chupaban banquillo hasta en los entrenamientos.

La única noche de invierno que vieron en el lateral del campo a un tipo con gabardina y traje, con pinta de ser un ojeador enviado por el FC Barcelona, fueron los únicos sobre el terreno de juego que no se dejaron allí los huevos, en terminología autóctona. Había identificado, viéndolo de lejos, la silueta del presunto observador: era el padrino Santos.

21

Cataluña, en torno a los años ochenta

Miguel Santos se daba un aire a Adolfo Suárez: manos en los bolsillos de los pantalones, gabardina abierta, corbata serpenteando el aire. Observaba el entrenamiento de su hijo y recordaba sus tiempos en el Europa. Campo de tierra y chinos propio de categorías inferiores, a veces un barrizal, como en el que Santos se había metido unas horas antes. «Veremos a ver cómo salimos de esta, pero quien no se arriesga…».

Después de varios meses intentándolo, por fin le había dado audiencia el hombre fuerte del *president*. De Prenafeta se decía que era quien realmente mandaba. «Si quieres conseguir algo de Pujol, habla con Prenafeta». Aunque no estuviera en su mano, si mostraba interés, ya sabría él a qué ventanilla mandarte. Si a esa acudías en su nombre, podías darlo por hecho.

Quizá era otra huida hacia adelante, pero también era la única salida que se le ocurría para escapar del laberinto financiero en el que naufragaban sus cuentas.

¿Quién le mandaría liarse la manta a la cabeza y montar la distribuidora? Con lo bien que vivían cuando vendía en frío de puerta en puerta, con su sueldo apañado más comisiones. Modestito, sin alharacas, pero bien. «Pero es que se ve venir una revolución, dicen que esto de los libros y enciclopedias está muerto, que son muchos los compañeros que se han reinventado y ahora lideran equipos de ventas de colchones. O eso o te pones por tu cuenta y sueñas a lo grande —le habían recomendado sus iguales en el sector—. Y menudas chozas se han comprado los que lo han hecho: el de Albacete o el de Jaén. Pujante, en Murcia, ni te cuento». Estaba visto y comprobado que había personas con un don especial, gente a la que le iba todo de cara, hiciera lo que hiciera, sin trabajar más que él, sin empeñarse más que Santos, sin más olfato para los negocios, sin más visión comercial; simplemente, que estaban tocados por la varita.

El padrino ahora necesitaba quien lo protegiera y aupara; un padrino mayor.

Prenafeta le dio la fórmula.

—El catalán. ¡Edita en catalán, bendito!

—Le estaba dando vueltas a la cosa, no se crea. —Santos, modesto, quería dar señales de que su predisposición es la mejor de las posibles. Era cuestión de buscarse una imprenta externa. De eso él sabía un rato, fue así como se inició en el sector.

—Edita libros de texto en catalán para niños, literatura infantil. Y un poquito de los clásicos. Te pongo en contacto con quien te dará una inyección blanda —le guiñó Prenafeta—. *Ja saps!* Crédito al cero, en Banca Catalana. *Fes-me cas.*

«¡Si te guiña un ojo Prenafeta...!», se relamió Miguel.

—Nos hace falta gente con empuje, como tú. Edita en catalán y, cuando la cosa vaya viento en popa, *parlarem.* Si no se tuerce el tema, te haces un nombre y te pueden caer los libros de texto. Un seguro de vida.

Lluís Prenafeta era un empresario, representante de maquinaria textil en Sudamérica de empresas italianas, que decidió acercarse a la política atraído por el mensaje de Jordi Pujol en las primeras elecciones autonómicas y pronto se ganó su confianza. De 1980 a 1990 fue el inseparable escudero del *president*, hasta el punto de que se decía: «¿Sabes quién es el señor bajito que va con el jefe? Se llama Jordi Pujol».

Fue arrestado en 2009 por el Caso Pretoria contra la corrupción urbanística, junto al alcalde del PSC de Santa Coloma y Macià Alavedra, también ex alto cargo de la Generalitat. Prenafeta estuvo en la cárcel de Soto del Real poco más de dos meses. Salió en libertad con cargos tras pagar un millón de euros de fianza. En el juicio fue condenado a un año, once meses y veintisiete días de prisión tras aplicarle los atenuantes de confesión y alcanzar un acuerdo con la Fiscalía, igual que a Alavedra.

22

Valldoreix, 2023

Ángeles

No se acuerda, o prefiere no acordarse, de quién fue el primero que le habló a Pitu de aquello del tres por ciento.

—¿Conociste a Prenafeta? —le pregunta Susana, que acaba de ver un documental en HBO sobre la familia Pujol. Y le muestra una foto.

Se queda pensativa. No está haciendo memoria, sino que valora qué decir y cómo decirlo.

—Por supuesto que lo conozco, *dona. Tu diràs!* Si eras alguien en Barcelona en aquellos años, tenías que coincidir con él mil veces, a la fuerza, en un cóctel, una recepción, un estreno, un sarao. En todos sitios, mujer. Si lo que me preguntas es si tu abuelo pagaba lo de la comisión de las narices y si fue él quien se lo propuso, eso ya no te lo sé decir. ¡Cómo voy a saber yo esas cosas! ¡Acabáramos! No mandaba tanto, nena. Sé que se codeaba mucho con esa gente, y que subía y bajaba a Andorra, *a fer negocis*, y que tuvimos puestos *uns quants calerons a la Banca Catalana*, y que casi salimos escaldados. Un milagro nos salvó. Bueno, un milagro y que movieron Roma con Santiago desde arriba, desde muy arriba. Alguna información tendría la corte de Pujol para frenar aquello. Gracias a Dios, porque nos quedábamos con una mano delante y otra detrás, suponía el fin de todo, ¡eh! «¡Hasta aquí podemos llegar!», dicen que amenazó Pujol a los de Madrid, a Felipe González y a quien quisiera oírlo. «O le ponemos sensatez a esto, o sacamos la artillería». *Això diuen, jo no ho sé ben bé.* Pero que aquello era la guerra civil, o como mínimo un *procés* por adelantado, ya te digo yo que sí, visto lo visto.

Sant Cugat

Ricardo

Ha quedado con su hermana y con su cuñada en el centro, en un sitio con solera en patatas bravas y martinis que ahora se ha especializado en *brunches*. Así mata dos pájaros de un tiro y se vuelve a casa comido. Ellas luego tendrán sus obligaciones, sobre todo la Puri. Eso espera.

Tiene suerte, porque acaba de quedarse una mesa libre de manera providencial. Algunos camareros y clientes lo han reconocido. Lo miran y cuchichean. Le está ocurriendo cada vez con más frecuencia, aunque no le incomoda. Hasta el momento nadie se ha dirigido a él de malas manera, ni le ha increpado, como decían algunos colegas que les pasaba en los tiempos de sobreexcitación. Colegas de uno y otro lado. En todos sitios hay fanáticos que pierden la compostura.

Ojalá se equivoque, pero no le huele nada bien la tostada que están cocinándole la Remei y la Puri. No ha nacido ayer; sabe que su paseo sabatino por Sant Cugat no es tan improvisado como le ha pretendido vender su hermana. A lo mejor le vuelven a pedir ayuda para afrontar el gasto de un tratamiento, de un avance espectacular único en el mundo que les hace albergar esperanzas de revertir el daño del nervio óptico que dejó ciego a Jorge. Los remordimientos —y su capacidad económica— le han hecho ser de transferencia fácil hasta la fecha, pero quizá haya llegado el momento de que se imponga la sensatez. A Ricardo le cuesta decir que no, en general. A la Remei, menos. Lo acobarda. Tampoco sabe mantenerse firme frente a la Puri, que será muy puñetera, con la que rehúye también el conflicto, que si afila la lengua puede llegar a ser más que dañina, perversa, pero con la que siempre da su brazo a torcer como pago por lo que ella se ha desvivido por Jorge, de la manera más generosa que puede hacerlo una persona.

Llegan maquilladas, recién salidas de un marcar y planchar de peluquería, tacones, bolso de Hermès y chaleco casual de plumas; lo que sería en Madrid un fachaleco. Esas plantas son otra prueba de que el movimiento estratégico no ha surgido de manera espontánea. Habrían salido de casa con una camiseta de algodón, pantalones de yoga, bambas y la cara lavada o, a lo sumo, tocada por un lápiz de labios.

Ricardo las informa de sus planes. Pretende comer.

—Tiro por los huevos Benedict, pan de semillas, aguacate y salmón. ¿Y vosotras? ¿Un vermut?

Fruncen el ceño. De vermut, nada. Ellas también piensan almorzar. Mal augurio. No hay señales que apunten a que tengan intención de despachar la cita en un periquete.

Él les cuenta que esta noche ha quedado con los antiguos compañeros del colegio. A algunos hace siglos que no los ve. Remei se interesa por qué fue de este, del otro; a veces pregunta por el nombre, rebautiza a algunos, en otros casos intenta hacerse entender describiendo caras, gestos, situaciones que le vienen a la memoria: «Sí, aquel que iba a tu clase, paraguayo, que parecía que era vuestro padre. Un armario ropero. Yo creo que era repetidor, ¿no?».

Cuando han repasado la orla completa, la Puri se arranca con la pregunta clave:

—Ricardo, ¿tú estás seguro de lo que estás haciendo?

—¿A qué te refieres? —responde con otra pregunta para ganar tiempo. Sabe a ciencia cierta qué intenciones lleva su cuñada.

—El otro día, con Jorge y los niños delante, y más por evitarle un disgusto a tu hermano, que sabes que se descompone si discutimos, no quisimos seguir con el tema, pero tu hermana y yo lo habíamos hablado: a ver, ¿te compensa todo esto, Ricardo?

—¿Cómo que si me compensa? ¿En qué sentido?

—¿Necesitas exponerte así? —le repregunta Remei intentando ser más clara.

—¡Vaya...! Ahora que defiendo a uno de los vuestros, a un cachorro de los indepes, ¿ahora resulta que os preocupáis por si me van a señalar como un peligroso secesionista en Madrid, o cómo va esto?

—¿Quieres escucharnos tranquilamente y no sacar las cosas de quicio, *nen*? —Remei baja el volumen y echa el cuerpo hacia delante para seguir bisbiseando y que el jaleo del local no le impida hacerse entender—. Te oímos el otro día en la radio, con el Cuní.

—El asunto este es chungo, chungo, Ricardo —sostiene la Puri. Le da con el codo a su cómplice y la azuza—: Va, nena, cuéntale, cuéntale.

—Sabes que yo estuve metida un poco en... toda la movida aquella.

—¡De un poco nada, chica! Con tu hermano no tienes que disimular. ¡Será tonta! ¡Metida de lleno! No has hecho nada malo, ¿de qué te tienes que esconder? —piensa y, como lo piensa, lo dice Puri.

Remei le hace un gesto para que baje la voz y prosigue:

—Al final, Barcelona no deja de ser un *poble*. Te habrá pasado cuando vivías aquí. En según qué círculos, todos sabemos de todos. ¿Quién no conocía a papá en el mundo editorial? Pues, eso. Esto va por gremios. Acabas sabiendo de cualquiera, aunque sea por terceros. Los que movían los hilos para que saliera el referéndum eran (éramos) cuatro gatos.

—¿Dónde quieres ir a parar? —Ricardo desea que vaya al grano, acortar el suspense—. ¿Qué sabes de Enric?

—De Enric, no. ¡Nada!

Remei vuelve a intercambiar complicidades con Puri, de reojo. Son como un espejo. Ambas ponen boca de piñón.

—De su chica es de la que sabe, de Lorena —suelta la cuñada—. Más bien del tipo al que mató Lorena.

—¿Qué sabéis vosotros de él? —añade Remei.

Ricardo las pone al día:

—Armand, estudiante de la Autònoma, alumno de la novia de Enric, se obsesionó con ella, la acosaba, quiso abusar de ella, ella se defendió y el desenlace: el incidente malogrado con una pistola que no tenía que estar allí, que no se sabe de dónde había salido. Si oísteis la entrevista con Cuní, ya sabréis lo que hay sobre ese misterio. Más dudas y menos certidumbres cada día.

Remei le enseña en el móvil la foto de un joven risueño, con barba, gafas de pasta y un aro de pendiente. Viste una camiseta granate y lleva un pañuelo palestino a cuadros blancos y negros.

—Era este, ¿*oi*?

Ricardo asiente.

—Armand Trigo —le pone nombre Remei.

—Por lo que he visto en la documentación, sí. Es él —reconfirma Ricardo.

—Deberíais investigar más a fondo.

—¿Y eso? ¿Qué sabes tú? Ayúdame.

Remei suspira:

—Ese Trigo, hazme caso, no es trigo limpio. *Ni molt menys!*

—*Però, dona*. ¡Dile todo lo que sabes! —la anima Puri—. ¿Qué sentido tiene *tant de misteri*?

Remei se remueve en la silla, inquieta. Al final, se lanza:

—Era muy conocido en nuestros ambientes. Un tipo con mucha iniciativa. Siempre estaba dispuesto, se ofrecía para lo que fuera. Muy amable. Muy trabajador. Se llevaba bien con todo el mundo. Hasta que desapareció. ¡Bluff! Se esfumó. De la noche a la mañana. En las asambleas nadie preguntaba a nadie de dónde era, de dónde venía. Se supone que, si habías llegado hasta allí, si sabías dónde se celebraban era porque te había bendecido alguien. Cuanto menos supiéramos los unos de los otros, mejor. Menos en peligro nos poníamos.

—Un poco peliculero todo esto, ¿no? —guasea Ricardo.

—¡Poca broma, *nen*! La clandestinidad es lo que tiene. Si no nos hubiéramos organizado así, las urnas todavía estarían en la China popular.

—No quería ofender.

Remei tuerce el gesto, pero acepta la disculpa. Accede a continuar con la narración:

—No supimos de él hasta hace poco, cuando lo asesinaron.

—Homicidio —matiza Ricardo, que hace el esfuerzo para que no suene a una corrección pejiguera.

—*Ja veurem*... —salta la Puri—. Ya veremos en qué acaba esto. Que aquí cualquier cosa es posible y, si no, al tiempo. Desde que se ha sabido que la pistola a lo mejor no era de la Guardia Civil...

—Porque quizá... —ahora Remei cuchichea tan bajo que es difícil seguirla—, tal vez quien era de la Guardia Civil, o de la Policía Nacional, o de la madre que los matriculó a todos era el tal Armand Trigo. Si es que se llamaba así realmente, ¡que yo ya no me creo nada!

—¡Pero...!

—Ni peros ni peras. Me lo ha confesado una tipa con la que tengo mucha mucha amistad a la que el tal Armand había embaucado pero bien. *Ja saps!* —Lo enfatiza con un gesto que no deja lugar a dudas sobre la manera sexual que tuvo de embaucarla—. ¡Se ve que todo vale, mientras se haga por la patria!

—¿¡Un policía infiltrado!? —Ricardo no puede disimular su asombro.

—No te puedo decir más que lo que me ha contado esta chica. A ella me la creo a pies juntillas. La dejó hecha mierda. Se enamoró, la muy idiota. Aunque pienso que, si él llegó a confesarle algo tan fuerte, sería porque también sentiría algo, ¿no?

—¿Y en lugar de huir los dos se lo quita de en medio? Mmmmm... Huele raro. ¿Qué sentido tiene eso?

—O lo quitan... Ya te lo he dicho: investigad, que aquí hay algo raro.

Vuelve al apartamento para echarse un rato; va a ser una noche muy larga. Siempre lo son, las de reuniones de antiguos alumnos. Pero se pasa la tarde sin pegar ojo. No puede dejar de pensar en lo que le han contado sobre Armand e intenta atar cabos.

¿Y si fuera verdad? ¿Y si tuvieran que replantearse todo lo que hasta ahora se daba por incuestionable?

Es sábado y no quiere molestar a sus contactos.

«Espérate al lunes, no seas cagaprisas. Aguarda a cuando hayas digerido y procesado todas las novedades, cuando hayas tenido tiempo para valorar las consecuencias que tendrán en la película».

Es imposible conciliar el sueño. ¡Con lo bien que le iría para afrontar la noche!

Ya que no descansa, habrá que aprovechar cada minuto. Está tan obsesionado como cuando le consume toda la energía la composición inicial de una novela. Eso es lo que piensa hacer: planteárselo como si fuera una trama sobre la que empieza a escribir.

Coge un folio. Lo pone en horizontal. En la parte superior escribe el nombre de los protagonistas en mayúsculas, con un rotulador negro. Debajo de cada una de esas columnas, anota ideas, datos, fechas; cualquier cosa que le sirva para retener cómo son, lo que hicieron, las posibles relaciones entre ellos.

Se le están ocurriendo tramas tan verosímiles que serían increíbles en la ficción.

¿Un agente infiltrado? ¿Tendría algún otro motivo Lorena para acabar con su vida? No hay por qué descartarlo.

Recupera noticias sobre algo que trascendió hace pocas semanas. Agentes de la Policía Nacional se habían introducido en corpúsculos radicales, en las células de los CDR o la CUP, o en otros grupos aledaños al movimiento, desde el Tsunami Democràtic a Òmnium o la ANC. Los hechos han salido a la luz después de que cinco activistas se querellaran contra uno de esos policías. Lo acusan de abuso sexual y torturas. Las chicas no negaron haber mantenido relaciones consentidas, pero alegan ahora que lo hicieron engañadas, sin saber quién era realmente, y demandan responsabilidades penales al Estado por violación.

Los agentes, en general, no se forman en las escuelas militares o en las academias de la Policía. Son más eficientes los captados; así es imposible que salga a flote ningún episodio de su currículo sobre su adoctrinamiento o formación que lo haga sospechoso en caso de que escame su actitud e indaguen en su pasado.

Ricardo lo sabe bien.

En esa etapa fue cuando tuvo que reinventarse, cuando se quedó con lo puesto, víctima de un ERTE que inició un proceso penoso hasta el cierre definitivo del semanario *El Universal.* Mucho prestigio, mucha firma de referencia, inspirador de nuevas generaciones de periodistas, maestro de maestros, pero, al fin y al cabo, ¡a la puta calle a los cuarenta y pocos! Después, la suerte lo acompañó juntando palabras, vendiendo historias de ficción basadas en las noticias reales que llevaba redactando toda la vida. Pero hubo un tiempo de purgatorio en tierra de nadie, con mañanas de visita a la cola del paro, cada día 9 del mes, aunque solo fueran tres, pero fueron los más duros.

A Ricardo, entonces, se le ocurrió emprender, montar un diario digital. Lo hacía hasta el más pringado del lugar. ¿Por qué no él? Te empujaban a ello: «Cada crisis es una oportunidad», «Uno tiene que ser su jefe», «Esa es la única manera de estar cerca de la felicidad…». Mucho *coach* y Mr. Wonderful suelto. Se lo creyó. Ese era el futuro. Con tres perras ya tenía para arrancar. El problema no eran los inicios en sí; había que pensar en mantenerse. Necesitaba de unos mínimos para despegar, y eso, entre la indemnización y un pellizco de los ahorros, no era un problema. Pero ¿y después? No iba a arrastrar a cuatro colegas para que se hundieran con él a la primera de cambio. Hizo algunos movimientos para buscar la financiación a futuro. Primera casilla: un abogado catalán instalado en Madrid, muy bien conectado, un viejo amigo que había formado parte de algún consejo de medios de comunicación que sabía cómo y con quién había que hablar. Este lo puso en contacto con un empresario con intereses en política que no veía con malos ojos montar una plataforma mediática que lo aupara. «Total, son cuatro chavos», calderilla para sus posibles. Digamos que el espectro ideológico en el que se iba a mover el hombre de empresa no era precisamente progresista. A punto de ponerse una pinza en la nariz y dos vendas en los ojos y dar el sí definitivo, de pronto Ricardo fue invitado a una comida que le advirtieron que debía ser muy discreta. ¿Con quién? «No preguntes más, va a ser de tu interés». El antiguo compañero de tribunales que mediaba lo citó en nombre de una tercera persona en la segunda planta de un palacete en la calle Castelló, en pleno barrio de Salamanca.

Allí se desveló el misterio sobre el anfitrión.

Lo estaban intentado captar y no lo vio venir. Quizá eso formaba parte de la táctica, pillarlo con la guardia baja, que no fuera capaz de rechazar la oferta, que, cuando hubiera recapacitado, en frío, ya fuera tarde; que se viera amilanado por la autoridad de quien personalmente se mojó para sumarlo a la causa: el mismísimo ministro. Era cierto que, sin columna, pluma o altavoz, el titular de Interior corría menos riesgo de que Ricardo lo fuera pregonando.

El escritor no lo ha contado jamás.

Sentado ante el virrey con competencias en las cloacas, le juró fidelidad al *off the record*. Ricardo puede ser veleta y maleable, pero no hay duda de que es un hombre de palabra.

Más adelante supo que aquella empresa para la que iba a ser reclutado —aprovechando sus contactos y el hambre y el frío que hace ahí fuera— trascendió a los papeles de la Fiscalía y a los ámbitos periodísticos como la Policía Patriótica, y que tenía como principal objetivo jugar en los terrenos sucios del barro para desprestigiar a quienes estuvieran a favor del movimiento independentista.

¡De la que te libraste, Richi! No habrías detectado ni a la subversiva que tenías en casa, en tu propia familia, buscando cajas de plástico en forma de urna e ideando la manera de traerlas a los colegios de Cataluña. Como para haber tenido que poner la oreja y el radar a ver qué te soplaban.

Ricardo no tiene madera para ser de acero.

23

Tell me your troubles and doubts
Giving me everything, inside and out
Love's strange, so real in the dark

«Don't You (Forget about Me)»,
SIMPLE MINDS, 1985

Sant Cugat, 2023

RICARDO

Ha encargado a la mujer que le arregla la casa de Madrid que le envíe un par de maletas. Se alargan los días, los compromisos, los líos. Mientras llegan su ropa y sus cosas —como su máquina de afeitar fetén, no la de juguete que lleva de repuesto—, se ha ido aprovisionando de todo. Hoy, en la cena, se presenta de punta en blanco, de estreno. Tiene sensaciones contradictorias cuando llega a La Masía.

La fachada se mantiene intacta, el muro de piedra típico de una casa de *pagès,* aunque esta también ha pasado por las manos de los restauradores posmodernos después de haberse quedado tantos años a la intemperie del paso del tiempo. Las tejas siguen dando buena cuenta de ello.

No quiere mirarse en el espejo retrovisor, traicionero. Su memoria le engañaría, haciéndole creer que se iba a reflejar allí el Ricardo de ojos vivos, también lleno de acné, con la chaqueta roja de punto Lacoste tan de los ochenta, la de las grandes ocasiones, con la que hubiera acudido aquella noche.

Empieza a caer el sol anaranjado más allá de los campos de la hípica colindante, antes de trigo. Nada más salir del vehículo, inspira y se llena del aroma de brasas de roble. Los aspersores abanican los parterres de césped, lavanda y romero, de norte a sur, de sur a norte. Huele también a tierra mojada. Lloverá.

Maite ha dispuesto esas chorraditas que se pueden antojar prescindibles, aunque cuando están no sobran. A la entrada, un atril señala la dirección del saloncito donde se celebra la «Cena de alumnos, promoción 85-86. Complejo Escolar Los Cedros-Las Encinas», según reza una leyenda sobre una foto aérea de la zona tomada en esa época. Nada es igual. No se intuía el desarrollo de viviendas en la zona de viñedos, el trazado de las nuevas vías de tren o el desdoblamiento del baipás que obligaron a disgregar los colegios. Los planes urbanísticos separaron lo que los rectores de la época sortearon con imaginación, organizando actividades de recorrido extracurricular donde convivieran chicos y chicas en las colonias, semanas blancas, espectáculos para las familias, encuentros de recogimiento espiritual.

Algún día tendrá que averiguar quiénes movían los hilos de esas instituciones de enseñanza en manos de la Obra. Sospecha que eran versos sueltos que actuaban con cierta impunidad al no levantar sospechas por su adscripción católica. No eran años en los que fuera sencillo decidir cosas como que niños y niñas compartieran campamento, o tan inaudito como impartir la asignatura de catalán mucho antes de que muriera Franco, antes de que el pujolismo llegara a la plaza de Sant Jaume. O cómo transformaron en una actividad festiva la excursión al Camp Nou cuando se presentó el himno que celebraba el 75.º aniversario del club. La letra en catalán la aprendieron y ensayaron antes en clase. «¿Pasaba en otros colegios?», se lo apunta como idea en una de esas notas que quizá solo sirvan para que se traspapelen con cien esbozos más. Confía en que algo retendrá en la memoria. En aquel colegio aprendió que lo que escribes es como si te lo hubieras repetido cinco veces en voz alta.

Los recuerdos tienen doble filo. No en vano La Masía era el restaurante donde Maite lo rechazó la única vez que Ricardo se atrevió a proponerle ir un pasito más allá de donde les había llevado la amistad. La primera y única que lo había hecho de cara, sin ambages, sin subtextos de mensajitos entre letras de canciones, sin miradas que presupusieran, sin guiños subliminales a través de terceros que se prestaran a mil interpretaciones. «¿Quieres salir conmigo?». Sin más florituras, sin un poema, sin una perífrasis envuelta en romances.

Fue aquí donde dio el paso del que se ha estado arrepintiendo toda la vida pero, si no lo hubiese dado, se habría maldecido por su cobardía patológica, lo cual es infinitamente peor.

No fue a tontas ni a locas. Se lanzó tras evaluar riesgos y beneficios. Se presentó con la bendición de todos aquellos a los que había pedido consejo, empezando por la Remei y sin olvidar a Pablo, quien hacía tiempo que le llamaba «cuñado». Nada hacía presagiar que estuviera condenado al fracaso, ¡al contrario!

Ricardo lo único que daba por seguro es que no asimilaría un rechazo. Alguien puede pensar que esto es muy exagerado, pero aquí estamos, en este momento de la historia, justo antes de que vaya a ocurrir lo impredecible, con la herida supurando, casi cuarenta años después.

Nada más aparcar, han irrumpido en su memoria todos estos detalles y otros sobre el episodio. No ha visto su coche.

Es probable que Maite ni lo recuerde. Aquella noche, a pesar de la negativa, estuvo empática, cariñosa. No se lo quitó de encima con desdén; no es de despachar con frialdad de sicario a quien está apostando la vida por ella.

Le aconsejaron mal todos aquellos a los que consultó en su

círculo porque, aunque parezca increíble, nadie tenía ni idea de que Maite andaba planificando en secreto su nueva vida junto al despreciable de Alfons Casamitjana. Nadie, salvo sus padres. Pitu y Ángeles —esta a regañadientes en la intimidad— habían aprobado aquel matrimonio que apestaba a pacto de familias, más turbio si cabe al darse a finales del siglo XX. Y nadie lo entendía. Era un paso que echaba por tierra la carrera prometedora de una joven brillante, independiente, cuyas únicas dudas hasta la fecha se habían limitado a saber si se decantaría por Biología, Física o Medicina. Sin importar lo que hubiera escogido, habría presentado el mejor expediente académico de su promoción. Renunció a todo eso. A Maite le aguardaba un futuro que nada tuvo que ver con el que le deparó la boda con Alfons. La vida de aquel matrimonio ya fallido antes de consagrar el sacramento fue cortísima, como adivinaba el sentido común.

Alfons Casamitjana, el heredero de una boyante (en apariencia) empresa textil de Manresa, después de verse superado por los hechos que certificaban el verdadero estado de ruina financiera de su familia y de darle unos meses de tormento a su jovencísima esposa, se esfumó. Se borró del mapa. De la noche a la mañana en la que se despertó Maite sola en la cama y ya no estaba. Hasta hoy.

María Ángeles, su madre, fue quien mostró un mayor arrepentimiento por aquella boda, un matrimonio que tendría que haber sido capaz de abortar a tiempo, antes de que se consumara el sindiós. Más de una vez ha hecho acto de contrición en público, ante los suyos. Todavía hoy se maldice por no haber tenido la *rauxa* de sacar el carácter y haberse impuesto, de no haber hecho gala de su genio gallego para negarse a aquella locura de matrimonio tan prematuro de su hija, con poco más de veinte años; se lamenta por haber sido sumisa a una imposición más del patriarca y por no haber querido desmoronar el sueño de princesa ingenua que anuló la razón a la niña de sus ojos.

Pero Ángeles se lo grabó a fuego para que aquella fuera su última muestra de debilidad. Le sirvió para no dudar en enfrentarse al Pitu cuando considerara, por el bien de la familia, como había hecho en tantas otras ocasiones y como lo siguió haciendo después, plantándose en momentos muy delicados, hasta llegar al filo del precipicio. Y eso es algo que en las memorias de Terol habrá que consignar, puesto que, de no haber sido por el sentido común y templado de Ángeles, es más que probable que la biografía del empresario presentara algún borrón poco nítido. Pitu Terol coqueteó en exceso con los que más tarde saltaron a la palestra por estar señalados en diferentes casos de corruptelas y negocios, compadreó junto a afines a las comisiones del tres por ciento —si no más—, alternó asiduamente con los de pagos en negro que, quién sabe si tantas veces como se sospecha, fueron a parar a las cajas B de la financiación irregular de partidos políticos.

Ricardo está en la cena sin estar. El rumor de las conversaciones, el choque entre las copas y la banda sonora de fondo diluyen un tamiz en su cabeza. Una mezcla entre el mazazo de lo revivido y el desplome acumulado por la falta de sueño lo tiene zombi. La comida le está pareciendo insípida, los invitados le exasperan, las posibles preguntas que le hagan relacionadas con su renovada presencia en los medios de comunicación lo horrorizan. Elude como puede toda interacción.

A ratos se ve en otro plano, en una dimensión distanciada, como si nada de lo que dicen, ningún comentario, chiste, alusión a anécdotas del pasado, fuera con él; como un intruso al que han dejado participar como oyente. Espectador de una película cuyo argumento le suena. No es solo que le falte iniciativa y energía para intervenir, es que esta noche Ricardo está gris, tiene el alma difuminada, como si no existiera para nadie. Aunque no se escondiera —que hoy un poco sí—, aunque les hiciera ostentosos gestos con los brazos —«¡Eooo, que estoy aquí!»—, nadie se percataría de que bosteza desde un extremo de la mesa. Al contrario de lo que suele suceder, ya que habitualmente es interpelado como la estrella invitada, el centro de atención. Ricardo siempre ha sido la vedete: se interesan por lo último que haya escrito, por la entrevista en la que ha soltado esa pullita contra Pérez-Reverte, o le hablan sobre los cariños que ha recibido de Mendoza, le preguntan que para cuándo el siguiente y le suplican que no los deje de avisar para la próxima presentación, porque la última fue fabulosa.

Hoy no.

Ni siquiera Paula le ha entrado, que es uno de los clips clásicos en estos encuentros. Siempre fue la díscola. Para algunos la hippy y para otros simplemente la loca de atar. Quizá la alumna con mayor potencial intelectual para haber sido un genio, decían los profes. Su brillantez la hizo decantarse por una vida de alto voltaje, vida en la que terminó electrocutada.

A Mercè y Lluís, a Pablo y a Maite, los tiene vistos de antes de ayer.

Los demás —Gloria, Genís, Nin, Jaione, Jordi...— cree que le guardan un respeto reverencial absurdo y se cortan, se hacen pequeñitos delante de él. Por timidez o por complejo, no se desinhiben hasta la segunda copa.

Conforme pasan los minutos y van sirviendo los platos, más años luz distancian esos dos universos.

Hasta que, en el reparto de chupitos, un fogonazo provoca que unos y otros vayan al mismo lugar de encuentro.

Por los altavoces del reservado suenan los Simple Minds.

Won't you come see about me?
I'll be alone, dancing, you know it, baby

La comunión musical y los gin-tonics ayudan a soltar los lastres que pesan todavía a estas alturas de la noche.

Jordi escucha atentamente algo que Nin le cuchichea al oído y se le entiende que le dice «Ni se te ocurra», subrayando el consejo moviendo el índice de lado a lado. Quizá ha logrado que Nin no saque el monotema por primera vez en muchos años. «Hazlo en deferencia a Maite, a Ricardo, joder».

Gloria, aunque nadie le ha pedido explicaciones, se justifica por haberse metido a guardia urbana en el Ayuntamiento de Palau-solità i Plegamans. Aplauden que haya decidido dar un giro a su vida tras quedarse sola con dos niños.

Jaione, aunque su intención sea la contraria, también saca a pasear sus complejos y se vanagloria de cómo ha crecido la que ella llama «cadena de concesionarios», que regentan su hermana y ella. Todos saben que se quedaron con el desguace de los padres, en Sant Adrià, y que destinaron una parte del terreno a montar un chamizo donde un rótulo de neón anuncia el negocio de compraventa de vehículos de ocasión. También regentan el de Sant Fost, de ahí que se arrogue la expansión empresarial. Maite y Ricardo, que más de una vez han bromeado entre ellos por el hecho de que Jacinta —Sinta en clase— ahora se llame Jaione, cruzan una mirada cómplice.

—A ti te ha gustado siempre Maite, ¿no? —le dice Paula al oído al escritor. La hippy ya se las ha ingeniado para sentarse junto a él y recuesta el brazo en su hombro—. Joder, chico, ¡qué lástima más grande! —Le agarra la barbilla como una madrina cariñosa—. ¡Ainssssss!

Paula no necesita más licores para multiplicar por tres el máximo permitido en un control de alcoholemia, pero no es evidente por cómo le brotan las verdades del borracho. La delatan el brillo lloroso de los ojos y la oscuridad pastosa de su aliento.

Maite está observando la escena desde la esquina opuesta. Ahora guiña a Ricardo y muestra en el aire un paquete de tabaco. Ladea la cabeza señalando la puerta. Él no fuma desde hace años, pero nada le apetece más que la huida. Esa es una buena excusa.

Han salido en mangas de camisa y se guarecen del relente y de unas minúsculas gotas de lluvia que empiezan a caer metiéndose en el coche-escarabajo de ella.

—Vas a apestarlo —le advierte Ricardo, señalando el cigarrillo encendido y el botón de las ventanillas.

—No importa, déjalo. No sería la primera vez.

Maite no lo ha olvidado todo.

Permanecen dentro del vehículo, en silencio, mientras ella conecta el sistema de música y va bajando, deslizando el índice por la pantalla, pasando los títulos de una lista que los dos reconocen, hasta que da con la canción que sonaba hace un momento en el restaurante. Cuando irrumpe la batería de Simple Minds, Maite sonríe con la ilusión de una niña maravillada ante un truco de magia ingenuo y efectista.

Los cristales se han empañado. Les da la sensación de estar protegidos por una burbuja que los aísla, los protege del exterior.

Maite baja el cristal con un breve impulso eléctrico, solo lo suficiente para lanzar el resto del cigarro. Se pone de rodillas en su asiento, se echa hacia la derecha y lo besa en la boca con delicadeza. Luego, a cámara lenta, reposa la cabeza sobre su pecho.

Él está inmóvil. Se queda como una estatua, petrificado.

Sigue sonando la canción.

Ricardo se incorpora hacia la pantalla y pone la pausa.

Se oyen sus respiraciones dentro y la lluvia fuera.

Los dos miran al frente, al paisaje de vaho.

Ricardo se da cuenta de que ella escucha su corazón, como si quisiera interpretarlo. En estos momentos no lo entiende ni él.

«¿Por qué ahora? —piensa enrabietado—. ¿Por qué tiene que llegar en el peor momento? ¿Por qué después de tantos años? ¿Por qué cojones con Susana en medio?».

No le sale ni una palabra, ni media respuesta.

Se ve en medio de un folletín.

«Lo más sensato —cree— es que esta misma noche haga la maleta y, mañana, a primera hora (que será dentro de un rato) vuelva a Madrid, o huya donde sea, muy lejos, sin decir nada. Una despedida a la francesa». Necesita una elipsis. Si esta fuera una de sus novelas, se escaparía por la rendija del cambio de capítulo, sin necesidad de dar todas las explicaciones que ahora quisiera dar, sin oír algunas otras que el corazón le exigiría pedir.

Pero otra vez se sorprende al verse desde otro plano, como si él no fuera él y hubiera perdido todo el control de sus actos.

Le acaricia el cabello, le coge la cara, la gira hacia sí, hasta que se quedan frente a frente. Le devuelve el beso.

Este encierra más pasión.

24

Que aunque pienso en abrazarte,
que aunque pienso en ir contigo,
el doctor me recomienda
que no me quite mi abrigo.

«Turnedo»,
IVÁN FERREIRO, 2005

Sant Cugat, 2023

Es extraño que nos despertemos desorientados en nuestra propia casa. No lo es tanto si ha dejado de serlo durante unas semanas, como le ocurre ahora a Maite.

Amanece sola en la cama, cosa que no es nueva. Pero no ha pasado así toda la noche. Y «amanecer» es un verbo poco adecuado cuando son más de las once de la mañana, aunque sea domingo.

Le va a costar reconstruir cómo ha llegado hasta aquí. No porque sus recuerdos se pierdan en la nebulosa del alcohol y flipes de ese tipo, porque ella suele tomar, a lo sumo, un buche de vino, un sorbo o dos de cava y quizá mojara los labios en un chupito; es extrañísimo que supere esas dosis. Anoche tampoco. Trajo ella el coche desde La Masía, sin temer que le hicieran soplar en la rotonda del obelisco. Se había apostado allí un coche de los Mossos, como todos los sábados. Hace años que han dejado de tener el efecto sorpresa. Los conductores de la zona se saben bien las alternativas para evitar el control. Aunque, como deben recaudar lo suficiente, ¿para qué andar buscando estratagemas? Hay mucho incauto que va de paso, y ¡zas!

Reconocieron a Ricardo en el asiento del copiloto, y menos mal que no era él quien tenía que rendir cuentas. Los saludaron amablemente: «*Circulin, circulin. Bona nit tinguin!*».

Maite va amarrando cómo sucedió todo: desde que salieron a fumar, se metieron en el coche, el beso (el suyo), el beso más beso (el que inició él), la pasión desatada, las pocas palabras —son demasiadas las que quedan por decirse—, hasta que cayó rendida en su propia cama, en usufructo de Ricardo las últimas noches.

Se incorpora y se mira en el espejo de enfrente. Nota mental: «Es horroroso, me hace gordísima, hay que cambiarlo». Nunca se ve bien en él.

Es un alivio que Ricardo haya salido de la habitación, que haya tenido el gesto de respetarle el primer despertar. Lleva el rímel corrido, los pelos de loca, estropajosos. El camisón de lencería le resbala hasta la cintura.

Cuando se recompone y se considera visible, aparece en el salón.

Allí, Ricardo, en perfecto estado de revista, está sentado en el sofá con el Mac en el regazo.

Como si hubiera sido pillado in fraganti, o quizá por inercia, baja la tapa de súbito y pega un respingo.

Maite repara solo en una cosa: en la maleta.

—¿Y eso?

—Buenos días, Maite.

—Buenos días, perdona. ¿Y esa maleta?, repito.

—La mía.

—¿Te vas?

—Eso parece —A Ricardo le queda alma para jugar con el sarcasmo.

—¿Me dejas que me tome un café antes, por favor? —le ruega ella, que baja los brazos en clara expresión de derrota—. Solo te pido eso. Necesito entenderlo, y ahora mismo estoy demasiado embotada.

Maite se da media vuelta antes de que le dé una respuesta, porque no quiere ninguna.

Dos pasos y luego se frena. Duda si ofrecerle un café. Lo desestima y sigue su camino.

A los pocos segundos está de nuevo allí sosteniendo entre las manos un tazón doble, con la nariz y la esperanza metidas en que los vahos de cafeína la despejen.

—A ver, Ricardo: ¿qué pasaaaa ahoraaaa? —Alarga las aes con el mismo estilo condescendiente de su hija. A la vez, las dos suenan a la abuela Ángeles. Herencias.

—Ha tenido que pasar ahora, ¡precisamente ahora! —se lamenta él.

—Nunca es tarde, ¿o sí?

«Muy tarde, muy muy tarde, en el peor momento», querría decirle Ricardo.

—Sabes que toda mi vida he estado loco por ti. ¡Toda mi puta vida! Nos conocemos desde hace demasiado tiempo. Pero a lo mejor no tanto como creemos. ¿Qué pasa ahora? ¿Te ha dado un aire, así, de repente y, ¡ale hop!, ha llegado cupido y de la noche a la mañana te has enamorado de mí? —resopla. Gira la cabeza y su mirada huye por la ventana. Tiene los ojos rojos—. ¡No me puedes hacer esto, Maite! Lo sabes. Ni yo a ti.

—No puedo hacerte... ¿el qué, exactamente? ¿Hacerte hablar de tus sentimientos?

—Cierto, eso tampoco me lo deberías hacer. De hecho, te lo estaba escribiendo aquí —señala el portátil, que sigue reposando en su falda—. O me lo estaba escribiendo a mí, ¡yo qué sé! Lo estaba escribiendo para no dejarme nada de lo que me gustaría decirte; para que no dé lugar a malentendidos. Vivo de juntar palabras, por eso mismo tengo que hacerlo con la seguridad de verlas, de recomponer la frase, de tenerlo todo controlado, echar hacia atrás, borrar lo que no me convence, reescribirlo, citar en nombre de otro. Reconozco que lo mío no es hablar así, cara a cara, a no ser que sea de mis libros, de lugares comunes, de política y de mamoneos varios que ni me van ni me vienen, que no me importan una mierda, en realidad. Pero me cuesta horrores explicar cómo me siento, lo que me pasa por el corazón. Es mucho más sencillo esconderse detrás de las letras de las canciones, de su ambigüedad, de sus dobles lecturas; de las dudas sobre si la traducción será exactamente eso o si será un sentido figurado con muchas interpretaciones, alegorías, ya sabes...: dejarlo en el tejado del otro amparándome en que ese «Te quiero» o aquel «No puedo vivir sin ti» lo ha escrito otro para otro alguien. ¡Qué buena coartada! También para ti, porque lo de la mierda de las canciones te libraba de tener que responder. También a ti te ha ido siempre de puta madre que quedara escrito solo a título de inventario.

»Estoy seguro de que, si hubiera tenido esa habilidad, la valentía de ser yo quien firmara los versos de las canciones, no habríamos llegado hasta aquí. Habría sido capaz de que entendieras lo que significas, lo que has significado para mí siempre, Maite. Y tú no habrías tenido más narices que afrontar la verdad y decir dónde estabas, dónde estaban tus sentimientos, si me correspondías o si seguíamos en el tendido de los amores platónicos.

»Y no te habría quedado ninguna duda de que lo de anoche era la peor idea posible entre todas las peores ideas posibles del mundo.

—¿Me lo dejas ver? —dice una Maite serena a media voz. Alarga la mano hacia el Mac.

—Está emborronado. Es un caos. Como todo lo que tengo ahora aquí dentro —apunta a su cabeza—. Quizá haya escrito algo de lo que después me arrepienta. Ese es el miedo que me da hablar mirándonos a los ojos.

—¿Como ahora?

—Como ahora.

—Pues no lo haces mal.

—Llevo aquí toda la noche. He tenido tiempo hasta para escribir una novela. Hay cosas que se dicen, que se hacen, y que, aunque nos las perdonemos, ya habrán quedado dichas para siempre. Y con esas cosas no hace falta ser rencoroso para que dejen una cicatriz permanente.

—Estás un poco enigmático, ¿no te parece? ¿A qué te refieres?

Ricardo duda. Tantas veces son las que se arranca como las que opta por echar marcha atrás. Tartamudea.

—¡Bah! —Desiste. Da un manotazo al aire y agacha la cabeza.

—¿Prefieres que te deje solo?

Asiente, farfulla algo que se puede interpretar como un «Sí, por favor», pero también como cualquier otra cosa.

Maite hace mutis por el foro, como levitando. Vuelve a la habitación con el café en la mano, con el temor fundado de que, cuando salga, él ya se habrá ido. Se pregunta por qué narices habrá tenido que hacer Ricardo un drama de algo así. Es evidente que lo deseaba desde hace tanto tiempo; anoche los dos lo deseaban.

Baraja la idea de escribir ella también lo que siente. ¿O espera que Ricardo dé el primer paso?

Pero ¿qué tontería es esa de seguir carteándose con los apuntes de música?

Están en habitaciones contiguas, pared con pared.

Maite no se resigna. Va a volver. «Esto no se puede quedar así». Necesita zarandearlo. «¡Espabila, Capdevila!», que les decía el profe de Mates. Ahora o nunca, aunque se exponga a que salga el monstruo, la parte más fiera de Ricardo. Nunca ha explotado con ella. Se la conoce desde niño; la ha visto defendiéndose con las venas del cuello llenas de ira, plantándole cara al abusón, al macarra dos cursos mayor, a un tiarrón a quien el canijo de Ricardo, crecido, lograba achicar hasta dejarlo en la nada si se enfrentaba a él.

Cuando Maite se planta de nuevo en la puerta del salón, el escritor tiene la pantalla abierta, aunque mira al techo.

—¿Empiezo yo? —propone Maite.

Ricardo chasca la lengua, resignado.

—¿Qué me reprochas? ¿Que no nos hayamos acostado antes? ¿Que no me haya sentido segura hasta ahora? ¿¡Qué exactamente!?

—No...

—Porque, por supuesto que te he querido siempre. A mi manera, pero siempre te he tenido cariño. Ca-ri-ño. Ni pasión ni amor de ese que se siente de joven, por el que pierdes el culo y el norte.

—Sí, a ti el único que te anuló las entendederas fue el del gilipollas ese, el que sentiste por Alfons.

—Eso creía. Cuando se tienen veinte años y tan poca vida, una es tonta y se cree que ese bullir hormonal es el amor. Y, claro, así me fue... Pero, con el tiempo, y a base de hostias, te das cuenta de que aquello no era amor, que eso era otra cosa. Prefiero no entrar ahí; te daría para un ensayo.

—Mira, Maite, acabemos con esto. Sabes que yo estaría dispuesto a hacer cualquier cosa por ti. —Mastica lo que va a decir—: Cualquier cosa menos mentirte.

—¿Me vas a decir la verdad?

La pregunta descoloca a Ricardo.

—¿Qué verdad? ¿Qué sabes tú?

Maite decide sentarse.

—Tienes pareja...

Ricardo, circunspecto, niega varias veces con la cabeza. Pareja pareja, técnicamente, lo que se puede considerar pareja, no tiene. Lo de Susana no es nada. Aunque para Maite, cuando lo sepa, va a ser mucho peor que si se enterara de que está casado.

—He llegado a pensar que eras... A veces, ¡eh!... He llegado a pensar que eras gay.

Tras unos segundos de suspense, Ricardo, con los ojos muy abiertos, estalla en una carcajada delirante, pero Maite no bromea. Y también sabe que la reacción de Ricardo no es la de una exculpación sobreactuada propia de quien se delata. Sin embargo, tampoco ha sido una conjetura gratuita.

—¿De dónde has sacado eso? Es una broma marca Terol, ¿no? ¡Gay! ¡Creía que nos conocíamos, joder! ¿Te iba a ocultar yo algo así? Te acabo de decir que llevo toda la vida enamorado de ti. Algo obvio, por otra parte. ¡Toda la vida!

—Mira el caso de Pablo... —Ahora es Maite quien mide sus palabras—. Tú llevas así toda la vida y yo llevo toda la mía viendo cómo mi hermano simulaba ser quien no era, fingiendo ser otro. ¡Si le hemos conocido más de una novia!

—¿Y...? ¿Crees que yo quería salir contigo para que fueras mi escudo?

—No te enfades, por favor, Ricardo.

—¿¡Que no me enfade!?

—Nunca he pensado que quisieras salir conmigo para tener una coartada. ¡Que no es eso, joder!

—Parece que la señorita sabe soltar tacos... —Suena a sarcasmo dañino. Tanto que Ricardo, que no ha querido que le saliera así, se disculpa extendiendo la palma de la mano hacia delante, agachando la cabeza.

—Han cambiado tanto las cosas en tan poco tiempo... —dice Maite—. ¡Afortunadamente!, pero sabes que en nuestra época, en los círculos en los que nos movíamos, no era fácil que Pablo fuera Pablo. Y os he visto siempre tan unidos... Una mujer repara en eso. Él ha estado enamorado de ti hasta las trancas. Imagino que no te habrá pasado por alto. He pensado siempre que entre vosotros había complicidad y algo más. Juntos a todos lados, a todas horas. ¿Dónde iba a decir mi hermano que sentía lo que sentía? ¿En el cole del Opus? ¿En las salidas del MIJAC?[1] ¿En casa? ¡Ja, en casa! Si un día, siendo niños, nos pilló papá

1 Moviment Infantil i Juvenil d'Acció Catòlica de Catalunya. Movimiento para impulsar la convivencia lúdica de niños de edades entre los seis y los dieciocho años que juegan y actúan juntos, revisan lo que hacen y viven y celebran la presencia de Jesucristo en medio de ellos, según las bases fundacionales. Los niños del MIJAC suelen encontrarse los sábados para jugar, hacer talleres, danzas, canciones, realizar salidas, encuentros y excursiones de fin de semana o colonias de verano.

discutiendo cuando yo le soltaba «¡So maricón!», pero como un insulto, como quien dice «hijo de puta» o «cabrón», no por su significado real, ¡y no quieras saber cómo se puso! ¡Como una fiera! Tal vez te suene la anécdota, la hemos contado tantas veces... Mi padre estaba vistiéndose en la habitación de al lado y salió enfilándonos con el cinturón, con los pantalones por los tobillos, a grito pelado, advirtiéndonos de que esa palabra, en su casa, no se pronunciaba «¡Ni en broma!, ¿entendéis?, ¡ni en broma!». Y vaya si lo entendimos.

»Que Pablo se echara novias me parecía bien, normal. Ten en cuenta que tampoco la homosexualidad la entendía una niña medio pija como yo, de un colegio que para esos pecados era hasta peor que algunos de monjas; creo que, sibilinamente, nos adoctrinaban más que a mis amigas del Sagrado Corazón. Entendía que Pablo estaba intentando salvarse, que pretendía cambiar por culpa de todos los que le hacíamos sentir que no podía ser como era. Parece que esté hablando del Pleistoceno, pero sabes que esto ocurría hasta hace nada. ¡Si el otro día vi que echaban en La2 una película española de los noventa, muy progre, moderna y transgresora para la época, y decíamos «gaaaay», con «a»!

—No tiene pareja, ¿no?

—¿Pablo? Sigue siendo muy suyo para esas cosas. Ahora mismo creo que no.

—Ya...

—¿Y tú, entonces?

—Ya te he dicho que no.

—También me has dicho que harías cualquier cosa por mí, menos mentirme.

—No te miento.

—Te creo. Pero te conozco más de lo que imaginas, aunque a veces me equivoque. Pero ¿qué querías decirme cuando has soltado eso de que no serías capaz de mentirme?

Ricardo inspira. Maite le podría oír el corazón desde donde está. Las palabras zumban en sus sienes desde antes incluso de que la besara en el coche. Pero queman, vaya si queman. Los ojos del escritor se llenan de tristeza, pero también de cansancio. Toca apoquinar.

—Me he acostado con Susana.

25

Words don't come easy to me
How can I find a way
to make you see I love you?
Words don't come easy

«Words»,
F. R. David, 1982

Barcelona, 2023

Ricardo

Ricardo se da cuenta de que de Maite solo ha leído citas de canciones. Es la primera vez que está ante algo personal, escrito por ella. Se ha pasado el domingo repasando las seis líneas escasas, de arriba abajo, una y mil veces. Supone que es la inercia. En los apuntes de música le gustaba pensar que había subtexto, escudriñaba hasta cómo estaban dispuestas las comas. Se los tomaba como jeroglíficos, como mensajes en clave entre amantes prohibidos.

En este pedazo de papel es evidente que no esconde nada.

Adelanto el viaje que tenía previsto para ponerme al corriente de los negocios turísticos que ha dejado mi padre en Ibiza, en Alicante y en Almería, por lo que estaré, como mínimo, un par de meses fuera.

Quédate aquí si quieres. Nada tiene por qué cambiar. Se me pasará.

Te voy a pedir que no se entere mi madre, por favor.

Me gustaría que pudieras seguir ayudándonos en el caso de Enric. Que te hayas follado a mi hija no debería perjudicar a su hermano.

Joderr, Ricardo. ¡¡¡Joderrrrrr!!!

Maite T.

«Me he acostado con Susana». Resuena.

Tras la confesión, Maite no dijo ni una palabra. Mejor así.

Ricardo aguardó en el sofá, inmóvil, arrepentido de oírselo decir a él mismo en voz alta. «No era necesario. ¿Por qué lo has hecho, ¡idiota!? Le habías dicho que no le podías mentir, pero no que no pudieras guardarte algo para ti y tus infiernos, por más que te queme. Eres un egoísta, lo has hecho para hacer las paces contigo, y ahora has involucrado en la guerra a quien más quieres en el mundo».

«Me he acostado con Susana». Al oírlo, Maite volvió hacia la suite en silencio. Un portazo. Unos minutos trasteando en el baño. Un bote de cristal se cae. O lo tira.

La cisterna. La ducha.

Otro silencio.

Unos tacones se pierden por el pasillo hasta detenerse en la puerta. Se abre un cajón violentamente.

Otro rato más de silencio. Supone que ese fue el momento en el que Maite escribió la nota que dejó sobre el mueble del recibidor.

El tintineo de unas llaves.

Un portazo.

Silencio.

Ricardo revisa ahora la bandeja de correo por si le hubiera enviado algo más. Salvo *spam* y promociones, solo hay un e-mail que marca como no leído para despacharlo más tarde. Su editor le dice que le gustaría que se vieran para comer o cenar, cuando a Ricardo le encaje, en Madrid, o, si no es posible, que él se acerca a Barcelona. Si Miralles quiere conocer sus planes sobre la biografía de Terol, antes debería echarle un vistazo al despacho del empresario para saber con qué material cuenta realmente. Le gustaría hablar también con Ángeles, para tener la seguridad de que dispondrá de su testimonio. «Te voy a pedir que no se entere mi madre, por favor», recuerda la advertencia de la nota de Maite.

¿Y con Susana? ¿Qué hace? ¿La evita? ¿Le dice también a ella que se ha acostado con su madre? ¿Le dice que su madre sabe lo de ellos porque le quemaba tanto por dentro que no ha sido capaz de callarse?

En su mente literaria le gustaría que toda esta historia sonara como un vodevil y la vida se está empeñando en escorarla hacia la tragicomedia.

Lo único que calma su conciencia es saber que no tiene que abandonar el caso de Enric. Quiere visitarlo de nuevo en la cárcel. No sabe cuándo ni cómo le sugerirá lo que le confiaron la Reme y la Puri sin que crea que pone en duda el testimonio de Lorena.

¿Sabía ella que Armand era un policía encubierto? ¿Tuvo algo que ver eso en su muerte?

Son unos días turbios. No avanza mucho, ni en sus apuntes para la novela ni en nada práctico de cara a la defensa de Enric. Ojalá esto segundo dependiera de su inspiración. Ricardo se siente bloqueado y espeso, como esa neblina con la que se despiertan muchas mañanas de esta primavera que asoma, pero no llega, como la lluvia. Un gris que embarra su desánimo y la pereza. Sin embargo, hace por encontrar excusas para salir del apartamento.

En la cena quedó en verse de nuevo con Lluís y Mercè lo antes posible, aunque no les adelantó nada.

Va caminando a paso lento hasta la estación, pero en la boca de entrada a los Ferrocarrils opta por llamar a un Cabify. «Al menos así veré la luz natural durante el trayecto», piensa. La realidad es otra. Atraviesa Vallvidrera entre túneles y boira.

El jardín vertical hoy parece languidecer.

En el despacho solo lo recibe Mercè. A su socio le ha surgido un cambio de horario en una vista.

—¿Y Maite? —pregunta la abogada.

—Cambio de planes de última hora, también.

Hoy están en el despacho de Mercè. Toman asiento en el tresillo de piel, frente a una mesa baja ocupada de nuevo por una jarra de zumo, cruasanes y tazas para el café idénticas a las de la primera cita, como si formaran parte del atrezo del cuadro estético en Llorens i Mongay.

Ricardo declina tomar otra cosa que no sea el vaso de agua fría de la fuente dispensadora que ocupa el rincón.

—A ti también te dura la resaca —diagnostica Mercè—. A estas edades...

—No, no. Es que ya llevo demasiado café esta mañana.

—Os fuisteis muy pronto, ¿no? Desaparecisteis de repente. Cuando quisimos darnos cuenta, ¡bum! Os echamos de menos. «¿Y estos dos? ¿Dónde se habrán metido? ¿Alguien ha visto a Maite y a Ricardo?».

El comentario no está exento de una pátina cotilla y picarona a la que Ricardo no le da cuerda. Al contrario, el escritor da una larga cambiada, pone cara de póker y usa su capacidad periodística para comprimir en un titular lo que ha averiguado sobre Armand Trigo.

—La víctima de Lorena podría ser un agente infiltrado, un poli o un picoleto. —Obvia quiénes son sus fuentes.

—La misteriosa Lorena, ¿eh? —pronuncia de manera intrigante Mercè, seducida por el morbo de esta variante de la historia y con hambre de confidencias—. Ya... Si es que, hasta ahora, era algo que todos pensábamos, pero que no sé por qué nadie se atrevía a decir. No me refiero a lo del presunto picoleto, sino a lo del misterio que envuelve a esa niña. Hay muchas cosas extrañas ahí. Hazme caso, tengo olfato. Lluís y yo lo hemos comentado. Y queríamos aprovechar la ocasión para saber qué piensas. Imagino que nadie lo ha verbalizado por no molestar a Maite. Pero en un momento u otro habría que hacerlo. Me alegra saber que contigo no tenemos esa línea roja.

»A nadie se le escapa el detalle. A cualquiera de nosotros nos ponen una pistola en la mano y no sabemos qué hacer con ella. Ya sé que, en una situación desesperada como en la que se encontraba Lorena, el instinto de supervivencia, la intuición misma, nos hace tomar decisiones que no llegaríamos ni a imaginar en condiciones normales. En eso hemos fundamentado el argumento de la defensa propia. Aunque Lluís y yo, desde el primer día, nos hemos estado preguntando: ¿quién es Lorena? ¿La conocía la familia de Enric de antes? ¿Conocían a su familia? ¿Cuándo entró Lorena en la vida de Enric? Todo esto te lo acaban contando la madre, el niño, quien sea. Sin embargo, aquí vienen las grandes preguntas que no sabemos respondernos: ¿por qué la familia de la chica ha rehusado a que la podamos defender desde este despacho? ¿Por qué lleva su defensa un desconocido penalista de Valladolid?

Ricardo repite para sí, casi en su textualidad, lo que Maite le contó sobre Lorena: «Es una chica con la que sale Enric prácticamente desde que iban al cole. Una niña de muy buena familia, de Sant Gervasi. Es un poco cupera y muy hippy, pero oye, una *noia molt maca*».

—Hay que pensar en Enric —continúa Mercè—. Es nuestro defendido. Si Lorena no se quiere dejar ayudar, ella sabrá. Pero él es nuestra prioridad. No podemos andarnos con zarandajas. Si hay una línea de defensa que pueda beneficiarlo y que quizá no sea la más conveniente para ella, no deberíamos renunciar porque no quiera formar parte del equipo. Creo que estoy siendo clara.

Ricardo baja la cabeza, musita, chamulla con sus pensamientos y pregunta:

—¿Cómo podemos averiguar algo sobre lo que te cuento de Armand?

—Ese tipo de trabajos se los encargamos a una agencia de detectives externa. Tendrían que autorizarlo Pablo o Maite. Es un extra —se frota con agilidad los dedos índice y corazón contra el pulgar.

—No creo que eso vaya a ser un problema. ¿Es una agencia de confianza?

—¡Absolutamente! —Al ver la cara de sorna e incredulidad que pone el escritor, Mercè añade—: Dentro de la confianza que se puede tener en un mundo en el que, para conseguir lo que buscan, alternan con el lumpen y se mueven entre los rincones más siniestros del hampa.

Ricardo asiente, aunque parece seguir más concentrado en sus pensamientos que en lo que le explica Mercè. Y reflexiona en voz alta:

—Y en el caso de que se confirmara lo de Armand... ¿Crees que nos interesa que se sepa?

—¿Qué quieres decir?

—Ahora mismo el caso en realidad son dos. No me extrañaría que a nivel judicial se separara en dos piezas. Por una parte, el que manejábamos hasta el momento: un homicidio en defensa propia en el que Enric es inimputable. Un caso en el que a la víctima, a Armand, se la ha vendido como un personaje oscuro, maltratador, obsesionado por Lorena, del que no tuvo más cojones que defenderse cuando pretendió abusar de ella. Es cierto que lo hizo con una pistola que, hasta hace una semana, la Fiscalía tenía clarísimo que había conseguido Enric nada menos que mediante robo, saqueo y asalto de un vehículo de la Guardia Civil, con las implicaciones políticas que tiene el hecho. Pero, conforme vamos conociendo detalles, esa es una teoría que se desmorona. Recordemos que ahora, oficialmente, no hay robo de pistola. ¿De dónde ha salido? ¿Cómo es que la Fiscalía manejaba el dato de que era un arma matriculada por la Guardia Civil? ¿Cómo es que estos le dicen a la Fiscalía que sí que es material suyo, que estaba en esos coches y, sin embargo, cuando tuvieron la oportunidad de hacer un listado con todo lo que faltaba después del asalto, no incluyeron lo fundamental, la pistola? No se sostiene.

»En el caso dos, en este nuevo escenario, Armand sería un policía infiltrado en grupúsculos indepes a los que habían estado vinculados tanto Lorena como Enric, lo cual le aporta otra perspectiva. Le estaríamos dando a la acusación más madera, les estaríamos sirviendo en bandeja un caso nuevo en el que intentarían demostrar que hemos disfrazado de otra cosa lo que en realidad es una venganza, un ajusticiamiento: guerra de guerrillas entre cachorros de la indepe-*borroka* y guardias civiles infiltrados. Mala cosa. Apesta.

—Sí. —Ahora es Mercè quien emula el gesto de *El pensador*—. Habrá que darle una vuelta a eso. Lo importante es que lo sepamos antes que ellos.

—Exacto. La información es poder.

Mientras se está poniendo la chaqueta para despedirse, Ricardo se acerca a su amiga y le pregunta en voz queda:

—Por cierto, Seditas... —Así solo la llama su familia, de Merceditas—, ¿tú has pensado alguna vez que yo soy gay?

Lleva un par de días, desde lo de Maite, en los que vuelven a visitarle los pensamientos recurrentes, esos que se enganchan en la rueda del hámster, en bucle, y no hallan la salida ni la manera de detenerla.

Son dos los habituales: ¿cuándo romperá el castigo de silencio Maite? Es raro en él, pero no para de consultar el móvil de manera compulsiva: el WhatsApp, los SMS, las llamadas perdidas, el e-mail y hasta los mensajes directos de Twitter o Instagram. «Fíjate qué idiotez».

Y luego está lo de que Maite llegara a pensar que él era gay. ¿Por qué? No es que le moleste. ¡Ni mucho menos! ¿O sí?

Quiere pensar que quizá le está dando demasiada importancia a un comentario sin más, una idea que puede que haya tenido Maite, fugazmente, en algún momento, y de la que él ahora está haciendo una montaña. No es que le joda como le jodería a un homófobo que niega serlo (lo de homófobo, no lo de gay), porque nadie va diciendo por ahí que siente una clara aversión a tal cosa, a tal sexo, a tal raza; nadie se tacha de misógino o de racista, pero se es, lo son. «¿Yo también?». Tal vez lo que le escuece es tener que hacerse esa pregunta y forzarse a encontrar argumentos para responderse que no.

¿Ha sido homófobo con su amigo de toda la vida? Ricardo, a lo mejor sin darse cuenta, ha tomado ahora una distancia con Pablo que no guardó nunca siendo adolescentes, cuando se abrazaban sin complejos en el fútbol, en el patio del cole, cuando se rebozaban en una peleílla fingida en la arena de la playa, dentro de la piscina, en aquellos eternos principios de verano en el apartamento de los Terol en Comarruga donde compartían habitación y algunas confidencias íntimas que ahora no le parecen tan inocentes.

De todo aquello se daría cuenta Maite. Interpretaría que Ricardo tenía que ser consciente también, y que, si no le paraba los pies, si no lo rehuía y le seguía el juego a su hermano, sería porque entre ellos había algo. O lo habría en algún momento. Y cada confidencia, cada risa, cada guiño, para según quién —para Ricardo, para Maite, para el propio Pablo— tenían un significado tan distinto.

Le ocurre a él ahora con la imagen que le viene de Maite en aquel apartamento en la playa, después de comer, con el sopor de la siesta veraniega. Ella deja caer la cabeza sobre su hombro. Para él, un gesto de cariño. Ahora sabe que para ella no pasaba de ser un hecho sin más reparo ni intención: como cuando las chicas jugaban en los campamentos a saltar la comba con el amanerado de Jaume Nin. De la misma manera que Maite no querría ver otra cosa que la complicidad de un buen amigo en todas sus llamadas a horas intempestivas, en todas las veces que habían quedado los dos solos para cenar, para comer.

¿Qué veía ella en esos gestos?

¿Qué pensó el día que le pidió formalmente que salieran? ¿De verdad creyó que le estaba pidiendo ayuda para enmascarar su identidad?

¿Qué habrá estado leyendo Maite en los apuntes de música todos estos años?

Y, entonces, ¿qué cambió, al fin, para que ocurriera lo que ocurrió la otra noche?

26

But she never lost her head
Even when she was giving head
She says, «Hey, babe,
Take a walk on the wild side»

«Walk on the Wild Side»,
Lou Reed, 1972

2023
De los apuntes escritos en Can Brians

Enric

Me había ido involucrando en el activismo poco a poco, casi sin darme cuenta, como consecuencia de un proceso natural al que uno llega empapado por la lluvia fina del entorno, de lo que ve, de lo que deduce, lo que asimila y también de lo que rechaza del día a día. La afiliación de Lorena, sin embargo, y a pesar de incorporarse más tarde —y de que asistiera desde la distancia a los episodios más convulsos de 2017—, le llegó por una especie de revelación febril. Se aferró a la bandera y a los ideales como lo hicieron los más vehementes y fieles seguidores de aquí. De manera firme, sin fisuras, con una seguridad que no auguraba ni un momento de flaqueza ni que se llegara a cuestionar si merecía la pena o no, a preguntarse si no nos estaríamos equivocando. Al revés, hubo momentos en los que me preocupó seriamente la espiral en la que se metió, cuando su discurso adoptó esos vericuetos perversos a los que se recurre para acabar justificándolo todo, hasta la violencia.

Aquel curso, antes de su retorno, siguió los acontecimientos desde Padua, escuchando y leyendo medios catalanes. Completaba el relato con lo que le pudiéramos contar Lidia, Carol o yo. La crónica de su familia, de ideas más conservadoras y españolistas, sobre lo que estaba ocurriendo llevaba otros tintes. Ellos escribían la historia con la lente totalmente opuesta, lo cual, por confrontación, pudo radicalizarla aún más. Los extremos no se tocan, se alimentan.

El conflicto aparecía reflejado en los medios italianos esporádicamente y solo para hacerse eco de los episodios en los que el choque de trenes generaba una onda expansiva virulenta de consecuencias incalculables. O, por el contrario, cuando la narrativa alcanzaba trazos inauditos, desde la huida o exilio del expresidente Puigdemont y su camarilla, y su posterior reclamación por parte de la Justicia española, o cuando se referían a la probable implicación de los servicios secretos rusos por el claro interés de Putin en desestabilizar Europa y no la tachaban de delirio conspiranoico.

A pesar de alguna de esas extravagancias, a los colegas de proyecto de Lorena, a los medianamente informados con inquietudes por saber qué pasaba en el mundo, no les cabía la menor duda de a quién respaldaba la razón democrática. Se escandalizaban con el grado de represión impune del Estado español, su intolerancia ante un hecho tan noble como permitir una votación, y se indignaban por la inexplicable inacción de Europa a la hora de denunciar el atropello contra la libertad y los derechos de los catalanes. Igualmente, esa era la idea imperante entre los otros internos llegados desde cualquier parte del mundo, gente ilustrada y leída, profesores de historia como nosotros. Todo esto no hacía más que reafirmarme en que teníamos que protagonizar la revolución, dar un paso al frente y contribuir en lo que fuera necesario para hacer realidad el sueño de libertad de millones de catalanes.

Juraría que esa fue la auténtica causa de que Lorena acortara su estancia en Padua. Halló un atajo para volver antes de lo previsto. Cuando se fue en 2017, era más fácil pensar que yo acabara en Italia que no que lo hiciera Lorena en la Autònoma de Bellaterra, como profesora asociada, renunciando al sostén del presupuesto generoso que financiaba su proyecto de investigación en Padua. Según ella, adelantó el retorno porque se le hacía muy cuesta arriba seguir viviendo lejos de casa, sin mí.

La semana que lo cambió todo —aunque no lográramos variar el rumbo del mundo—, los días llamados a pasar a la historia, también arrancaron casi de madrugada, antes de que amaneciera el 14 de octubre de 2019, el día que se hizo pública la sentencia contra nuestros líderes. Antes de eso, en los canales de Telegram y en la aplicación de Tsunami Democràtic ya se estaba cociendo lo que estaba por llegar, adelantándonos a las condenas de cárcel que se intuían. Cualquier veredicto que no fuera la absolución sería intolerable y necesitaría una respuesta contundente inmediata. Y la absolución estaba descartada.

¿Qué se podía hacer? Los días previos se cruzaron mil ideas.

Las decisiones se tomaban de manera orgánica. No es una forma de hablar vacua o cursi, sino una realidad. Los pasos que habría que dar en cada momento no se improvisaban, se acordaban sin grandes discusiones que entorpecieran la eficacia inmediata; esa era la prioridad. No nos podíamos permitir perder tiempo, estábamos obligados a sorprender, a golpear lo antes posible, a hacerlo con una respuesta sagaz.

Cualquier propuesta que tuviera cara y ojos, bien expuesta y con sentido común, se lanzaba por los canales habituales, y era la reacción espontánea de la masa —de la inteligencia de la masa— la que hacía que cuajara o no. Para la historia quedan las que lograron concretarse congregando a miles de personas. Una de ellas fue la que salió de nuestros teléfonos: la ocupación del aeropuerto de El Prat durante aquel lunes; nos propusimos sabotear sus accesos.

Una de las obsesiones de Lorena, gracias a su experiencia sobre cómo se veía el relato desde el exterior, era que las protestas tuvieran la máxima repercusión internacional. Bloquear el principal enlace exterior de Barcelona, ese gran escaparate al mundo, se antojaba como la oportunidad de lanzar un mensaje muy potente al mundo. Su apuesta obtuvo un éxito inmediato.

Fueron partícipes, en muy pocas horas, miles de almas del Tsunami. La única resistencia que tuvo la idea, al principio, fue que El Prat, a algo más de quince kilómetros desde el centro de la ciudad, no era el lugar más accesible para los que solo pudieran desplazarse a pie. Sin embargo, la duda se disipó enseguida. Nosotros, por ejemplo, fuimos en bici. Los trenes de Cercanías eran latas de sardinas. Los accesos por carretera también se colapsaron antes de que los empezara a desalojar la Policía.

Suspendimos casi totalmente la actividad del aeropuerto ese día. Se paralizaron más de cien vuelos. Logramos que se nos volviera a ver en todos los informativos del planeta.

Los ojos de Lorena mostraban la misma excitación que debieron de ver en mí Lidia y Carol dos años antes, en la noche de mi bautizo. El ánimo se inflamaba al comprobar que la noticia ganaba protagonismo. Su magnitud iba en paralelo a la publicación de la sentencia. No se podía hablar de una cosa sin la otra, sin referirse a la acción del aeropuerto de Barcelona. Aquella era la respuesta, la consecuencia más directa.

La actividad era de auténtico frenesí. No dábamos abasto a comentar cómo estábamos saliendo en todos los medios, en los principales titulares de las cabeceras de prensa, en televisiones, radios y webs de todo el mundo. «*Això no hi ha qui ho pugui parar!*».

Era impensable que no se nos hiciera caso, que se despreciara aquello. No sería suficiente, también lo sabíamos; solo era el principio de una ola tras otra que teníamos previstas en la agenda, hasta que el Estado opresor tuviera que bajarse los pantalones, retroceder. Teníamos que forzar una negociación o iríamos hasta las últimas consecuencias: si un tuit forzó a Puigdemont a frenar sus planes de convocar elecciones en 2017 para echarle un último pulso a España, imaginaos qué iba a ocurrir en ese momento.

Primero las redes y después los medios completaban la foto de la jornada refiriéndose a cómo, en Girona, grupos de manifestantes habían logrado cerrar otra de las salidas de Cataluña a

Europa: la conexión ferroviaria con Francia. Paralizaron el servicio de AVE tras ocupar las vías del tren.

Mientras se sumaban de mil en mil los activistas llegados a El Prat, desde allí mismo empezamos a organizar el resto de las movilizaciones y los actos de repulsa que iban a confluir en una jornada de huelga general. Se marcó para el viernes.

Lorena fue de las que llevó la intendencia para que varias columnas iniciaran una marcha desde diferentes puntos del país: Girona, Tarragona, Vic, Berga, Tàrrega, una de los CDR desde Castelldefels.

—*És l'hòstia, nen!* ¡Esto es la hostia! —no paraba de repetirme.

Y cada vez que terminaba una de las decenas de conversaciones que mantuvo por teléfono, se despedía con un:

—*Recordeu-ho! Som gent pacífica!*

La consigna, evidentemente, no se siguió al pie de la letra. Fue imposible. La utopía, cuando se sueña, no suele contar con las miserias de la condición humana.

Más tarde, las crónicas periodísticas hicieron balance.

La ocupación del aeropuerto el lunes 14 de octubre de 2019 provocó la cancelación de ciento ocho vuelos. La jornada de protesta dejó un total de ciento treinta y una personas heridas. Veinticuatro de ellas tuvieron que ser trasladadas a centros sanitarios. La mayoría de los heridos se produjeron durante las cargas policiales en el aeropuerto, donde un joven perdió un ojo y otro un testículo. Seis policías nacionales y tres *mossos d'esquadra* resultaron heridos. Un ciudadano francés sufrió un infarto mientras se encontraba en el parquin de la Terminal 2, poco antes de obtener las tarjetas de embarque. Falleció en el Hospital de Bellvitge después de ser trasladado en helicóptero. Según un corresponsal de Europe 1, empezó a encontrarse mal mientras intentaba llegar a pie al aeropuerto, después de caminar tres kilómetros para tratar de coger su vuelo.

Hubo tres detenidos en toda Cataluña.

El martes, 15 de octubre, continuaron los disturbios con cargas policiales en las cuatro capitales de provincia catalanas. En

Barcelona, grupos radicales alzaron barricadas y hogueras cerca de la Delegación del Gobierno y detuvieron a seis personas. En toda Cataluña hubo setenta y cuatro personas heridas y veinticinco detenciones durante esa jornada. El Ministerio del Interior anunció el envío de mil agentes de la Guardia Civil para reforzar la seguridad en Cataluña, que se sumaron a los mil ochocientos agentes de la Unidad de Intervención Policial de la Policía Nacional desplegados desde finales de septiembre.

Miércoles 16. Por tercera noche consecutiva, se repitieron los disturbios en el centro de Barcelona con la quema de coches y mobiliario urbano, esa vez en las inmediaciones de la Consejería de Interior. También hubo incidentes en la ciudad de Tarragona, donde centenares de jóvenes se enfrentaron a los *mossos d'esquadra*. La tercera jornada de protestas concluyó con noventa y un heridos y treinta y tres detenidos en toda Cataluña. Cuatro de los detenidos ingresaron en prisión provisional por delitos de atentado a la autoridad y desórdenes públicos.

El viernes 18 de octubre confluyeron en Barcelona las marchas populares procedentes de toda Cataluña, coincidiendo con la jornada de huelga. La manifestación convocada por la plataforma Tsunami Democràtic congregó cerca de medio millón de personas de forma pacífica. Por la noche, grupos radicales se enfrentaron con unidades antidisturbios en vía Laietana, cercando la Jefatura Superior de la Policía Nacional, así como en la zona de la plaza Urquinaona, durante más de seis horas, con un balance de ciento dos heridos —trece policías— y veintisiete detenidos. Nueve personas resultaron gravemente heridas. Tres de los heridos perdieron un ojo, mientras que otra persona quedó herida muy grave por un traumatismo craneoencefálico. Un miembro de la Policía Nacional ingresó en la UCI por una fractura en la base del cráneo con aplastamiento de dos vértebras. Además, los *mossos d'esquadra* utilizaron por primera vez una tanqueta de agua para abrirse paso entre las barricadas.

En Girona, centenares de jóvenes cometieron actos de violencia callejera y atacaron a los agentes antidisturbios hasta la madrugada, produciéndose la detención de doce personas. También tuvieron lugar altercados similares en Lleida, donde detuvieron a dieciocho personas, y en Tarragona, donde hubo nueve detenidos.

Las Fuerzas y Cuerpos de Seguridad del Estado detectaron la presencia de grupos antisistema extranjeros, así como grupos de extrema izquierda afincados en Cataluña y en el norte de España, y que colaboraron con los Comités de Defensa de la República (CDR) en los disturbios y enfrentamientos con la policía en Barcelona.

El viernes. Fue aquel puto viernes.

Ante la gravedad de los disturbios y la escalada de la violencia a la que no se le veía límite, los líderes políticos, empezando por el *president* Torra, reforzaban el mensaje de que las protestas tenían que transcurrir pacíficamente. Cuanta más fuerza se empleara, más débiles seríamos. Si nos olvidábamos de que la seña de identidad del movimiento era pacifista, también perderíamos toda la razón. Habíamos ganado lo que decían que era el relato de cara al exterior. Empezamos a ganarlo ya dos años antes, con las imágenes de la policía española empleándose con fuerza desproporcionada en los colegios el día del referéndum. En aquel momento estábamos perdiendo ese rédito noche tras noche. Cada hora que pasaba, nos veíamos más impotentes. Ya no estaba a nuestro alcance pararles los pies a los grupos radicales —no sé si algunos fueron infiltrados o no— que se hicieron con la iniciativa. Demasiado tarde.

Las noches anteriores fueron un caos. El infierno. Nos teníamos que retirar antes de tiempo, plegar banderas y consignas en cuanto la cosa se ponía fea, cuando el pulso entre los que ocupaban las primeras líneas y los antidisturbios saltaba por los aires, en el sentido literal, cuando los contenedores eran fuego, cuando lo que había sido tensión desafiante durante unas horas se hacía añicos y se transformaba en intercambio de porrazos, pedradas, fugas y persecuciones a la carrera; detenciones a ciegas y disparos al aire de balas de goma, de las que más de una, después de despistar su trayectoria, acababa impactando contra pechos, glúteos, piernas u ojos de los presentes, ya fueran incitadores o de los que pasaban por allí.

Por todo esto, sería ingenuo pensar que la tarde de aquel viernes, el día grande, el de la huelga general, no albergábamos la intuición de que la fiesta acabaría como la de las noches precedentes: en aquelarre, en drama.

Aunque nunca se pierde la ingenuidad del todo —y algo de eso hubo, seguro— para explicar nuestra insensatez cuando nos metimos en la boca del lobo, en sus fauces. Eso, o que fuimos llevados hasta allí sin darnos cuenta. También lo he pensado muchas veces.

El día anterior, por mediación de un contacto de la CUP, habíamos alojado en casa a una pareja de italianos, Andrea y Loretta, *amici della rivoluzione*, como se presentaban. Se habían acercado hasta Barcelona para apoyar al movimiento. Tenían la intención de estar por aquí el par de días que habían conseguido librar en el trabajo, en un gesto de confraternización. Pero se habían quedado en tierra debido a que el día anterior, cuando estaba prevista su vuelta, el aeropuerto aún no había normalizado la actividad. Y para ese viernes también se hizo imposible coger plaza, porque el efecto dominó de la huelga general había empeorado todavía más la programación, con lo que su retorno a Milán se aplazó hasta el mediodía del sábado. Puestos en contacto con sus enlaces aquí, enseguida empezaron a correr la voz buscando voluntarios que les dieran cobijo. Nos ofrecimos gustosamente después de que una amiga de una amiga reparase en que Lorena hablaba perfectamente italiano. Nunca hay problemas con ese idioma para las personas que hablamos catalán o castellano, pero con el dominio de mi chica podríamos hacerles la estancia más grata, ser una especie de cicerones para mostrarles la parte de la ciudad que todavía no conocían, sin perder de vista el auténtico motivo de su visita.

Así que nos unimos a la salida de la columna simbólica de los CDR que partía desde Castelldefels por la mañana para confluir en Barcelona con el resto de las que llevaban caminando varios días.

A primera hora de la tarde estábamos por plaza Catalunya. Las crónicas hablaban a esa hora de una jornada que transcurría con un tono muy parecido al ambiente festivo de los 11 de septiembre antes de los cristos. Y respondían a lo que habíamos vivido en la marcha matutina. Con más presencia de consignas a favor de los presos políticos y en contra de la represión, con recordatorios para nuestros exiliados y exigencias a voz en grito de una declaración unilateral de independencia inmediata, insultos contra la prensa española manipuladora, un pequeño conato de enfrentamientos aquí, allá, pero nada que a la luz del día pudiera compararse con la guerra de guerrillas nocturnas.

Con Andrea y Loretta aquí, por muy *amici* de la revolución que fueran, no se nos pasaba por la cabeza formar parte del grueso de los pelotones de combate que a la caída de la tarde se iban a congregar en vía Laietana, frente a la Jefatura de Policía.

Sin embargo, pasadas las cuatro y media de la tarde, y precisamente porque toda la Barcelona que habíamos recorrido estaba en calma, todavía vagábamos, despreocupados, por Urquinaona.

Inesperadamente, desde una calle cercana, quizá desde Caspe o desde Ronda Sant Pere, empezaron a sonar las sirenas de tres furgones de los Mossos que vimos enfilar Pau Claris abajo a toda velocidad, obligando a apartarse hacia las aceras a familias que paseaban tranquilamente, como nosotros. Perseguían a no más de una veintena de encapuchados, algunos con palos en la mano, otros con piedras que iban sacando de los bolsillos de las mochilas, algunos adoquines que no dudaban en lanzar contra los vehículos policiales, aunque tuvieran que frenarse en plena carrera para girarse y tirar los pedruscos. Más de uno se cayó y se quedó a centímetros de las ruedas de las tanquetas.

El encuentro entre los furgones —que ya a esas alturas no podían avanzar si no era arrollando a la turba— y las hordas que subían por vía Laietana plantándoles cara a los antidisturbios se produjo cerca de donde nos encontrábamos. Lorena tiraba de mí para que saliéramos por un resquicio que quedaba si nos pegábamos bien a la pared, a espaldas del resto de los curiosos. Desde allí, nos meteríamos por los callejones que desembocaban en el barrio Gòtic. La acera era demasiado pequeña para albergar a tantos otros que se habían quedado bloqueados, sin capacidad para decidir cuál era la vía de escape más segura, si es que había alguna.

Un poco más abajo, en dirección al mar, se veía el fuego arder desde una barricada que se había formado con contenedores y sacos que no sé bien de dónde pudieron salir. Volaban en una dirección objetos de lo más variopinto: botellas, piedras, palos, otros imposibles de identificar, de extraña naturaleza, junto a inodoros y tuberías amontonadas en un contenedor de la obra en un callejón próximo, una lavadora; en el sentido contrario se oían atronar los lanzamientos de balas de goma. De fondo, sostenido, el griterío, consignas ininteligibles.

En ese instante, la pareja de italianos se empezó a abrir hueco entre la multitud y, en cuanto vieron el pasillo libre, corrieron hacia la barricada. Gritaban. No sé qué decían, pero gritaban como locos. Lorena me miró, pálida, con los ojos muy abiertos, encogiéndose de hombros, encogiéndosele todavía más el alma.

Andrea y Loretta sacaron de sus mochilas unos verdugos y se los colocaron con una mano, con gran destreza. No era la primera vez que lo hacían. Se mezclaron entre el grupo que, desde la primera línea del frente, desafiaba a los policías que estaban apilados, en piña, con escudos protectores, delante de sus vehículos. Los hostigaban mientras la megafonía de las tanquetas pretendía hacerse oír solicitándoles que se retirasen o, de lo contrario, no tendrían más remedio que cargar para disolverlos.

Se iban aproximando. Unos hacia la montaña, los otros en dirección a Pla de Palau.

En un intento desesperado y baldío, di un paso al frente. Pretendía sacar de ahí a Andrea y a Loretta, aunque cada vez se me hacía más difícil distinguirlos entre sus iguales, todos uniformados, algo que nos había pasado inadvertido hasta que no se camuflaron entre sus semejantes con los pasamontañas.

¡Zassss!

De repente sentí un golpe seco y contundente en las costillas, en la parte lateral. Deduje que había sido una de las balas de goma de la policía. Venía de allí.

Luchaba por reponerme, «No ha sido nada», me decía. Llamé a los italianos. Andr… Lor… No, no los llamé. Lo intenté, pero me faltaban las fuerzas. No tenía aire, no tenía voz. Me costaba respirar, cada vez era mayor la dificultad para moverme, me moría de dolor, me retorcía, me iba resbalando, me fallaban las piernas. Hasta que caí al suelo a pesar de los intentos de Lorena por sujetarme.

«¡Enric, Enric, Enric!», la oía de fondo. Se fue perdiendo su voz. Se difuminaba, como la luz. El dolor era tan intenso que ya no era dolor, porque ya no había nada. No había ya…

Era sábado cuando abrí los ojos en el Hospital de Sant Pau, con el siguiente parte de lesiones: magulladuras por todo el cuerpo, especialmente en los brazos y en la cara, contusiones en la espalda y tres fracturas en el intercostal lateral. Estuve en observación hasta el lunes a causa de un hematoma algo más rebelde en la parte occipital. Cuando me dieron el alta vino a buscarme Lorena.

Se disculpó por no haber acudido antes. No había podido.

Me contó que le habían estado haciendo muchas preguntas. No me interesé por quién había sido, lo di por supuesto. Hice mal. «A mí también me han hecho unas cuantas», le dije, pero supuse que las de siempre, por protocolo médico, como cuando llega una mujer con moretones o un niño con huesos rotos.

Me interesé por los hijos de puta de los italianos, que menuda la que nos liaron. No supe nada de ellos por más que preguntamos a todos nuestros contactos. No teníamos ni idea de si a esa hora continuaban por Barcelona, si habían vuelto a Milán, si es que realmente eran de Milán, si es que se llamaban así, a saber. Habían detenido a muchos extranjeros en las revueltas; eso se supo unos días después. Sobre todo italianos, también estadounidenses, de Holanda, de varios países. Profesionales de la gresca. «Antisistema», decían. «Unos auténticos cabrones», pensaba y pienso.

Lorena me daba la razón sin muchas palabras, triste, medio llorosa.

Estuvo así varios días, con la mirada perdida, temerosa. No fue la misma durante mucho tiempo.

No sé si ha vuelto a ser ella desde entonces.

27

I walk into an empty room
And suddenly my heart goes boom
It's an orchestra of Angels
And they're playing with my heart

«There Must Be an Angel
(Playing with My Heart)»,
Eurythmics, 1985

Collserola, 2023

Ricardo

Los paseos con Jorge por Collserola le dan la vida. Ricardo los echa de menos, como tantas otras cosas que se le hacen presentes cada vez que vuelve al pueblo, al de Cataluña, en el que ni nació ni vive, pero que siempre será su pueblo, Sant Martí. Le duele que se olviden de él allí, si es que el descuido fuera solo eso, un despiste. En los últimos Sant Jordi —23 de abril—, el Ayuntamiento ha organizado actos en los que firman veintitrés autores vinculados a la ciudad. Siendo uno de los escritores con más éxito, con mayor difusión de obras, desde hace unos años no se acuerdan de él. Hay formas más sibilinas de practicar la purga política.

Jorge y él quedan a media mañana, a esa hora en la que, en un día de diario, saben que estarán solos, sin que los chavales, ni la Puri, ni la Remei metan el hocico. Tampoco Sprinter. El perro se extraña cuando ve salir a su dueño sin él. Pone morro de contrariedad y encoge los omoplatos. Cuando le describe el gesto a Jorge, a este no le sorprende y apunta:

—Tengo un colega, también ciego, que no quiere un perro guía ni en pintura. Prefiere un chófer. Yo le digo: «Claro, porque te lo puedes permitir, cabrón». Mi amigo defiende que no, que el único problema es que no se fía de cómo conducen los perros.

Con esas risas inician la marcha.

Andan en silencio hasta doblar la esquina del camino de Horta, como si hasta allí no se sintieran a salvo, libres tras haber pasado la frontera.

Jorge presupone que la de hoy va a ser una sesión de confidencias.

—¿Qué te ha pasado con Maite? —se lanza a la piscina Jorge. Si los ciegos desarrollan más el resto de los sentidos, él escogió el sexto, el de la intuición.

Inmutable, Ricardo, que hace tiempo que dejó de maravillarse ante su precognición, retira una mariquita que le ha ido a parar a la manga del *pullover*, e inspira el olor a romero. Inhala tan profundamente que acaba suspirando.

—¿Pues qué me va a pasar? Lo de siempre. Bueno, lo de siempre no, ahora con una complicación añadida. Ya sabes cuál es mi especialidad: la he vuelto a joder. ¡Pero bien!

Aunque le cuesta hacerlo, se lo confiesa. Lo suelta después de dar muchos rodeos. Es doctor en perífrasis.

—Me he acostado con ella.

—¿Con Maite?

Jorge pide confirmación, pero no parece que le venga de nuevas. Además del humor británico, también tiene una veta de flema. Todo adquirido en las series de la BBC, sus favoritas.

Ricardo, entre balbuceos y revueltas, tarda una eternidad en ir al grano y explicarle que se ha acostado con ella, que ha sido la primera vez, pero que lo peor no es eso, ¡al revés!, porque esa podría llegar a ser la parte buena de la historia si no fuera porque también se ha acostado con su hija. Con ella ocurrió antes.

—¡No me jodas! —Esta vez sí que le ha pillado fuera de juego y sin la pose *british*.

—¡Como lo oyes! Y no una ni dos veces —le explica—. Lo de Susana ya viene de lejos, desde que estuvo alojada en casa, en Madrid. Aunque la última vez fue hace unos días, en Sant Cugat, en casa de Maite, nada más y nada menos.

Mientras le da detalles sobre lo que supone para él todo este embrollo, Jorge lo escucha y se sonríe, bufa. Como si estuvieran solos en el mundo, reacciona con expresiones del tipo «¡Bendito cabrón!», «¡Eres un caso!» o «¡No tienes cura!». Las suelta a voz en grito, sin hacer ningún esfuerzo para que las sentencias queden entre ellos. Jorge no sabe susurrar, una costumbre que siempre ha puesto de los nervios a su hermano. Está harto de afeársela, desde pequeño. Esa falta de recato lo puso en apuros y le sacó los colores en muchos momentos. Como cuando exclamó sin remilgos: «¡Joder, qué mal huele aquí, la virgen!». Fue en casa de unos amigos. U otras veces en las que había soltado alguna maldad sobre lo torpe que era hablando fulanito sin que el aludido se hubiera retirado todavía. Muchas veces le ha pretendido corregir para que no berree de esa manera, que sea más cauto. Se ha tenido que dar por vencido. El ciego se defiende razonando que su concepto de las distancias es diferente. Lo argumenta con una serie de teorías que nunca han colado. Ricardo cree que la única verdad es que, en el fondo, se la sopla lo que piensen los demás, que se vale de su condición como coartada para soltar lo que le venga en gana. Es su venganza contra el mundo, un acto de rebeldía.

De todas formas, al tercer «¡Qué cabrón!», con risotada incluida, Ricardo le espeta, realmente enfadado:

—Pero ¿¡es que no me vas a tomar nunca en serio o qué!?

—Mira, chato, ojos que no ven, corazón que no siente.

Lo desarma de nuevo.

No son de grandes carcajadas. Ambos resoplan la risa. La ocurrencia les ha puesto de mejor talante.

Ojos que no ven... Ricardo sopesa que quizá ahí esté la razón de todo, de que Jorge se comporte sin complejos, de que hable a voz en grito sin importarle un bledo lo que digan, lo que piensen. De su actitud aparentemente despreocupada ante el destino.

Quizá ha sido de su hermano menor de quien ha aprendido a aliñar con humor las cuestiones más dramáticas; a reírse de aquellas cosas que se nos antojan trágicas en un mundo donde, mirando a Jorge a los ojos, te das cuenta de que debes relativizar algunos problemas que solo resultan acuciantes para un insolente como él, como Ricardo, con una vida llena de privilegios.

Se han repuesto de la primera cuesta y cogen aire. Jorge se siente más seguro. Sigue agarrando el antebrazo de Ricardo, pero más suave, por tener un punto de referencia. Empieza a hablar mientras camina dando pasos cortos, con la cabeza siempre al frente.

—Toma distancia, hermano.

—¿De Maite?

—De ella, sí.

—¡Pero si vivo en su casa!

—Cuando puedas. No va de un día.

—Pensaba quedarme una temporada. Quiero escribir un libro sobre su padre.

—... ¿Estás seguro de eso?

—¿Por qué no?

—Porque no lo escribirás sobre Josep Terol; lo escribirás sobre el padre de Maite.

Pasa otro rato largo en el que guardan silencio. Jorge nota que ya andan sobre tierra, se levanta ese polvo que le reseca las manos y la garganta. Recurre a una pequeña cantimplora que porta en la mochila. Le ofrece primero a Ricardo, que le echa un trago y retoma la conversación.

—Escribir un libro sobre Terol no significa que tenga que juzgarlo —se justifica.

—Eso es lo que os creéis los escritores, pero ¡claro que juzgáis a vuestras criaturas! De manera inconsciente, imagino, o subliminal. Sin pretenderlo, pero lo hacéis.

—Soy periodista.

—Peor me lo pones.

Ricardo valora lo que oye. Su hermano siempre fue el más sabio de la familia. Le habría gustado ser uno de sus alumnos. Todos los que han pasado por sus clases le tienen una especial estima.

—No me has contado nunca cómo fueron aquellos días en el instituto, Jorge.

—¿Qué días? ¿Los de la movida?

Ricardo asiente, luego le pone voz al gesto.

—Sí, sí, los de la movida.

—Te lo puedes imaginar, hubo de todo. No estaba en mi mano arreglarlo. Yo no soy periodista —dispara con sarcasmo—. Me conformé con intentar que nadie se sintiera mal. Sirvió para que hiciéramos ejercicios de reflexión, de oratoria, de debate...

—¿En clase de Castellano?

—Nunca fue un problema en mi clase. Habrá habido líos por ahí, no te digo yo que no, pero no luchan las lenguas, pelean los hombres.

—¡Coño! Me la apunto. ¿De quién es?

—De un gran pensador, Jorge Santos. Aquí, el tete.

Chascan la lengua a la vez.

—El castellano es un idioma muy noble —sigue el profesor—. Solo puse una norma: que no hubiera ninguna regla sobre esto. Que cada cual se expresara como quisiera. Me importan más las ideas, la forma de exponerlas, fomentar el respeto a quien no piensa lo mismo que nosotros, sea lo que sea, siempre que también sean ideas que no vayan contra los principios y derechos más fundamentales, que sean tolerantes. En eso he de reconocer que fueron unos meses muy ricos. Saqué partido.

La tierra se va entreverando en los repechos con algo de hierba y musgo de las zonas que quedan sombrías tanto de madrugada como a la caída de la tarde. Llegan a otras de pedregal, de cantos y guijarros.

—¿Ya estamos por Can Xirgu?

Jorge sigue muy bien orientado. Propone descansar en el banco de la puerta de la masía hecho con medio tronco de encina. Vuelve a beber.

—No te preocupes por lo de la otra noche en casa, Ricardo. Nunca va a mayores.

—Sí, lo sé. Un par de días después estuve con la Puri y la Remei, nos vimos en Sant Cugat.

—¿Ves? Lo que te decía... ¿Qué querían? ¿Hacer las paces?

—No hacía falta. Aunque siempre tengo miedo de que en una de estas se nos vaya de las manos, que no sepamos dónde frenar, que no nos vayamos a arrepentir después por cosas que nos hayamos dicho. Ha pasado en otras casas. Gente que no sé si ha llegado hasta el extremo de retirarse la palabra, pero son familias que ya no mantienen la misma relación, es más tirante, se evitan.

—¿Como has hecho tú esta Navidad, quieres decir?

Ricardo no sabe qué responder a eso.

—Ha dejado heridas el asunto este, es cierto.

—¡Es una mierda todo!

—¡Así me gusta, hermano! ¡Verte exultante y citando a los griegos!

Resoplan otro asomo de risa y emprenden el camino de vuelta.

Sin que le pregunte, Jorge recupera el verdadero tema que enturbia los pensamientos claros que siempre ha tenido Ricardo.

—No me hagas mucho caso, pero, si yo fuera tú...

—¿Qué? —quiere saber ansioso Ricardo. Lleva toda la mañana esperando el consejo de su hermano.

—Sé que te has comprometido con lo del chaval, con lo de Enric, y que un compromiso es un compromiso y con él a muerte, que decía papá. Pero luego, cuando zanjes ese tema, tienes que desengancharte de Maite. ¡Menuda dependencia emocional, macho! Porque Susana no estará enamorada de ti, ¿no? ¡Pregunta retórica! No me respondas, que te conozco. Será solo sexo. Y la madre habrá tenido una noche tonta y lo mismo. Pero ya está. No va a pasar de ahí.

»Has creído tener una relación romántica todos estos años y no era más que una ilusión óptica, un amor platónico, si quieres ponerle un nombre. No ha existido. No, al menos para ella. Has mantenido una ensoñación con una persona que no sabes realmente cómo es, una mujer a la que has idealizado a partir de la niña, la joven que conociste. Y ella tampoco te conoce a ti. ¡Si creía que eras gay, cojones! Una chica, porque para tus pensamientos sigue siendo una chiquilla a la que le has estado enviando fragmentos de canciones, mensajitos, papelitos de adolescente... Y así toda tu puñetera vida, anclado a una nostalgia que no será nunca nada, porque ni fue. Perdona que sea tan cruel, macho, pero a ti, como no se te hable en este plan, así, a lo crudo, no reaccionas, chaval.

Ricardo sabe que no es del todo cierto lo que acaba de soltarle Jorge y que él lo sabe, que acaba de marcarse una de sus especialidades. No ve, pero es un gran caricaturista. Quiere que su hermano mayor sufra lo menos posible, así que deforma con sutileza e ingenio la realidad para que parezca, aunque dolorosa, incontestable. A Ricardo también le gustaría que todo fuera más sencillo, pero los sentimientos no funcionan así.

Lo mira. Se estaría así minutos y minutos. Es algo que Ricardo no puede hacer habitualmente con los demás. Le cuesta mantener la mirada. Es un tímido patológico que en su día decidió colocarse la coraza de la altivez como autodefensa. Con su hermano no le hace falta. No teme el juicio a ojos ajenos. Imagina que así debe andar Jorge por la vida, sin postureos, sin interpretarse en los diferentes registros que tenemos todos, los que esperan el resto de nosotros, según el círculo, según los mundos a los que pertenecemos. De ahí esa caída de hombros destartalada, desinhibida y a la vez tan natural; o esa ausencia de rictus constreñido con el que salen los demás en las fotos. Jorge siempre sonríe, bonachón. Siempre sabe dónde mirar porque no le preocupa lo más mínimo cómo le miren a él. No ve que su hermano mayor siempre lo hace con amor. Pero algo le dice a Ricardo que lo sabe.

No quiere despedirse sin preguntarle por lo de siempre:

—¿Has sabido algo más de lo tuyo?

—Siempre hay avances, pero ya sabes…

—¿Qué?

—¡Nah! No dan un duro por mí. Son muchos años. Total, ¿qué hay que ver por aquí que merezca la pena? La idea que me he logrado hacer de las cosas, peor que mejor, es la que tengo y con la que me apaño. A ver si resulta que la vamos a joder y no me gustáis un pijo… ¡Que estas cosas luego no son reversibles!

28

Cataluña, años setenta

Miguel Santos llevaba a Ricardo y a Jorge al Mercado de San Antonio, como mínimo, un domingo al año. El pequeño de la mano de su hermano y preguntando a cada instante, ansioso, si ya, si lo tenían, si ahora sí. El ritual se repetía cada temporada, cuando faltaban los cuatro cromos que no había manera de conseguir —porque además era imposible estadísticamente—, los de los últimos fichajes codiciados. Miguel trabajó con una de las imprentas que hacía las tiradas. Insobornables. No había forma de sacarles los cartoncitos que necesitaban los niños, no hacían excepciones. No le pudieron negar que, de unos cuantos futbolistas, se imprimían menos cromos para que los coleccionistas gastasen más.

Mientras los chiquillos buscaban y negociaban a cuánto el cromo que *falti*, a Miguel se le iban los ojos a los tenderetes donde exponían a precio de saldo las mismas enciclopedias universales que pocos años antes le costó Dios y ayuda colocar, y a la familia a la que se la colocó, muchos plazos que afrontar. «¿Habré llevado esta en el maletero?».

A Jorge se le iban los oídos hacia los puestos en los que sonaban los vinilos de segunda mano de Jethro Tull, Camel, Frank Zappa, Led Zeppelin.

A la vuelta, recuerda cómo un domingo se quedaron bloqueados en mitad de la ronda de la Universidad.

A un lado, los manifestantes gritaban consignas claras que no lograban entender. «¿Qué libertad piden? ¿Qué es la amnistía, papá?». «Eso, cuando seáis grandes lo sabréis». No sabía muy bien qué contestarles. Miguel Santos nunca se metió en política. A lo sumo, para llevarle los cafés al secretario del sindicato, aquel franquista, en el pueblo.

Al otro lado, los grises los corrían a porrazos, algunos montados a caballo. Dejaron el pavés lleno de boñigas.

Los hijos de Pitu Terol guardan otra memoria de los domingos por la mañana: algunos eran para esquiar, otros para ir al pabellón a ver al Sant Martí de hockey sobre patines frente al Barça, al Reus Deportivo, el Liceo… ¡en División de Honor! En esos casos, se cumplía con misa el sábado a las ocho. Eran domingos de aperitivo y Camp Nou para acabar la tarde. Cuando llegaba el buen tiempo, se celebraba el Aplec de Sardanas y se daba por concluida la temporada en La Masella. La pascua abría el tiempo de verano en el apartamento de Comarruga. Papá no subía todos los fines de semana. Algunos sábados los llevaba y luego se acercaba a recogerlos. Estaba muy liado con sus negocios. A veces, aunque no hubiera nieve, se escapaba a Andorra.

29

Help me if you can, I'm feeling down
And I do appreciate you being 'round
Help me get my feet back on the ground
Won't you please, please help me

«Help!»,
THE BEATLES, 1965

Cataluña, 2023

RICARDO

Es la primera vez en mucho tiempo que recibe a Susana con un par de besos. Ella repara en el saludo inédito.

—¡Menudo avance, Santos!

También es la primera vez que ella lo llama así, «Santos». Lo ha oído en casa, cuando se refieren a él por su apellido, cariñosamente o como una broma que les evoca el tiempo del cole; así le llamaban los profesores.

Antes de meterse en el coche, la pone al corriente de las novedades. Se queda para sí por qué sabe lo que sabe sobre la víctima de Lorena. No va a delatar a sus fuentes, y menos siendo su hermana y su cuñada.

Le advierte a Susana:

—No podemos cometer ni un desliz. Nada de teléfonos, ni mensajitos ni gaitas si tenemos que tratar el tema, ¿me explico? —Señala hacia el interior del vehículo haciendo una especie de círculos en el aire—. Porque, donde menos te lo esperes, ¡zasca!, te colocan un micro estos cabrones.

—¿Quiénes?

—Los cabrones, ya sabes. Digamos que la definición va dedicada a un colectivo de amplio espectro.

Susana sonríe. Sigue sorprendida. Hacía días que no tenía delante al Ricardo jocoso, elocuente, el que rebate con sosa cáustica en las tertulias; el de la chispa ocurrente que prende en décimas de segundo.

—¿Qué te has tomado? Yo quiero lo mismo —bromea Susana.

—¡Bah! ¡Déjate de gilipolleces!

Definitivamente es otro Ricardo.

En el bolsillo guarda el secreto. En el móvil. Lo ha recibido esta mañana. Es un mensaje de Maite:

> Santos, ¿por qué no me lo volviste a pedir?

No está todo perdido. Le sigue hablando.

No se siente más fuerte y seguro porque el mensaje le haya calmado la ansiedad por esa tormenta de pensamientos en bucle que ocupa y devasta su mente, incitándole a ponerse siempre en lo peor, dándoles pábulo a los peores escenarios posibles. Eso que, en realidad, es lo mismo que tanto le ha criticado a su madre, a su abuela, esa muesca del pensamiento judeocristiano, la de cargar siempre con la culpa, incluso a título preventivo, como una forma de expiar los demonios, ahuyentar al mal.

No ha sido porque el mensaje por sí solo haya actuado como bálsamo, sino que está satisfecho porque ha sido capaz de no saltar para responderle. Esta vez no ha perdido el culo. Es más, ahora mismo ni siquiera sabe qué le responderá, ni le obsesiona no saberlo. El avance se lo tiene que agradecer a la charla con

Jorge. Un grato paseo. Su hermano tiene esa habilidad. Es reparador.

Ricardo y Susana ponen rumbo a casa de los Perelló i Sanchís, los padres de Lorena.

Por la dirección, calcula que está en un punto intermedio en la línea que avanza de Sant Gervasi hasta Pedralbes, puede que Sarrià. Nunca ha sabido distinguir, por ajeno, entre un territorio y otro.

—¿Los conoces? —le pregunta a Susana.

—¿A los Perelló...? Sé quiénes son, de toda la vida, pero habremos coincidido tres veces mal contadas. Si no me presento, sospecho que ellos no tendrían ni idea de que soy la cuñada de su hija.

Viven en una finca señorial que tuvo que ser lo más de lo más a finales de los setenta. Un solo piso por planta al que se accede en un ascensor que abre sus puertas directamente en el vestíbulo de la vivienda. Hay otra entrada de servicio para la que hay que encomendarse al primer santo que se tenga a mano, por el traqueteo bamboleante de un montacargas al que le chirrían las poleas. Ellos suben en este, por cabezonería de Ricardo. Estrategia.

—No nos aceptan como iguales en la defensa. Vale. Habrá que averiguar por qué. Mientras, démosles la razón. Vayamos de humildes. Por si fuera una cuestión de clasismo... Yo sé lo que me digo: las ínfulas de superioridad pueden ser muy traicioneras.

—Menos mal que tú sabes lo que te dices, porque hoy no hay quién te entienda.

En los pocos metros del pasillo que van desde la cocina hasta la zona noble, queda constancia de la biografía de Manel Perelló. Está escrita a través de unas cuantas fotografías y otras tantas placas conmemorativas. Hay varias de su paso por la junta directiva del RCD Espanyol, donde ocupó el sillón de vicepresidente cuando la entidad estaba en manos de la familia Alvar, una de las mayores riquezas de Cataluña. Perelló compartía con ellos empresas de conservas y, en general, otros negocios que entrarían en la difusa categoría de las sociedades estratégicas de importación y exportación. «¿Importación y exportación de qué, en qué se traducirá eso?», se pregunta el escritor mientras observa de soslayo, sin detenerse mucho, el resto de las imágenes que le van saliendo al paso: Perelló con el rey Juan Carlos I, con el hijo de este siendo príncipe, con su hijo ya coronado, otra con la reina Sofía en un velero de nombre griego. Luego llega la colección donde están casi todos los presidentes del Gobierno español (falta Zapatero). Con Mitterrand. Con Pujol tiene muchas. Antes de desembocar en la salita donde les espera el matrimonio, le da tiempo a fijarse en la leyenda de la placa que hay bajo la medalla dorada protegida en un cuadro acristalado que cuelga junto a la Creu de Sant Jordi. Le fue concedida en honor al Mérito Civil e impuesta por el ministro de Interior del momento. Una foto reverencial lo atestigua.

La mujer, María del Carmen, se presenta como «la señora de Perelló». Se disculpa por la falta de tacto y poca diligencia de la chica de servicio: «¡Mira que dejarles entrar por la puerta trasera siendo ella, Susana, de la familia! ¿Qué tal, cariño?». Imperdonable, también, el gesto de la asistenta «¡Siendo Ricardo quien es!». Porque resulta que la señora de Perelló es una fiel lectora de toda su obra y una gran fan. Siempre lo son ellas.

A Manel Perelló, sin embargo, solo le suena su nombre muy vagamente.

—Ricardo Santos... Ricardo Santos, ¡ah, claro!

Claro, pero ni flores. No le ha leído ni media página. A lo sumo, alguna columna en prensa. Lo identifica como analista político.

—Usted es el díscolo, ¿cierto?

Ricardo no sabe qué responder a eso. Le divierte la carota de Susana, que se traga una carcajada de despiporre mordiéndose el labio. Él la imita. El señor Perelló, lejos de tomárselo a mal, celebra que capten su fina ironía. Esto es textual, una nueva medalla que se acaba de colgar él. No le ha hecho falta mayor ceremonia.

—Además de díscolo, como muy bien dice... —vuelven a reír la chanza cuando la recrea Ricardo—, ahora estoy sentando la cabeza y le echo una mano a la familia Terol en el caso de Enric. Soy su portavoz.

—Lo sé.

Perelló cambia el rictus. Gesto severo, mentón al aire. Su mujer capta la orden y cambia el paso, como el solista al violín ante el nuevo compás que marca el director de orquesta.

Aquí se acabó el compadreo y bromitas las justas.

Se sientan.

—Ustedes dirán. ¿A qué se debe el honor? —se interesa formalmente Perelló por el motivo de la visita.

—Pues verá, nuestro equipo de abogados ha intentado ponerse de acuerdo con quien lleva el caso de su hija Lorena, pero hasta el momento ha sido imposible. No acabamos de entender muy bien por qué. Nos gustaría saber si existe alguna posibilidad de que se pongan de acuerdo las defensas. Créame que los letrados de Llorens i Mongay son muy profesionales y de confianza.

—Ya... —De oficio, en el matrimonio Perelló habla siempre él.

—Creemos que sería muy bueno para ambos. —Ricardo sigue con su argumento—. Ganaría fuerza el testimonio de Lorena. Beneficiaría también a Enric.

—Son dos casos totalmente diferentes, señor Santos —objeta Perelló.

—Lo entiendo, pero nuestro despacho dispone de los mejores penalistas. No le digo que tenga que ser el mismo abogado. Especialmente si se tuviera que llegar a juicio, que esperemos que no sea el caso. Para nosotros la cuestión ya está muy clara, cada vez hay más razones para que acabe la instrucción cuanto antes y todo se quede en agua de borrajas. Pero, en el hipotético caso de que se abriera juicio oral, no tendría por qué ser el mismo letrado. Solo pretendemos que haya un mínimo de coordinación, que no se superpongan trabajos, investigaciones ni pruebas periciales, porque todo eso es común. No existe ninguna contradicción entre las versiones de los chicos. Por qué no vamos a aprovechar para sacarle partido a esa baza. Sería mucho más práctico.

—Por ejemplo... —Perelló se muestra escéptico.

—Ahora mismo, sin ir más lejos, con las dudas que hay sobre el origen del arma, una defensa conjunta podría presentar un escrito que favoreciera la puesta en libertad de Enric y, por ende, también la de su hija. El fiscal y el juez solo tendrían que leer una argumentación, solo una, bien sustentada, común. Los dos podrían ser puestos en libertad, como mucho con una fianza. En estos momentos quizá la única razón por la que Lorena sigue detenida es que se acabe de despejar a qué se ha debido la confusión sobre el origen de la pistola, y al revés.

Perelló sigue impenetrable. Todo son resistencias. Cabecea. Niega, o piensa. Mira a Mari Carmen.

—Lo siento, pero tenemos mucha fe en nuestro abogado, en el señor Castellví.

—¿Castellví, ha dicho? —Ricardo no sabe si ha oído bien—. Tenía entendido que era un abogado de Valladolid.

—No es de allí. Ahora vive allí. Desde hace un año, más o menos. Ejercía en Barcelona cuando me lo recomendó un conocido, cuando la defendió la otra vez.

Se miran Ricardo y Susana. Sin palabras, se preguntan: «¿Tú sabías algo?». Con menos palabras se responden: «¡Ni puta idea!». Los gestos lo dicen todo. Es la primera noticia que tienen sobre que Lorena Perelló hubiera sido detenida en el pasado. Susana siente el impulso de llamar allí mismo a Mercè, a Lluís, a Pablo... Sus dedos teclean a la velocidad del rayo. Le envía un WhatsApp a su tío: «Lorena fue detenida antes. Tiene antecedentes. No puedo hablar. Buscad». Es imposible que no lo supieran. No se les puede haber pasado por alto.

Los Perelló tampoco necesitan verbalizar nada para maldecirse. Han cometido un desliz imperdonable. Manel ha hablado más de la cuenta. «Siempre tan sobrado, tan arrogante, temeroso de que sea yo la que se vaya de la lengua, y mira el muy... ¡idiota!», piensa Mari Carmen. Nadie tenía por qué saber que la hoja de antecedentes de su hija no estaba impoluta. Precisamente Castellví con sus contactos, sus artimañas, los hilos que movía, y en nombre de quién los movía, logró limpiarla cuando en octubre de 2019 detuvieron a Lorena por los disturbios frente a la Jefatura Superior de Policía el viernes de la semana de fuego, cuando se conoció la sentencia contra los líderes del *procés.*

Pero eso, claro, Ricardo y compañía aún no lo saben.

30

Cataluña, 2005
Llorens i Mongay

En la primera década del siglo XXI se empezaban a alinear todas las cargas de dinamita que, en breve, harían volar por los aires el oasis catalán. Antes, las aguas cristalinas de ese espejismo se habían estado enturbiando hasta convertirlas en un magma oleoso y pestilente que iba a salpicar a todo el mundo.

El 25 de febrero de 2005, el despacho de Llorens i Mongay recibió dos encargos que obligaron a sus socios a movilizar a todos los abogados y asesores expertos en ingeniería fiscal y financiera. Josep Terol les había encomendado, de manera urgente, costara lo que costara, aunque tuvieran que trabajar ese fin de semana sin descanso, día y noche, que redujeran a cenizas la parte de la empresa volcada en el fomento y la construcción. Si no podía ser, que la dejaran en los huesos, que figurara a título de inventario testimonial; que trasladasen todos los activos de la matriz a las filiales turísticas.

—¿Y cómo lo hacemos?

—¡Cagando leches y borrando por el camino todas las huellas de lo que fue Terol Construcciones!

El día anterior, en el Parlament, el propio *president*, Pasqual Maragall, dirigiéndose a los herederos del reinado absolutista de los últimos veinte años de Pujol, les había señalado, micro en mano e índice al aire, y les había advertido de que su grupo tenía un problema, «*I aquest problema es diu tres per cent*». De nada sirvió que Maragall, después, arrugara el dedo. La bacanal había empezado.

El segundo encargo de Llorens i Mongay se lo había hecho aquella misma tarde un viejo amigo del colegio, Ricardo Santos. Había sido en el velatorio de su padre.

—Lluís, salva la casa de la familia en Sant Martí. Lo demás nos importa un carajo; que mi madre pueda vivir tranquila. Deshaz el nudo de muñecas rusas de préstamos contra préstamos contra los préstamos de otros préstamos en los que llevaba metido mi pobre padre toda su vida, siempre huyendo hacia delante. Que el grupo holandés que andaba detrás de la editorial y la distribuidora se quede con las migajas y que la deuda vaya a la herencia. Renunciaremos a ella, evidentemente. No queremos un duro. Solo te suplico que mi madre salve la casa y su pensión.

Sellaron el encargo con un abrazo.

Era una encomienda sencilla comparada con la de Josep Terol. La sociedad del murciano había estado en todas las salsas desde que fue bendecido por Prenafeta como uno de los empresarios de referencia del régimen pujolista. Algunos rastros eran imposibles de borrar. Sin embargo, si salía a flote alguna irregularidad ahora, puesto a todo trapo el ventilador de esparcir la mierda, quizá no habrían prescrito las trampas, los suplidos, los cohechos o las colisiones de intereses.

Entenderse bien con Prenafeta significó en su día optar a hacer todo lo que estaba por hacer. Como cuentan en el documental *La Sagrada Familia*, en la década prodigiosa de los ochenta, la Generalitat era una institución, pero no más que un edificio hueco, unas paredes vacías sin funcionarios, sin centralitas, sin *conselleries*, direcciones generales, ni tentáculos que llegasen hasta todos los rincones del poder, de la cultura, de la educación, de la sociedad, de los medios; había que levantar la antena de Catalunya

Ràdio, la de TV3, la de la Salut. Y más tarde la Barcelona olímpica. En sus manos estaba construir un mundo, en definitiva; un universo que no se hace en seis días partiendo de la nada, donde no habría tiempo de descansar al séptimo, por mucho que quienes llevaran las riendas fueran gente de misa dominical. A fin de cuentas, un gran esfuerzo conlleva un *negoci*.

31

Freeze, I'm Ma Baker,
put your hands in the air»
«Gimme all your money»
This is the story of Ma Baker,
[the meanest cat
[from old Chicago town

«Ma Baker»,
BONEY M., 1977

Cataluña, 2023

RICARDO

Piensa de nuevo en Maite. En cuanto Enric salga de prisión, ella adelantará su regreso.

Vuelve a leer el mensaje.

«Santos, ¿por qué no me lo volviste a pedir?».

Lo lee una y otra vez para asegurarse de que es verdad, de que las letras que brillan en la pantalla del móvil dibujan esa frase en boca (en dedos) de su Maite. Hacerlo, leerlo, alimenta su ego, es verdad, pero también lo aterra. ¿Qué implicaciones tienen esas palabras en el hoy?

Ya estaba escogiendo una canción, un fragmento. Se sorprende buscando uno que encaje. Es increíble lo que es la inercia. Menos mal que aparece en primer plano un recuerdo más inmediato. Resuena la voz grave y expansiva de Jorge. Tantos años pagando a un terapeuta y lo tenía en casa. Acalla la tentación de responder a Maite.

Tiene que hablar más con su hermano, confesarse, dejarse aconsejar por él. No solo estaría más sereno, también sería mejor persona. Todo lo que toca Jorge lo sana. Tiene ese don.

Llaman a la puerta.

Llega el informe sobre Miguel Castellví. Se lo entrega en mano un mensajero. Lluís Llorens le había advertido del envío para que estuviera al tanto. Un sobre sin logotipo del despacho ni de la agencia de detectives. «Hay que dejar el menor número posible de migas por el camino». Dentro vienen dos pliegos grapados: el del abogado de Lorena y el que concierne a su víctima, Armand Trigo. Como era de prever, el dosier sobre este último concluye que no están en condiciones de confirmar nada. Muy mal tendría que hacer la policía su trabajo para que se pudiera desenmascarar a un infiltrado así como así. Muchos se han tenido que comer años de trena con tal de no ser descubiertos tras caer junto a su comando gracias al acierto de una operación policial sobre la que ellos mismos habrían informado. Hay que darle verosimilitud al papel que han estado interpretando, hasta las últimas consecuencias. Es mejor esa condena que la de señalarlos ante los que han traicionado. No sería el caso de Armand, ya muerto. Pero, si se llegara a saber que era un falso activista, quizá por deducción quedarían expuestos y en peligro otros que le sirvieron de apoyo.

El informe termina con unas conclusiones que a Ricardo le suenan a advertencia. ¿Y si la Fiscalía estuviera manejando también esa posibilidad? ¿Y si Lorena hubiera sabido que Armand trabajaba para la policía española? Tal vez no le habría disparado como víctima de acoso sexual, sino como una activista indepe hostigada por el enemigo.

Hay una nota escrita en un pósit. Está escrita a mano por Lluís:

«He hablado con F. M. Creo que vamos bien con la Fiscalía».

«F. M.» son las iniciales que responden a su gran amigo, el fiscal Félix Marín. No está al frente del caso. De haber sido así, no habría admitido ninguna injerencia que se pudiera leer como un trato de favor o se habría inhibido. Ricardo no quería ponerlo en un brete, ha preferido que sean los letrados quienes lo sondeen sobre por qué se está retrasando tanto la puesta en libertad de Enric. Sin buscar información privilegiada. Solo como consulta técnica.

Pasan los días y cada vez queda más claro que la pistola con la que se cometió el homicidio no constaba como parte del material, ya fuera hallado o perdido, de los coches de la Guardia Civil, aunque sea de su propiedad. Esto exime a Enric, y eso es, si no lo único importante, sí lo primordial. No entiende a qué esperan. ¿Hay algún factor con el que se cuente en la instrucción que no haya sido compartido con las partes implicadas? ¿Se guarda un as en la manga la Fiscalía después de haber cometido el error de dar por buena la matrícula de un arma sin contrastar si esa pistola estaba en el listado del material que se echó en falta? Sería grave. No es lícito actuar así. Si la Justicia tiene que investigar alguna negligencia por la pérdida del rastro de la pistola, debería abrir diligencias contra la Guardia Civil; eso ya no concierne a Enric Terol, no se puede hacer a costa de su libertad. O a lo mejor estamos hablando de prácticas opacas. ¿Corruptelas? ¿Servicios secretos?

A Ricardo le surgen tantas teorías como líneas argumentales para esa novela que no es novela. En la ficción siempre es más sencillo forzar los lazos entre los hechos para que acaben encajando las carambolas.

Por otro lado, investigar al abogado de Lorena ha dado sus frutos.

Miguel Castellví es un profesional eficaz y muy discreto. Gris en las formas; capaz de pasar por delante de ti sin que lo veas. Brillante en la hoja de servicios y el palmarés cosechado. Gana casos aquí y allá. En su currículo destaca el alto grado de sentencias favorables. También es muy llamativo que, en los últimos quince años, haya establecido su residencia en cerca de diez ciudades. Da la impresión de que es requerido para acudir a cada una de ellas, en comisión de servicios. Es singular el amplio abanico de casos dispares que ha defendido. El informe de la agencia de detectives Method27 deja constancia de que Castellví rara vez lidera la defensa, al menos en los juicios; suele trabajar en la sombra. Se descarta que sea por una hipotética carencia de habilidad oratoria. Los pleitos en los que ha tomado la palabra los ha ganado sin despeinarse, sobre todo si la decisión recaía en un jurado popular. En esos casos obtiene resoluciones favorables en tiempo récord.

En Ourense logró el veredicto de inocencia para una abogada sobre la que pesaba la acusación, con fundados indicios, de haber intervenido en el extraño episodio que hizo que su asistenta, una joven exmilitar de Tiblisi, perdiera el equilibrio mientras tendía la ropa y se precipitara al vacío desde el séptimo piso, con resultado fatal de muerte instantánea por el brutal impacto.

A su paso por Soria se había hecho cargo de la defensa de un joyero, autor confeso de la muerte de un paisano a quien asestó doce puñaladas. Alegaba defensa propia ante el intento de atraco. La dificultad del caso estribaba en que había que demostrar que era creíble una circunstancial llamativa: el homicidio había tenido lugar en la sauna. El joyero sostuvo en todo momento que fue allí donde se sintió agredido, donde el delincuente —refiriéndose al otro, no a él— le conminó, bajo coacción, a que abriera la taquilla del vestuario en la que guardaba las llaves de la joyería y, junto a ellas, el código de la alarma. ¿Y cómo es que, en la sauna, con un ligero albornoz como única vestimenta, portaba un machete propio de Frank de la Jungla? Castellví convenció al jurado de que su cliente tenía que ir prevenido hasta al infierno por culpa de las amenazas constantes, algunas reiteradas por parte de aquel desalmado del que tuvo que defenderse.

En Valladolid lleva varios meses trabajando en la causa en la que están imputados tres policías locales de un pequeño municipio próximo a la capital por despistar unos fondos que el Ayuntamiento recaudó con fines benéficos, para los refugiados ucranianos. Contra ellos hay pruebas contundentes, como las imágenes de las cámaras de vídeo del circuito interno de la comisaría donde los pillan con las manos en la masa, o testimonios de sus compañeros, a los que, como policías, hay que concederles el principio de veracidad. Castellví, sin embargo, basará la defensa en que lo único que hicieron sus clientes fue proteger el caudal de las tentaciones de los políticos corruptos del consistorio, quienes ya en tiempos pasados habían demostrado su mala querencia.

Pero, sin duda, entre los milagros encomiables de Castellví, y uno de los que se llevaba con mayor discreción, estaba el logro de haber dejado sin efecto la detención de Lorena Perelló en la Jefatura Superior de Policía de vía Laietana, de la que no se guardan registros. Solo está en los recuerdos de los implicados. Y allí permanecerán, de por vida.

O eso creen ellos.

32

Here they come with a brick in their hand
Men with heads filled up with sand
Let's build a house where we can stay

«Build»,
THE HOUSEMARTINS, 1987

Valldoreix, 2023

RICARDO

La masía, o la *casa pairal* —como le gusta decir a Pablo sin delirios de grandeza, sino más bien por poner esa distancia sardónica que el *hereu* guarda con su propia saga—, a simple vista no tiene secretos para Ricardo. Mientras él se ha mudado entre Barcelona y Madrid ya... ni se sabe (ha perdido la cuenta con tanta ida y venida), la fortaleza de los Terol sigue inmutable al paso del tiempo. En pie, en el mismo sitio y con las mismas formas. Se habrá sometido a un lavado de cara en tres o cuatro ocasiones desde que es propiedad de la familia. Tal vez habría que añadirle alguna más que el escritor no tiene controlada, que haya coincidido con alguno de los paréntesis de sus largas ausencias. Pero, con los remedos a los desconchones y los achaques de algunas tejas, continúa siendo la misma.

La ha conocido con la fachada en blanco, con un tono ocre albero, también hubo otra época en la que emulaba al muro de piedra. Ahora que la luz da sobre el rojizo terracota (elección de Maite, sin temor a equivocarse), y con el sol de cara, refulge como si la parte superior fuera una gran cúpula en bronce.

Da igual cómo la maqueen, cómo la vistan por fuera y por dentro, cómo perfilen los setos y los arriates o qué flores cultiven, porque, hagan lo que hagan, tapen la piscina con una pérgola acristalada en invierno o abandonen sus aguas a verde y ranas, cada rincón de la finca le evoca un recuerdo. Su mente, que no es tonta, ha escogido quedarse con los buenos y, entre ellos, con los mejores.

Hoy ha llegado a esta casa, la de ayer, cargado de dudas después de la charla que mantuvo con Jorge: «Si escribes una biografía sobre Josep Terol, vas a juzgarlo». Es cierto que en esa materia Ricardo jamás podrá ser un juez ecuánime. Es imposible. Además, no lo pretende. No es tan ingenuo. No se trata de que su hermano le haya abierto los ojos. Sin embargo, veía este momento, el instante en el que Pablo está a punto de permitirle el acceso al archivo del despacho de su padre, como algo que estaría por llegar algún día. Y ese día ya no es futuro, sino que es hoy. Ya no se puede acoger al comodín del «ya veremos», como hacía tantas veces su padre con él. «¿Iremos al cine el sábado?», «¿Me podré quedar a dormir en casa de los primos?», «¿Nos llevaremos las bicicletas a Mollina en verano?». Preguntas para las que Miguel Santos siempre recurría a la respuesta de consolación, las despachaba siempre con un «Ya veremos, niño, ya veremos». Ricardo tuvo que aprender con el tiempo que aquello no era más que un no, un no con paños calientes, con vaselina, para que no le doliera ni al uno por recibirlo ni al otro por tener que pronunciarlo; que el olvido lograra llevarse el puñetero no.

Le contraría todo esto: la escena, lo que significa, lo que va a suponer, el debate interno que está librando. Pero le aturde aún más cuando comprueba que la fortaleza tiene la capacidad de depararle alguna sorpresa con la que no contaba su memoria.

Pablo ha descorrido un tapiz muy *kitsch* con motivos que recuerdan al primer románico catalán, de muy dudoso gusto. Contrasta con el entorno en el que se ha convertido el despacho del patriarca, ahora más propio del Guggenheim. Tras el mural, aparece una puerta con barrotes, de celda medieval.

—¿Te acuerdas?

¿Qué va a recordar? ¡Nada! ¡Ni idea! No responde porque no quiere decepcionarlo, o por si fuera una trampa.

—¡Calla, calla! *Que estic tonto.* Perdona. Se accedía por otro sitio, por el aparcamiento —corrige Pablo.

Al acercarse a las escaleras de ladrillo visto, estrechas y empinadas que se pierden en un recoveco hacia el sótano, el olor a bodega desperezа la memoria del escritor. Entonces sí conecta con aquel día, un domingo, supone.

—¡Ah, claro! ¡Ostras! ¡Ahí abajo fue donde hicimos las diapositivas sobre *El lazarillo*!

Ahora Pablo asiente, satisfecho.

—¡Premio a la mejor ambientación para Santos y Terol! —evoca.

—¡Un diez! ¡Nos pusieron un diez! «¡Inmejorable!», decía el profe.

Sus voces resuenan en la oquedad.

Las escaleras desembocan en un espacio diáfano de la misma amplitud de la planta de la casa, aunque con los techos bajos, mucho más bajos. Un sótano horadado bajo el suelo sanitario de la masía.

—¡Mira cómo está esto, hecho un desastre! —se disculpa Pablo.

Un par de ventiladores silenciosos remueven el aire de forma constante para que la humedad no eche a perder todos los papeles. Se ven filas y filas de estanterías llenas de documentos distribuidos en archivadores en cuyo lomo figura el registro por meses y años. En otras baldas hay apilados toda suerte de cachivaches y figuras de cerámica, trofeos ostentosos de gusto discutible, reproductores de Súper 8, vídeos.

—¡La antigua sala de juegos! —recuerda de repente Ricardo. Solo había bajado hasta allí un par de veces. Una de ellas fue para hacer las fotos del trabajo de Literatura. Pero echa de menos una mesa con tapete verde donde imaginó en su día al patriarca Terol jugándose los duros al póker. Y la de billar francés.

—Era el santuario de papá —le confirma Pablo, que con el índice barre de izquierda a derecha la estancia—. Ya no podríamos hacer aquí montajes como aquel que nos propuso el colgado de Letras.

—Muy colgado y alternativo, sí, pero ¿a que no olvidarás nunca cómo vivía el Lazarillo y cómo vestía?

Pablo asiente y suspira, invadido por la melancolía.

—Papá trasladó aquí todo el archivo cuando la sede corporativa de Barcelona se quedó pequeña. Bueno, para qué te voy a engañar, cuando comprobó que acumulaba demasiada documentación golosa, comprometida. Pensó que estaría mejor aquí, a salvo. Fue cuando empezaron a brotar, a surgir como setas, aquí y allá, los chanchullos de los tres por ciento y *tota aquella merda.* Cuando temió que más de uno, con tal de salvar su pellejo, empezara a disparar a mala hostia. Los que se veían salpicados no estaban dispuestos a caer solos: «Ah, ¿sí? ¿Con que esas tenemos? ¡Pues verás como ponga en marcha la máquina de escampar *merda* y acabe pringado hasta el apuntador!». Daba igual si era verdad o mentira. Hubo mucha corruptela y tratos de favor que se pagaban bajo mano, y bien. Se hicieron muchas barbaridades con total impunidad, protegidos por el señor del castillo. Aunque hubo tantos condenados solo por un titular llamativo a los que mancharon sin razón...

—Y otros muchos en los tribunales, Pablo.

—También, también, es lo primero que he dicho —recalca—. Aquí tiene que haber material muy sensible. Lo suficiente para que papá pudiera defenderse de los que amenazaran con ponerlo en la picota. Que a mí me conste, creo que nunca tuvo que echar mano de esto. No sé con lo que te encontrarás, Ricardo, pero quería advertirte. Supongo que algo barruntarías, ¿no?

—No me caí de la higuera ayer.

—Si te lo confiamos a ti es porque estamos segurísimos de que sabrás utilizarlo.

Ricardo supone que su amigo sabe más de lo que dice, más incluso de lo que le gustaría saber, pero que prefiere abstenerse, darle la espalda a todo aquello y pasar página, como se la dio a la política cuando, apuntando las maneras que hacían de él la gran esperanza blanca del pospujolismo, dejó el coqueteo con el poder en el mejor momento del idilio.

—Tengo mis dudas sobre cómo trataría todo eso, ¿sabes? —se sincera Ricardo—. ¿O tú, que fuiste su hijo, serías capaz de escribir unas memorias donde no lo exculparas de todo?

Los ojos de Pablo sonríen, aunque no su boca. Mira al escritor con serenidad y no poca de la picardía que tenía de niño.

—Sabía que te vendrían a visitar los fantasmas. Te conozco bien.

—Pero por mucho que creas que conoces a alguien... —Ahora Ricardo está pensando en Maite.

—Me he dado cuenta de que has estado demorando esta visita.

—Es que temo que no voy a ser honesto.

—¿Por...?

—No hablo de traicionaros. No digo que no vaya a ser honesto con vosotros o con la memoria de tu padre, sino que no lo voy a ser conmigo. No quiero pervertir la realidad con tal de no haceros daño. Tampoco quiero que me salga una hagiografía de don Josep Terol i Franquesa. No quiero blanquear su historia ni beatificarlo. Estoy seguro de que aquí —señala a los estantes— o tirando del hilo de lo que vea por aquí no voy a encontrarme precisamente con la vida de un santo. Ya sabes cómo es la política. ¡Qué te voy a contar a ti, Pablo, que saliste escaldado!

—Papá no se dedicó a la política.

—Parece mentira que me digas tú eso, amigo. No sería cabeza de cartel, no tendría nunca un cargo, pero sabes mejor que nadie que se puede hacer política de muchas formas.

Por supuesto que lo sabe. Pablo acaba de dejar un puesto en Bruselas, en una fundación cuyo fin, sin eufemismos, es hacer *lobby* en favor de que se ponga coto al uso de la inteligencia artificial en campos de la ciencia donde se está empezando a utilizar de forma poco crítica. Es una sociedad de carácter humanista con intereses católicos que se sospecha que está financiada de manera indirecta por el Vaticano. Llegó a ella gracias a sus contactos en su último destino político, como portavoz de una comisión en el Parlamento Europeo. Allí hizo muy buenas migas con la líder de la democracia cristiana. No faltaron los rumores de quienes los veían como pareja, obviando que la austriaca estaba casada o los verdaderos gustos de Pablo Terol. Quizá fueran lenguas untadas por otro *lobby* con intereses opuestos.

Entre medias, y denostado ya por los suyos, la extinta Convergència i Unió, en pleno proceso de reconversión —o de «deriva indepe», en palabras del damnificado—, no llegó a tomar posesión del cargo que le habían prometido: el de falso embajador de Cataluña en la capital belga. O sea, jefe de la oficina que legalmente figura como delegación exterior comercial de la Generalitat. Antes de eso, habiendo sido expulsado del centro de decisiones de su partido por su exacerbado españolismo jacobino, y resistiéndose de forma tozuda a la más cabezota realidad, había aceptado ser asimilado por el Gobierno socialista español en una dirección general, por si en el *in itinere* las cosas daban un vuelco en favor de la sensatez en el partido de su alma y colores, el de su fe ya perdida en el noble arte de la política como una herramienta para cambiar las cosas, para cambiar la vida de la gente a mejor: el partido y la coalición por la que tanto había hecho su padre; los dineros de su padre, concretamente.

La mirada de Pablo, cansada, melancólica por aquella ingenuidad que perdió por el camino, le recuerda a la que Ricardo quiso ponerle a un personaje en una de sus novelas. La realidad se encarga una vez más de empeorar su literatura.

«¿Por qué esta vez no partes de miradas, de voces reales?», se le ocurre.

No se calla el impulso.

—¿Y si hablo con vosotros? —propone a Pablo.

Ante el gesto de desconcierto de este, se explica:

—Tengo que saber primero qué tiempo me da el editor. Quiero hacerlo bien. Pero ¿se te ocurre una idea mejor que escucharos? Poner la grabadora y oír lo que tengáis que decirme sobre vuestro padre. Maite, tú, Susana, Enric, que estoy seguro de que saldrá pronto, o desde prisión, si no hay más remedio. Y oír a tu madre, por supuesto. Su testimonio sería fundamental para construir una historia más humana sobre el Josep Terol de carne y hueso, el de los sentimientos, no el de los números; el Pitu Terol de sus lágrimas y logros en el día a día. Lo demás —señala hacia los archivos— estará, flotará en el ambiente, no se podrá eludir, pero solo como telón de fondo. Estoy dispuesto a hacer una biografía oficial, autorizada, y bla, bla, bla, (todas esas mandangas que pondrá la editorial para vender la burra), pero que se entienda desde el primer renglón que va a ser una mirada de parte, narrada desde los ojos de quienes lo conocimos, de los suyos, cogiendo un episodio de aquí, otro de allá, un *collage* de recuerdos, de vivencias. Una novela, no un ensayo firmado por un periodista metido a historiador.

A Pablo no le parece mala idea. Pero no habrá nada que hacer si la generala no quiere. Promete consultárselo. Ricardo se ofrece a convencerla.

—Ven al invernadero —le propone Pablo—. Creo que está allí. Para qué vamos a dejar para mañana lo que puede ser un «iros a esparragar» ahora mismo.

Le echa la mano por el hombro a su amigo y salen a la superficie. El primer sol de la primavera molesta a la vista, desacostumbrada a la luz después de un rato en el sótano. Entrecierran los ojos para atenuar el resplandor.

Caminan rodeando la masía por la parte trasera para ir al encuentro de Ángeles.

El invernadero es nuevo para él. Está construido en el antiguo parterre donde jugaban al fútbol y al *un, dos, tres, pica paret*, o al escondite, cuando se adentraban en el bosque trasero, terreno prohibido más allá del cedro gigante, un campo ahora vallado con una red metálica de más de dos metros de altura.

Ricardo se queda inmóvil, mirando hacia el horizonte. Repentinamente, le llega el fogonazo de un recuerdo adormecido.

—Ya no está la cabaña —le dice Pablo, retirándole el brazo.

¡La cabaña! ¡Eso es! Donde se fumaron los primeros pitillos robados a sus mayores. BN, Fortuna, Ducados Internacional, Gitanes. Lianas también. Lo que fuera. La que más se resistió al vicio fue Maite. «Esto es una mierda. ¡Menudos deportistas! ¿Qué os hacéis, los chulos? Estáis acabando con vuestra salud. Y tú, Ricardo, con lo que le ha pasado a tu padre, no sé ni cómo te atreves». «¿A mi padre? ¡Ha sido por el estrés, que va como loco todo el día!». «No, a tu padre no le hubiera dado el infarto si no se fumara un paquete y medio de Winston todos los días».

La cabaña...

El escondite secreto donde cayó el primer porro. Ricardo se ve ahora mismo, preso de la risa nerviosa y descontrolada que le dio aquel día que pensaba que se estaba volviendo loco. Se asustaron mucho los tres. Se prometieron no ir a Rubí a pillar hachís nunca más. La promesa duró una semana.

La cabaña donde jugaban a beso, verdad o atrevimiento; a la botella, a la cerilla. En la que Ricardo estaba loco por que Pablo tuviera uno de esos jaleos de los suyos del MIJAC, de la catequesis o de las Juventudes de Unió, de lo que fuera, con tal de quedarse a solas con Maite. Pablo esperaba lo mismo de su hermana para compartir la complicidad de su mundo con Ricardo y solo con él.

La cabaña... donde aquella tarde se besaron. O donde Pablo lo besó a él. ¿Estuvo Ricardo a la altura? ¿No intuyó nunca que su amigo no encajaba o, mejor dicho, que lo hacía de forma distinta? Aquel cruce furtivo y prohibido Ricardo lo borró rápido de su radar de sucesos. No había pasado. No tenía importancia. Pero ¿y para Pablo? ¿Puede ponerse en la piel del Pablo niño? Ricardo se acabó alejando, eso es así, y su amigo permaneció en la oscuridad muchos, muchos años, antes de atreverse a salir a la luz.

Ninguno de los dos dice nada, solo suenan sus pasos, cansados, arrastrándose sobre la grava, camino del invernadero.

Ambos se quedan mirando hacia la misma línea del horizonte. No se abrazan, pero este inesperado viaje al pasado ha servido para que los dos sepan que algún día lo harán, que ya están preparados.

Miran al frente en silencio. Es un silencio íntimo, solo les pertenece a ellos y a las palabras que no ha hecho falta decir; un silencio solo roto porque desde allí se oye a Ángeles silbar «Dos gardenias».

33

Cataluña, primera década del siglo XXI

Las familias crecen, se dispersan, se juntan a otras familias, de estas salen otras ramas, se disgregan aún más, y los hijos de las nuevas familias, las que han surgido de estas, viven en un tiempo en el que ya no se casan, o no lo celebran, o lo hacen de forma íntima; desde luego, sin invitar a los que ya parece que dejaron de ser de la familia, del núcleo con el que empezó todo; el germen de los que, en torno al padrino, hicieron el viaje de Mollina a Barcelona.

En su velatorio, Miguel Santos logró congregarlos de nuevo.

A los primos segundos y tíos terceros, y a los novios de los nietos de los sobrinos nietos; a los del Hospitalet y los de Canovelles, a los del Paseo Valldaura, la Trinidad y a los de Horta; a los que se instalaron en Rubí y los que se fueron a Tremp. A la familia que estuvo tan unida en aquellos años de miserias y a la que el tiempo y la nostalgia tamizaban después con una felicidad añorada que nunca fue. A los Santos de los días y las largas noches en la casa de la calle Bergara.

Todos llegaban para despedirlo. Muchos se acordaban de Ricardo, el niño mayor. De sus hermanos no tanto. A la pareja de Jorge no la conocían. De sus bebés no tenían noticia. El escritor tampoco guardaba mucha memoria de ellos. Le sonaban. De fotos. O porque viera en ellos un gesto, unos ojos, una barbilla con la marca genética de los Santos. Tenía que andar preguntándole a su madre por lo bajini quién era la señora pequeña, la que andaba ladeada, que decía que lo tuvo tantas veces en brazos; o aquel señor de barba canosa, corta, punzante, porque lo había besado como si fuera su propio padre y él le había respondido con la misma efusividad por cortesía. Le había llamado Richi. Era un primo de La Sagrera, Rafaelito.

Era quien ahora fumaba fuera, al lado de Maite. Le hablaba:

—¡Eres clavada! No puede ser, chiquilla. Dos gotas de agua... —estaba diciéndole cuando salió Ricardo, mientras le daba fuego.

—Dice que me conoce... —Maite toca con el codo a Ricardo y le ofrece un cigarrillo que este rechaza.

—¿Y cómo es eso, Rafael?

—Si tu padre levantara la cabeza ahora mismo...

—Mi padre la conocía. Mucho. Maite y yo somos amigos desde el colegio. La había visto miles de veces.

—¡Quia...! Pero Miguel era muy malo para eso de los parecidos.

—¿Y a quién dice que me parezco? —preguntó intrigada Maite.

—Una cosa es parecerse y otra que te he visto, niña, ¡y me ha dado un vuelco el corazón! Mira, mira —se arremangaba la camisa—, ¡se me ha puesto el vello de punta! La piel de gallina.

Rafaelito les contaba una historia que parecía sacada de una novela sobre los juegos del destino, mientras ellos le escuchaban, absortos.

—En la calle Bergara había una pareja... Él calculo que llegaría a la vez que tu padre. Era murciano. Ella, una gallega guapísima, muy salá. Como tú, niña. Eres como ella. ¡Exacta! Le fueron muy bien las cosas. Hicieron dinerito, ¿sabes? El tipo era muy espabilado. Dejaron la pensión y se pusieron por su cuenta. Montaron otra casa de huéspedes no muy lejos de allí. No recuerdo sus nombres, ha pasado mucho tiempo. Ya por aquel entonces tenían un picú, para poner discos. Un lujo. Y una habitación pa ellos solos. —Se toma su tiempo. Piensa—. ¡Ah! ¡Los Machín! Así les llamábamos. En plan cariñoso, ¡eh! Se pasaban todos los ratitos libres y los domingos escuchando canciones de Antonio Machín. Sobre todo «Angelitos negros», «Madrecita» y su preferida, «Dos gardenias». Esa a todas horas.

34

I only mean to do you right
But I'm a simple slave of appetite
I'm a poor slave of appetite

«Appetite»,
PREFAB SPROUT, 1985

Barcelona, 2023

RICARDO

Aunque no crea en las fuerzas del destino ni en las casualidades mágicas, no deja de sorprenderle cuando se dan. A él también le ocurre. Maite se le ha adelantado por cuestión de segundos, cuando tenía el teléfono en la mano valorando si era buen momento o no para llamarla. Tendrá que responderle un día u otro. Ricardo no aguanta más con el paripé. Ni dependencia emocional ni gaitas. Es educación, por mucho que en el consejo de Jorge prevaleciera el mensaje de «Venga, hombre, por una vez en la vida, hazte un pelín el duro con ella». Una cosa es ese hito, que después de varios días ya ha cumplido con creces, y otra bien distinta es ser un grosero.

Tiene dudas sobre cómo encabezar el mensaje, qué tipo de

disculpa puede sonar medianamente creíble para excusarse por no haberle contestado antes, siquiera con un emoticono ambiguo que sirva de comodín.

«Mira, ¡telepatía!», se suele decir cuando esa persona en la que pensamos se nos adelanta. ¿Casualidad? La parte científica del hombre de letras tiende a pensar que no ocurre más que por el sesgo de confirmación; lo celebramos cuando desde el otro lado abren la puerta justo antes que nosotros, pero pasan desapercibidas las otras tantas veces —muchísimas— en las que la conexión mágica no se da. El lado romántico de Ricardo —el de quien continúa acampando en aquella cabaña, aunque haga años que la han devorado las termitas—, su lado adolescente, apuesta por ese algo que trasciende, el que todo lo puede, el amor que es capaz de hacerle volver a sentir la ilusión ingenua del chaval enamoradizo. Con esa excitación abre el mensaje de Maite. Son solo tres palabras:

Ya está. ¡Libres!

WhatsApp le informa de que ella sigue escribiendo..., escribiendo..., escribiendo...

Ricardo no aguanta tanta incertidumbre. Si es lo que él cree que es —porque no puede ser otra cosa—, se trata de una noticia lo suficientemente buena como para que ella haya roto el silencio y las distancias; para que haya pasado por alto la bordería imperdonable de ignorarla; para que se haya olvidado, o al menos para que no penalice en este momento en el listado del haber, que se acostara con su hija.

Estará escribiendo y borrando, y volviendo a escribir. A él le pasaría lo mismo.

Da el paso. La llama. Desde el otro lado, Maite no deja sonar ni un tono y suelta un grito de alegría. Un «¡Yeeeeeeppppp!» o algo parecido. Respira hondo, recupera el resuello, pero el habla se le entrecorta:

—¡Me acabo de enterar, Ricardo! —la oye exultante. Arrolladora. No da tregua. En sus palabras no se percibe rencor. Si lo hubo, se ha ido de un plumazo—. ¡Te lo dije! ¿Te lo dije o no te lo dije? ¡Libres! ¡Los dos! ¡Gracias, gracias y mil veces gracias, Ricardo!

—¡Enhorabuena! Pero yo... —No sabe qué decir. Sinceramente, piensa que su intervención no ha resultado crucial, ni mucho menos.

Maite ni lo habrá oído. Ella es la felicidad desbordante.

—¡Eres el primero al que iba a llamar!

—Felicidades, enhorabuena —repite Ricardo con una calma satisfecha—. ¿Quién te lo ha dicho?

Le cuenta que ha sido Pablo, a quien previamente había llamado Mercè. Susana y su madre también están al corriente porque les ha pillado juntos, no habían salido de casa todavía.

De forma atropellada, Maite le quiere explicar lo que sabe y a la vez preguntarle por lo que no, la asaltan muchas dudas: ¿cuándo salen?, ¿qué hay que hacer?, ¿será hoy?, ¿van a buscarlos?, ¿está Susana ya con los medios?, ¿convocamos a la prensa?, ¿qué decimos si nos llaman?

Ricardo siente cómo vibra su móvil. Están entrándole un tropel de notificaciones.

A los pocos minutos empiezan a abrir los boletines de la radio con la noticia. El juez encargado de la instrucción, a instancias del fiscal, ha anunciado el archivo de la causa contra Enric Terol y ha decretado la libertad provisional sin fianza y sin medidas cautelares de ningún tipo para Lorena Perelló, a la espera de un juicio que, se presupone, será una formalidad para dictar la exoneración de todos los cargos contra la pareja de Enric, apelando a lo que ha argumentado su abogado desde el primer momento, que actuó en legítima defensa.

Ricardo tiene muchos motivos para estar contento. Tiene otros tantos, sin embargo, para que le empiece a invadir esa melancolía propia del domingo por la tarde, la de la primera tarde de tormenta en agosto. Augura que serán unos días de locos en los que les arrollará la vorágine hasta hacerles dudar de dónde apoyan los pies, si pisan en suelo real; y, después, de golpe, sin ver cómo ha llegado, se instalará en ellos una especie de depresión posparto, la quietud anhelada pero extraña.

Todo eso y más llegará. No se equivoca Ricardo, que se da cuenta de que todavía le queda aferrarse a su próxima novela, que es lo que le permite tener una excusa para no volver aún a Madrid.

Antes de colgar, Maite le informa de que está de camino. Le ha pillado en Xàbia. Calcula que llegará a Valldoreix sobre el mediodía.

—Ven a comer a casa de mamá, Ricardo —le propone.

—¡Uy! A lo mejor está asediada por la prensa.

—Por eso.

La tormenta, si se tiene en cuenta la dimensión y todas las variables del caso, pasa de largo, tal y como había previsto Ricardo. Incluso más rápido de lo que él intuía. Es difícil hacer cábalas sobre lo que puede aguantar un tema en la agenda de los medios. Depende de cómo quede devorada por la fugacidad o la importancia del resto de los asuntos con los que conviva: un volcán, un terremoto, una pandemia, una guerra en Europa. A veces no es necesario que sean de ese calibre, basta con que se haya cruzado en el camino esa misma tarde el regreso de una de las políticas del *procés* con cargos pendientes ante la Justicia española.

Clara Ponsatí, exconsejera, reaparece en Barcelona tras cinco años fuera de España, huida; en el exilio, según la terminología de Junts y sus círculos. Primero da una rueda de prensa para desafiar al Tribunal Supremo: «Si me detiene, tendrá que atenerse a las consecuencias». Después sale de allí, a sabiendas de que eso es lo que va a pasar, que la van a detener en plena calle, delante de las cámaras y que, encima, el marrón recaerá sobre el celo de la profesionalidad de un *mosso* que, a plena luz del día, sin verdugo tapándole la cabeza ni píxel en el rostro, la conmina a que le acompañe mientras ella alega —más a las cámaras que a él— ser europarlamentaria y que por esa razón goza de inmunidad. Finalmente es llevada ante el juez Llarena. Este, después de cinco horas, la deja en libertad advirtiéndole de que sobre ella pesa el cargo de delito de desobediencia y tendrá que presentarse a declarar en poco menos de un mes.

Este episodio supone el eclipse para el caso de Enric. Opaca también la historia de Lorena. Una vez que no existe posibilidad alguna de probar el robo del arma, se desmorona la causa política y pierde fuerza ante la dura competencia de un tema de caza mayor que circula por el mismo espectro del radar.

Aun así, son tres días de acoso y asedio. Y un par más para acabar de despachar —con buenos modos, pero declinando el interés de manera educada—, todas las invitaciones para hacer programas especiales, para conceder entrevistas —algunas ofertas llegan con un talón por delante que incluye una cifra nada desdeñable—, reportajes, incluso la propuesta de una productora nórdica que ya se ha descolgado con la idea de hacer un *true crime* para Netflix. Servirá para abrir boca de cara a la serie de ficción que desarrollarán con un elenco de primera talla mundial.

La consigna es que no se va a hacer ninguna declaración. Se envía una nota: la Justicia ha hablado. Lo hará de manera definitiva en el caso del homicidio cuando se celebre el juicio oral a Lorena. Los implicados piden respeto por esta decisión. Mientras, quieren continuar con sus vidas de la forma más discreta posible. Ya han estado demasiado expuestos y ahora es momento de retornar a la normalidad. No se especifica en el comunicado en qué consistirán esos planes para volver a ser dos ciudadanos anónimos a ojos de la sociedad.

Ricardo sí los conoce. Ha coincidido un par de veces con ellos en el cuartel general de los Terol. Se ha fijado en cómo se miran, cómo se relacionan. Lorena es parca en palabras, habla bajito y gris, hacia dentro, tiene una mirada lánguida, anda como alma en pena. El paso por la prisión los ha tenido que marcar, pero tiene un pálpito con ella, un pálpito que no acaba de concretar si es bueno o malo. No se atreve a compartirlo con nadie de la familia, no quiere que piensen que se entromete, que no se quedó con una de las enseñanzas de aquella casa: hay que ser siempre respetuoso y discreto. Y porque puede que su intuición se quede solo en eso, en un bajío, porque nunca ha sido de dejarse llevar por las primeras impresiones, aunque se sepa con un instinto preciso para hacer radiografías de la personalidad. No suele andar muy errado.

Cuando las aguas se calman y solo va quedando un leve goteo de peticiones de la prensa, le encarga a Susana que las responda. A la vez, le pide un primer barrido del archivo de su abuelo para ir haciendo acopio de todo cuanto encuentre con valor documental. Se fía de su criterio. Con esa información, Ricardo irá diseñando un esquema de la línea de tiempo en la que irá colocando cada episodio fundamental en la biografía del empresario. Así organizará mejor el guion de las entrevistas con la familia. Porque Ricardo está en otras cosas, no ha aparcado del todo la historia que le hizo quedarse en Sant Cugat. Es otro libro, otros apuntes en los que todavía ve algunos rincones oscuros y carentes de coherencia. No hace más que pensar en lo que le confiaron la Reme y la Puri sobre la víctima, Armand Trigo, lo que todavía no ha logrado confirmar.

En este momento ya se encuentra legitimado para recurrir a un gran amigo, F. M., el fiscal Félix Marín, a quien en su día no quiso poner en el compromiso de que se pronunciara sobre un sumario que estaba todavía en fase de instrucción.

Debe de andarse con tiento. Si los ven juntos, empezarán las habladurías y las especulaciones. La gente identifica a Ricardo Santos como el portavoz de Enric Terol y Marín no pasa desapercibido, es una celebridad en Barcelona. Se hizo muy famoso al ser el fiscal en el juicio del caso Teatre, tan mediático como morboso, también de gran interés procesal. A Marga Pomés, actriz, le cayeron veinticinco años de prisión. A su pareja sentimental, Robert Llopis, veinte. Fueron condenados por planificar y asesinar a un compañero de reparto durante una función. La actriz actuó aprovechando un giro de la trama y con una meticulosidad solo al alcance de las mentes más perversas, lo cual produjo una enorme conmoción. Despertó tal interés que se llegó a retransmitir el juicio. Las tres o cuatro semanas que duró la vista, todos los informativos de TV3 abrieron con eso y el programa *Crims* de Carles Porta le dedicó un especial de cuatro capítulos. La serie de ficción se está rodando.

Ricardo Santos y Félix Marín jamás se llaman por teléfono. Tienen un sistema de comunicación alternativo, dicen ellos. Lo usan desde los tiempos en los que él ejercía el periodismo y recurría al fiscal para que le ayudara a contextualizar algunos asuntos delicados, para que le tradujera términos técnicos de su argot o simplemente para conocer su opinión sobre temas de la actualidad que se estaban judicializando. Pero nunca para que le filtrara nada, y menos si concernía a un proceso abierto. No se le ocurrió pedírselo jamás. Ni siquiera insinuárselo.

Ese canal paralelo lo usan para evitar que las informaciones *off the record* sean interceptadas por oídos interesados, si los hubiere. Escriben bajo seudónimos bastante pueriles y fácilmente descifrables: <apuntesdemusica@correo.es> es Ricardo; <teatrenegre@correos.cat> es el e-mail que utiliza el fiscal.

Las cuentas las dieron de alta según los protocolos en seguridad informática que la Tecnológica aconsejaba a la Fiscalía. Para un conspiranoico, leer esas circulares es como para un hipocondriaco repasar los efectos secundarios de cualquier prospecto. Más vale prevenir.

F. M. y R. S. mantenían conversaciones —a veces solo por puro divertimento— que, a ojos de cualquier *hacker*, pasarían por forzadas y peliculeras. Así lo reconocían. Al fin y al cabo, las circunstancias los habían llevado a practicar un juego jeroglífico transformado en una especie de reto. Cualquiera de ellos señalaría al contrario como el promotor de la idea.

Este era el tono:

De: apuntesdemusica@correo.es
Para: teatrenegre@correos.cat

Amigo, ahora que vuelan libres los pajaritos, ¿cuándo y dónde podríamos vernos? La casa todavía la tengo infestada de ratas y sé que temes que te muerdan. La calle tampoco es segura para mí, ahora que ya no es obligatorio llevar mascarilla.

De: teatrenegre@correos.cat
Para: apuntesdemusica@correo.es

¿Tienes que ir un día de estos por tu barrio? Yo sí, un jueves a mediodía, en la 1315.

No necesitaron más de cuatro e-mails de este corte para tener claro que se están citando hoy en la cabina del vagón del silencio del AVE, una especie de cúpula que dispone solo de los ocho asientos comprendidos entre las filas trece y quince. Está separada del resto en un módulo antesala de la cabina del maquinista. Los días de entre semana como hoy, a última hora de la mañana, suele ir vacía. El lugar perfecto para que dos personas que viven a caballo entre Madrid y Barcelona se hagan los encontradizos. La estadística se ha puesto de su lado.

La única señora que ocupa un asiento cercano no está conforme, y ha llamado al interventor. No puede ir de espaldas al sentido de la marcha. Se marea. La queja de la viajera tiene fácil arreglo. El tren va prácticamente vacío y puede escoger dónde recolocarse. Elige el coche número 5, junto a la cafetería.

Félix y Ricardo se quedan solos.

¿Y si la mujer ha dejado algún micro? El escritor palpa la butaca en la que ha llegado a sentarse. Con un gesto le hace entender a Marín que está limpio. Al fiscal le parece un exceso de celo, pero sonríe, guasón. Se siguen el juego.

—¿Tenías que ir a Madrid?

Ricardo niega con la cabeza, aunque rectifica, matiza su respuesta encogiéndose de hombros:

—Como tener, tener..., no, aunque hace meses que no paso por casa. Desde antes de Navidad —le miente. Es una mentirijilla piadosa, para que su amigo crea que el encuentro tiene algo de casual, que no le pierde el ansia—. No hay muchas plantas que regar. Aprovecharé para darle una vuelta. De paso, pondré orden en el trabajo que tengo atrasado —señala el portafolios, su único equipaje—, no me irá mal. Si al final me quedo una temporada más por Barcelona, tendré que plantearme hacer una mínima mudanza. No me apaño con la pantalla chiquitilla del portátil para escribir. ¿Y tú? ¿Vas a ver a tu chico?

—Como casi cada semana. Voy yo o viene él. Me tocaba a mí después de mucho tiempo.

—¿Lo trasladan, al final?

—Eso esperamos, aunque, entre unas cosas y otras, se está atrasando más de la cuenta. Ya sabes cómo van estos líos en las multinacionales.

Es una forma de hablar, porque Ricardo no tiene ni pajolera idea de cómo son las cosas en las macroempresas. Le parece un milagro que se puedan controlar tantos tentáculos. Él, en ese mundo, solo tiene una modesta experiencia por las épocas en las que echaba una mano en la compañía familiar, al principio de las vacaciones escolares, en verano, cuando habían muerto sus abuelos y ya no estaba Mollina en el horizonte de julio y agosto. Y, sobre todo, a partir de que su padre se independizó de la editorial para montar una distribuidora. No llegaban ni a quince empleados y aquello le parecía un mastodonte.

—¿Vamos al lío? —le propone Félix.

—¡Vamos allá! —Ricardo se frota las manos y arranca—: Imaginemos que nada de lo que te voy a exponer aquí tiene ninguna conexión con la realidad.

—Como siempre.

—Digamos que necesito documentarme para una novela en la que estoy esbozando posibilidades de argumento.

—Posibilidades solo, ¿eh? —sonríe de nuevo el fiscal—. ¡No me vayas a hacer *spoiler*, que sabes que soy tu lector número uno! O, bah, destrípame lo que quieras, que se me olvidará.

—En la próxima no te cito en los agradecimientos, sino que la firmamos juntos.

—¡Hecho! —bromea.

—Primera providencia: un fiscal, o un juez instructor, o ambos, ¿tienen información sobre si un individuo que aparece en una investigación, involucrado en mayor o menor medida, actúa como agente infiltrado?

—Muy buena pregunta, amigo Ricardo. Fíjate que esto no era así hasta hace relativamente poco, hasta 1999. Se tuvo que regular porque se habían cometido muchas tropelías amparándose en la figura del agente secreto. No existía ningún control.

—¿Como con los fondos reservados?

—¡Exacto!

—¿Se pusieron límites?

—Sí. Desde entonces, para que un agente del cuerpo que sea pueda actuar como infiltrado, se le tiene que comunicar al fiscal, este autorizarlo y, si procede, este a su vez debería informar al juez instructor sobre la condición especial de ese individuo.

Ricardo recuerda haber leído recientemente el caso de un policía acusado de pertenecer a una banda criminal. El juicio había dado un vuelco brutal cuando el agente se defendió argumentando que no trabajaba para ellos, sino que estaba incrustado en la organización por mandato de sus superiores. Según la ley de la que le habla el fiscal, no suena convincente; tendría que haberlo sabido el juez instructor de antemano.

—Antes —prosigue Félix—, además de los abusos, también se daban situaciones a la inversa. Un infiltrado en ETA, quien se hizo llamar Mikel Lejarza, por ejemplo, el más famoso, podía ir a la cárcel si caía en una operación policial. Se temía que trascendiera su verdadera identidad y que los terroristas vengaran la traición. Nunca se le desenmascaraba, ni ante el fiscal ni ante nadie, para que no hubiera ninguna fuga de información. ¿Qué significaba eso? Pues que más de un confidente, más de un infiltrado, se ha chupado años y años de cárcel en las mismas condiciones que un terrorista. Con los fondos reservados se iba compensando económicamente a su familia, de manera muy discreta; poco más se podía hacer.

—Sigamos en el plano hipotético: imaginemos un homicidio en legítima defensa en el que una chica, para evitar una agresión sexual de su expareja, le descerraja dos tiros. Si uno de los implicados (la víctima, por ejemplo) fuera un agente infiltrado...

—Si eso no lo supieran los investigadores, sería extraño. Más que extraño, es que seguro que escondería un chanchullo. Corruptela.

—¿Judicial?

—O policial.

—O ambas.

—O ambas, así es.

El tren aminora la marcha. Están a la altura de Camp de Tarragona y no está previsto parar. Es un AVE directo.

El interventor entra en el habitáculo. Se los queda mirando. «Yo a ustedes los conozco», pero no lo dice. Les informa de que van a volver arrancar enseguida.

—No sé qué ha desayunado hoy este —el revisor señala hacia la cabina del maquinista—, pero, como no hay nadie delante, le está dando candela a base de bien y ha tenido que bajar el ritmo. ¡Que tengan un buen día, señores!

Se cierra de nuevo la puerta corredera acristalada.

—¿Estábamos en tu nueva novela? —quiere saber más el fiscal.

—Eso es. Centrémonos en la protagonista.

—¿La chica que disparó en defensa propia?

—Veo que me sigues bien. Llegará un momento en el que, quizá, por cuestiones de la trama, me convenga sacarla de la cárcel. Ya que está tan tan tan claro que disparó para defenderse, ¿la puedo poner en libertad provisional a la espera de juicio?

—En un caso así, evidentemente.

—Y eso que aquí voy a decidir yo, por mis santos huevos, que para eso soy el escritor. ¿En la vida real quién lo propone?

—Ella sospecho que no tiene antecedentes, ¿o sí?

—No... que se sepa.

—¡Hombre, eso se sabe o no se sabe!

—Igual no lo sabe el lector en este momento.

—¡Vale!

—Tampoco es lo mismo que tenga antecedentes por haber sido una mala ciudadana que por haber cometido un crimen, un asesinato en el pasado, ¿no? —razona Ricardo.

—No, evidentemente no es lo mismo. Imaginemos que no tiene antecedentes graves. Una situación verosímil sería esta: el juez llamaría al fiscal y le diría: «He pensado, fulanito, dejarla en libertad a espera del juicio. ¿Procede pedir algún tipo de medida cautelar? ¿Qué hacemos?».

—Y tú, como fiscal; ponte en el papel, como si lo fueras —ironiza—: ¿qué le responderías?

—¡Buena pregunta de nuevo! A ver, en este caso, le diría: «Bien, no le vamos a poner fianza, pero le pediría, señoría, que se presentara el día equis de cada mes en el juzgado».

—¿No le retirarías el pasaporte?

—Mmmm... No, creo que con que cada mes esté donde tiene que estar sería suficiente.

—Se podría ir a Suiza, mientras.

—Si vuelve aquí para acudir puntual a la cita, sí. Incluso, si estando en Suiza solicitara presentarse en la embajada de allí, se podría estudiar.

—¿Así hasta que se celebre el juicio?

—Así.

—No hay más preguntas, señoría.

El resto del viaje hasta Atocha lo pasan comentando sus cosas. Ricardo le habla muy por encima del extraño triángulo de las Bermudas sentimental, o sexual, en el que se encuentra. Lo hace a su estilo, quitándole hierro, como siempre, con distancia cínica —ji, ji, ji, ja, ja, ja—, sin querer dar lástima, haciéndose el fuerte, manteniendo esa actitud tan suya de aparentar que nunca le ocurre nada, nada grave, porque mientras no sea la muerte o una desgracia irreversible, todo lo demás no son más que chanzas de la vida, juguetona; zancadillas con las que él lidia de maravilla. Porque Ricardo Santos puede con todo.

Aunque la procesión vaya por dentro.

35

And each town looks the same to me
The movies and the factories
And every stranger's face I see
Reminds me that I long to be

«Homeward Bound»,
Simon & Garfunkel, 1966

Madrid, 2023

Ricardo

Le cuesta darle su propia dirección al taxista. Ha dudado por un momento, se ha quedado en blanco. Le quita importancia, porque son tantas cosas las que tiene en la cabeza... Hay días, sobre todo noches, en las que, cuando Ricardo se queda en estado de vigilia, se le alinean fragmentos confusos de diferentes historias que confluyen en una sola. Luego se despierta con la sensación de haberlo vivido, pero desorientado y con desasosiego. Esta noche tampoco ha dormido bien. Antes de llegar a Madrid ha dado una cabezada, y de ese sueño breve ha vuelto a la realidad algo más turbio que de costumbre.

Piensa pasar pocos días en Chamberí. Podría haberse ahorrado el viaje perfectamente. En realidad, ha sido la excusa para poderse encontrar con Félix sin obligarlo a cambiar sus planes. No quería añadirle un quebradero de cabeza más para aprovecharse de su generosidad, no pretendía que modificara su agenda por algo que va a redundar en beneficio del Ricardo Santos escritor. Escritor inquieto y curioso. La curiosidad que lo mantiene conectado todavía a la historia inconclusa de Enric y Lorena. A estas horas la pareja ya está en Suiza, por cierto. Se lo ha confirmado Susana en el mismo e-mail donde le adjunta el enlace a la carpeta compartida en Drive. Han acordado que le iría subiendo a la nube un resumen de lo que encuentre en la primera criba del archivo de Pitu Terol que crea que puede merecer la pena.

Ricardo está de nuevo ante la pantalla de siempre. Ahora se le antoja enorme. Su propia casa también la ve más grande. Demasiado vacía de muebles y de vida. Al entrar, olía a madera noble pero amarga. Le ha dado la sensación de que todavía flotaba en el ambiente el perfume de Susana, lo cual físicamente es imposible. Primero le ha engañado la memoria y ahora el olfato. «No te despistes».

Quiere concentrarse en la pantalla cuando suena el teléfono. Es Lluís Llorens. La agencia de detectives tenía pendiente responder a un encargo: averiguar si había algo en común que uniera a los defendidos de Castellví, el misterioso e hiperactivo abogado de Lorena. Ahora quizá ya no sirva de nada, pero, como estaba pagado, no le iban a hacer ascos. Nunca se sabe.

—Fíjate qué curioso —le cuenta Llorens—, resulta que la abogada de Ourense y el joyero de Soria cogieron un mismo vuelo a República Dominicana.

—¿Volaron juntos?

—Mismo avión. Asientos separados.

—¿Y de vuelta?

—Cada uno por su lado, en diferentes días.

—Puede ser una puñetera casualidad —comenta Ricardo con poca convicción.

—Sí, claro, un hecho circunstancial que no demuestra nada.

Pero ocurrió en fechas que no eran vacacionales ni coincidían con ningún puente ni nada; a mitad de semana, en noviembre.

—Bueno, me lo apunto.

—¡Ah! Y por si te sirve de algo: justo en el vuelo anterior viajaron la mujer y dos hijas del juez instructor de nuestro caso. Y también iba el escritor ese de novelas sobre el CNI, espías y conspiraciones varias. Ese que sale con frecuencia en la tele.

—¿Urbano? ¿Fernando Urbano?

—El mismo.

Toma unos breves apuntes a mano. Se arrepiente y abre una nueva nota en el iPhone porque sabe que lo que ponga en el papel se perderá o incluso le costará entender su letra. Cada vez escribe menos y, conforme pierde destreza, se le hace más dificultoso interpretarse. ¿Habrá cambiado el trazo tanto como su personalidad? Siendo joven entrevistó a una grafóloga para un reportaje. Le mostró su firma. Por curiosidad. La retó con esa insolencia con la que se desenvuelven los becarios que piensan que ya han tocado el cielo y les queda poco por aprender. El diagnóstico no dejó lugar a dudas: «Lo más evidente que veo es que te irrita la mediocridad». Ricardo, ufano, se lo tomó como el mayor de los cumplidos. La humildad aprendida por el camino le ha hecho tener, con el tiempo, otra lectura de aquello. La grafóloga le estaba diciendo de manera elegante que era un engreído. Su propia soberbia no se lo dejó ver.

Vuelve a fijar los ojos en el ordenador. Pincha en el enlace a la carpeta que ha dejado Susana en la nube.

Un excel es el archivo madre. En la primera columna de la izquierda aparecen numerados, de arriba abajo, todos los años de su vida, de 1935 a 2023. En las celdas contiguas salen algunos números desperdigados. Son las referencias que le ha dado Susana a los primeros documentos indexados. Así se incorporarán los fragmentos específicos de las entrevistas que se hagan a la familia. Cada episodio en su lugar.

De momento, la hoja de cálculo presenta un aspecto tan desangelado como su piso en Madrid. Lo primero tiene más fácil apaño. Solo con sus recuerdos, lo que vivió y lo que oyó en la masía de Valldoreix, sería capaz de empezar a llenar el *collage*.

Al principio, cada novela es un puzle con las piezas desparramadas. Siempre que se enfrenta al arranque, aparece el mismo vértigo, las mismas dudas: ¿dónde está el principio?, ¿qué me esperará al final?, ¿lo cuento de atrás hacia delante?, ¿es buena idea empezar el día de su funeral?, ¿es muy obvio? Elija lo que elija, nunca estará conforme con el camino por el que tiró y no dejará de preguntarse qué hubiera pasado si la singladura hubiera sido otra. Por más tiempo que dedique a tomar la decisión, augura que no habrá menos de tres o cuatro arranques en falso. Por eso esta vez ha optado por una metodología más fría, más científica. Quiere tener una perspectiva global y no ponerse trampas en el camino. Aunque también a esto le encuentra una objeción: no le convence que sea todo tan previsible. Preferiría dejar un margen para que una gran sorpresa le asaltara al doblar una esquina. Que la novela se parezca más a la vida.

O sea, que ya empiezan a asomar los fantasmas de las dudas. Un clásico. Es el principio de algo.

Le duele mucho la cabeza. Necesita aire y distancia. Se tumba en el sofá.

Cierra los ojos.

Ve a Josep Terol corriendo por Lorquí. Le llaman Joselillo, va en pantalón corto. Las manos llenas de churretes, pus y sangre. En la cara, dos rasguños. Uno le pinta de arriba abajo la nariz. Las rodillas desolladas y la camisa con un siete a la altura del pecho. Todo por culpa de cuatro perras gordas, que buenas son. Joselillo acaba de lanzarse a tumba abierta por el barranco con la bicicleta que le ha tomado prestada a su hermano el mayor sin que este lo sepa. Ahora se va a enterar y le va a cruzar la cara, antes de preguntarle qué le ha pasado. Una apuesta ha sido. Con el Chuso, el matón de la calle.

—¿A que no lo haces, a que no hay huevos?

—¿Cuánto te juegas?
—Dos perras.
—Cuatro si le quito los frenos.
—Hecho.

Joselillo, de pronto, ya no es José, es él mismo, pero se llama Miguel. Miguelín Santos, el de Mollina, el padrino cuando sea mayor. Pero qué leches va a saber ahora lo que le deparará la vida. Está asustado y se quita la ropa, tira la bicicleta a tomar por culo y se lanza de cabeza a la alberca, ¡el salto del ángel! Planchazo. Se tira como si el agua helada de febrero le fuera a quitar las magulladuras. Miguelín sale tiritando, más por el miedo que por el frío. Le dirá a su madre que lo han asaltado en el camino a la huerta, que le han quitado la ropa, los dos chavos que llevaba y que le han destrozado la bici para que no pudiera acercarse a la comandancia y denunciarlos.

—No, eso no, cuéntame la verdad, Miguelín —le pide Sagrario.
—La verdad es esa, madre.
—No está bien mentir, Dios te castigará.
—Le digo que no miento, madre, que han sido los bandoleros de Antequera.
—Tú sí que estás hecho un bandolero... Anda, pasa, pasa...
—¿No le dirá nada a padre?
—Pórtate bien y no tendré nada que decirle.

Luego ve a los dos subiendo a un tren. A José y a Miguel.

José se monta en el borreguero que salió ayer de Almería; llegará mañana a Barcelona. Lleva una maleta de cartón. Nadie ha ido a despedirlo, pero mira hacia atrás y agita la mano. «¡Adiós, adiós, yo también te escribiré todos los días!». Y lanza besos al aire. Al aire.

Miguel espera el suyo en el andén de la estación de Archidona. Ha preguntado veintisiete veces si falta mucho para que llegue el expreso pa Barcelona. Veintisiete veces que le han dicho que una mijilla de na.

Ya silba por la curva. Se distingue a lo lejos la locomotora, el humo. Siente una emoción que no había previsto. Se enjuga unas lágrimas con la manga. «Algo se me ha metido en el ojo», dice por si lo ven. Sujeta en una mano el billete y en la otra el hatillo, su patrimonio. Todo lo que tiene. Suspira sin mirar atrás.

José ha visto un hueco en primera clase, al lado de un cura. Todo sea que pase el revisor y lo eche para su sitio, ¡arreando! Pero el sacerdote, fuerza viva con mando en plaza, intercede. «Deje usted al chavea, hombre de Dios. ¿No ve que viaja al desamparo?».

A Miguel le da apuro decirle na al gañán que ocupa su asiento. Se lo ha quedado mirando, con la barba sudorosa, apuntándole de una forma muy fea con la navaja pringá del chorizo que se está comiendo. «¿Qué quies…? Anda pa'lante, que no te tenga que ver más por aquí».

Y, para que así sea, Miguel ha acabado en tercera, en unos bancos de madera que…

—¿Están libres?

—Sí, hasta Manzanares.

Pues después se buscará la vida. De momento se apalanca ahí.

Por la noche, antes de dormir, José y Miguel, cada uno en su tren, en sus vidas, sacan del bolsillo un papel manoseado. CALLE BERGARA pone en el del murciano. CALLE BERGARA está escrito en el del malagueño. Es la dirección de la casa donde les van a dar posada y, con suerte, también trabajo, en Barcelona. Así ocurrió con los que ya llegaron de avanzadilla desde Lorquí, desde Mollina. Lo vuelven a leer, lo memorizan, no sea que por mano del demonio lo pierdan, se lo quiten o vaya usted a saber el qué. Los dos lo doblan con mucho cuidado, una, dos veces, y lo besan antes de volver a guardárselo.

El mismo destino, distinta suerte.

Ricardo sonríe en sueños. Cree que ahora sí la ha visto, que por fin tiene novela.

Se marca una nota mental: «Debería acostumbrarme a grabar audios». Susana le ha intentado convencer en infinidad de ocasiones. Es su cabezonería la que le impide dar el brazo a torcer. Ella dice que luego otro programa lo trascribe fácilmente y sobre eso ya puede corregir. Pues a ver si es verdad. Se decide: «Para qué dejarlo. Esta va a ser la primera». Ahora o nunca, porque hoy está cansado y le da pereza escribir, aunque sea a vuela pluma, lo que ahora tiene fresco, muy presente. Otras veces se ha confiado y luego no había quien pescara esos pensamientos entre el barullo de todos los que se le amontonan en etapas de mucho trasiego. La idea bien lo merece: le parece lo suficientemente... No sabe si decir si buena, porque luego, cuando la desarrolle, le encontrará mil pegas. Al menos ahora se le antoja demasiado atractiva como para dejarla escapar.

Busca en el iPhone la aplicación de notas de voz. Hace un par de pruebas de «Uno, dos, uno, dos, grabando, probando, probando». Después de superar la tirria que le provoca oírse, se lanza con la sinopsis.

Se siente lento, les da muchas vueltas a conceptos que hace un par de minutos veía ordenados y que ahora, cuando pensaba que los tenía fijados, digeridos, le cuesta sistematizarlos. Entre eso y que, cuando intenta enviárselo a Miralles, no para de dar vueltas el relojito —«Enviando..., enviando..., enviando...»—, se rinde.

«Mañana lo llamo y se lo explico, de tú a tú, que no le dé tiempo para encontrarle peros».

Pero no lo llegará a hacer.

36

Yesterday I got so old
I felt like I could die

Yesterday I got so old
It made me want to cry

«Inbetween Days»,
THE CURE, 1985

Finales del año 2023
De los apuntes escritos en Suiza

ENRIC

Hasta hace unos días no me había sentido con fuerzas ni ánimo para recuperar el diario que empecé en prisión. Lo iba postergando hasta que no nos sintiéramos a salvo aquí, en Tesino. ¿Por qué nos vinimos? Es un sitio tranquilo y agradable, y pensamos que era el lugar donde nos resultaría más fácil rehacer nuestras vidas. Para arrancar, contábamos con algunos fondos que nos había dejado el abuelo. Lorena encontró trabajo pronto como profesora de español. Una de sus excompañeras en Padua es de aquí, de la Suiza italiana. Tenía la convicción de que a mí tampoco me costaría mucho adaptarme. Ya se puede decir que domino el idioma.

El único engorro era tener que viajar una vez al mes a Barcelona para que Lorena se presentara en el juzgado. Intentó que le permitieran hacerlo en el consulado más próximo, pero fue imposible. En cualquier caso, contábamos con que esa contrariedad no iba a ser eterna. Además, sirvió para que el tío Ricardo me diera las primeras consignas para seguir con esto.

Siempre mantuvimos cierta cautela, por si al final la cosa se torcía, pero confiábamos en lo que nos decían los abogados, que no iba a tardar en salir el juicio y que este sería un puro trámite, como así fue. De eso dependía nuestra libertad, el podernos sentir por fin aliviados. Libertad para que esto que escribo pudiera salir algún día a la luz. Sin embargo, jamás se me pasó por la cabeza que se fuera a convertir en una novela, y menos por los motivos por los que se ha hecho realidad.

Lo que empecé en prisión como unos deberes impuestos por el *tiet* Ricardo se convirtió en un hábito. Ahora es una necesidad: ahora que ya existe un veredicto de inocencia, ahora que la justicia ha resuelto que Lorena queda libre de todos los cargos, que se ha sentenciado que actuó en defensa propia y que no se puede probar de dónde salió el arma, ya que para el tribunal existían dudas razonables de que no hubiera sido el propio Armand Trigo quien la pusiera allí para intentar inculparnos.

Ahora que le ha ocurrido lo que le ha ocurrido al tío Ricardo, es el momento de contar todo lo que tuvimos que callar.

Volvamos a ese punto, al pasado, que es el presente en esta línea de tiempo.

Madrid, primavera de 2023

Ricardo cree que por fin tiene novela, graba su primera nota de audio con la sinopsis. Mañana llamará a Miralles. Hoy es tarde y le duele mucho la cabeza.

Barcelona, primavera de 2023

De pronto, Susana empieza a recibir emoticonos de WhatsApp. Le entra uno tras otro, uno tras otro. Su teléfono se ha vuelto loco. Se los envía compulsivamente Ricardo. «Qué extraño». No tiene sentido. No es capaz de encontrárselo. Un corazón, la flamenca. Dos lloros de risa, otro llanto. Berenjena. Berenjena. Sonrisa burlona.

Primero piensa que se ha equivocado. Después se mosquea. Y luego llega la preocupación seria.

Lo llama. Varios tonos, no lo coge. Mientras, continúa recibiendo símbolos inconexos. No tiene lógica, por mucho que sea Ricardo, el extravagante Ricardo. ¿Le habrán robado el teléfono? Él no vacila nunca de esa manera, o al menos ella no lo conoce en ese registro.

Intuitivamente, Susana se acuerda de Jesús, el vecino puerta con puerta en Madrid. ¿Conserva su teléfono? Sí, lo tiene.

—Jesús, hola, soy Susana Terol, ¿te acuerdas de mí?

—¡Susana! ¡Cuánto tiempo! Por supuesto, hija...

—¿Me puedes hacer un favor? Igual es una tontería.

—Dime, dime.

—¿Estás en casa?

—En dos minutos entro por la puerta, que he bajado a comprar...

—Es Ricardo. Me preocupa. Está en Madrid. No sé dónde. Quizá en casa. Me urge decirle una cosa. —Obvia lo de los mensajes que está recibiendo—. Es algo urgente. Llevo un rato llamándole, al fijo y al móvil, y no me lo coge.

Jesús percibe la angustia de Susana. Los dos minutos se quedan en uno.

—Estoy en la puerta, Susana. No me abre. Creo que no hay nadie. No oigo nada. Solo el teléfono sonando.

Aporrea también con la mano, con el puño. «¡Ricardoooooo! ¡Ricardoooooo! ¿Estás ahí?».

A Susana han dejado de entrarle emoticonos en WhatsApp.
—Jesús, tú tenías una copia de las llaves de su casa, ¿no?
—Y la tengo.
—¡Entra! ¡Entra, por favor!
—¿Estás segura?
—¡Abre, por Dios!

A los pocos minutos se oyen acercarse las sirenas del SAMUR. La ambulancia ocupa la calle estrecha con coches aparcados a ambos lados, en la zona verde. Descienden dos sanitarios y se meten con urgencia en el portal. Un tercero se queda con las compuertas del vehículo abiertas de par en par.

Un minuto. Tres. Diez.

Aparecen de nuevo los dos de antes portando una camilla. Ahí va Ricardo Santos. Sirenas que se alejan.

Se lo han encontrado inconsciente, tumbado en el suelo, junto al sofá, aferrado al teléfono. Ha sufrido un ictus. No había tenido síntomas, salvo la desorientación que atribuía estos últimos días al cansancio mental y al viaje, el dolor de cabeza punzante, aislado, algún despiste, alguna jugarreta de la memoria, pensamientos confusos. Nada. Tonterías. Antecedentes familiares sí, la enfermedad coronaria que sacudió de muy joven a su padre y que a mediana edad acabó con él. Eso cuentan ya las crónicas que se publican y los comentaristas que dicen conocer bien a la familia y que se han enterado hasta ese grado de detalle, y hablan lamentándose del accidente cerebrovascular que ha provocado una hemiplejia al solitario escritor Ricardo Santos. Sí, porque le pilló estando solo, como siempre, en su domicilio de Madrid. ¿Podrá seguir escribiendo? No se sabe todavía. Es pronto. Pero, en cuanto pase la fase crítica, lo trasladarán en una ambulancia a Barcelona. Quiere instalarse allí, donde tiene a la familia. A sus dos familias.

Mamá decide —asegura que consensuándolo con él— que, de momento, lo más práctico y lógico es que siga instalado en su apartamento de Sant Cugat. Ella continuará en Valldoreix, con la abuela. Está a gusto allí. No tiene ninguna prisa por volver a su casa. Si meses antes lo ha hecho porque le interesaba, ahora no hay razón para cambiar las cosas. Va a ser provisional, mientras ven si vende el piso de Chamberí para instalarse definitivamente aquí. Pero lo primero es lo primero.

—¿«Mientras ven»? ¿En tercera persona? ¿Quiénes lo tienen que ver? Lo tendrá que decidir él, ¿no? —le pregunto, indignado, con la sensación de que están ayudándolo y a la vez tratándolo de forma condescendiente, como a una marioneta sin autonomía. Eso es firma de la casa en mi familia, de las mujeres de la familia.

Le ha afectado al área del lenguaje, explica mi madre, convertida ahora en portavoz, a todo el que quiera saber. Ricardo piensa, razona, entiende todo lo que lee y lo que le dicen, aunque le cuesta mucho comunicarse. Está aprendiendo a hacerlo a través de un ordenador, pero es un proceso lento, no hay que aturdirlo. Poco a poco. Ya lo tiene hablado con sus hermanos, con Jorge y con la Remei. Ellos también están de acuerdo y muy agradecidos por cómo nos estamos volcando los Terol con él. ¡Qué menos que hagamos lo que estamos haciendo! Imagínate, con el panorama que tiene su hermano ciego en casa, y la Remei, que vive en el quinto pino; si hace falta traerlo y llevarlo al especialista en Barcelona, Ausona no es el lugar más adecuado para él. Se queda en casa. No se hable más.

—¿Quién lo cuida? —me intereso.

—Una mujer va cada día, Enric. Es de confianza. Nos la ha recomendado la chica de casa. Él se vale bastante, no te vayas a creer. Se apaña muy bien. Pero ¡*quina putada* esto de la palabra, que es lo suyo!

—Dale recuerdos.

—Mira, eso te tenía que decir. Dáselos tú mismo.

—¿Se le puede ir a visitar?

—Sí, ¡claro! No todo el mundo…, pero tú sí. Quiere que vengas a verlo cuando estés por aquí, cuando volváis a Barcelona para que firme Lorena. Pero tú solo —precisa mi madre.

Cuando llego, la mujer que lo cuida sale a hacer unas compras y nos deja solos. El apartamento de Sant Cugat sigue teniendo el toque personal de mi madre, aunque se haya transformado en una residencia adaptada a las necesidades de Ricardo. Han quitado las puertas para que pase con facilidad el andador con el que se desplaza arrastrando los pies, sobre todo el izquierdo.

Me impresiona verlo por primera vez. Tan indefenso. Tan diferente. Me recibe medio echado, en un sillón ergonómico donde se pasa gran parte del día junto a un ordenador con el que trastea. Me dice mi madre que hace esfuerzos ímprobos para avanzar, para escribir y explicarse. Sin embargo, aún está lejos de la meta.

Se le nota nada más verlo que está de buen humor. O eso aparenta, y lo aparenta bien. Mejor talante, digamos. Lo encuentro más afable que nunca, como si se hubiera quitado de encima el peso del personaje con el que tantas veces tuvo que ir a cuestas, el que se apoderó de él, el disfraz que al final olvidó quitarse. El revés del ictus lo ha dejado desnudo.

Me sonríe con la cara torcida. Me hago pronto a su nuevo semblante, pero por momentos creo que me mira otra persona.

Con un gesto me invita a que me acerque a su butaca y me siente junto a él, en la silla de la que retira un periódico antiguo. Lo tiene abierto por la página que me quiere mostrar. Es un reportaje titulado «Parejas de éxito de las letras españolas». En la fotografía se les ve a él y a su editor, Miralles. Lleva el dedo índice hacia este último y lo señala con insistencia.

—¿Miralles?

Asiente repetidamente con la cabeza.

—¿Qué pasa con Miralles?

Entonces se señala él, con la misma insistencia, al mismo ritmo.

—¿Miralles y tú?

Niega. Vuelve al principio. Repite los gestos, como si fuera una rutina de gimnasia. Y luego me toca tres veces el pecho. Lo mismo se hace él.

Me encojo de hombros. Se desespera.

A la quinta. A la sexta... ¡al fin lo entiendo!

Él será mi Miralles, mi editor. Quiere que yo sea él, Ricardo.

Lo celebra con unos grititos guturales incomprensibles. Me pregunto si sonarán a palabras dentro de su cabeza. La palabra, su tesoro perdido.

Ojalá sea así, pero sospecho que no.

Se le escapan dos lágrimas por la comisura del ojo derecho, el del hemisferio despierto. Dos gotas que ahuyenta de un manotazo.

Ricardo me sonríe de nuevo, cómplice, emocionado.

37

There's no sign of life
It's just the power to charm
I'm lying in the rain
But I never wave bye-bye

But I try, I try

«Modern Love»,
DAVID BOWIE, 1983

Barcelona, verano de 2023

ENRIC

En un mes ha hecho grandes avances. Mi madre es quien mejor lo entiende y nos ayuda a comunicarnos.

Cuando quedo con Miralles, llevo una idea bastante clara de las intenciones que Ricardo quiere que le traslade.

El editor me recibe en las oficinas de Barcelona. Me pillan cerca del juzgado. Ojalá hoy sea la última vez que tengamos que pasar por aquí antes del juicio.

Miralles no puede ocultar su intriga y expectación ante lo que tenga que decirle en nombre de su autor.

—¿Cómo está? Tengo muchas ganas de verlo. El muy coqueto no quiere que lo visite nadie —bromea.

—Creo que es dignidad más que coquetería.

—Ya...

—Hay que ser optimista. De un mes para otro lo he visto muchísimo mejor. Tesón y fuerzas no le faltan.

—Por lo menos, no deja de darle a la cabeza, según me dice tu madre.

—No te quepa la menor duda.

—Estoy ansioso por que me cuentes.

Y le cuento. Le explico que Ricardo tiene una novela en la cabeza, la que quería proponerle cuando el ictus frenó sus planes.

—¿La de la historia de tu abuelo?

—Eso creía al principio.

Coloco mi teléfono en medio del escritorio y subo el volumen al máximo. Le doy a reproducir y se oye la voz de Ricardo, fresca, la que todos deseamos que algún día recupere:

> ¡Miralles! ¡Creo que ya lo tengo! Mira lo que soy capaz de hacer por ti, para que luego digas... Ya hasta grabo notitas de voz de estas. Como le pille el truco, te voy a achicharrar el WhatsApp.
>
> Bueno, vamos allá..., que es la tercera vez que lo grabo. Tú escucha y no te precipites. Ten paciencia, coño, que te conozco y, tal y como te lo voy a plantear, ya te veo que estarás poniendo esa cara de acelga agria que pones cuando me sueltas: «¡Leches, Santos, que eso está escrito ya mil veces!».
>
> Escucha con atención: España de los cincuenta.
>
> La historia de dos niños, de dieciséis o dieciocho años como mucho, chiquillos que salen de sus pueblos el mismo día y con el mismo destino: Barcelona. Uno desde la provincia de Murcia y el otro desde la de Málaga.
>
> Llevan en el bolsillo la dirección de una casa de huéspedes de aquí que les dio a cada uno un conocido: un familiar de un amigo, un tío que vino a buscarse las habichuelas, quien sea.

Aunque los dos viven saliendo adelante como pueden en medio de las miserias del mundo rural de esa España atrasada un siglo, se buscan la vida gracias a la picaresca y al ingenio con una listeza natural de la leche. Sin embargo, no corren la misma suerte. A uno es como si siempre le protegiera una luz, tiene al destino y a la suerte de su parte. El otro, con mucho tesón y esfuerzo, con sangre, sudor y lágrimas, también saca cabeza, aunque le cuesta un mundo. Lo que al primero le llega de cara, al otro le pesa una barbaridad conseguirlo. A este, la ratio esfuerzo/recompensa le suele salir a pagar.

Ya te advertí de que te iba a sonar la cantinela a tema manido. Pero ¿y si te digo que son las historias noveladas de dos personas que conozco bien? ¡Pitu Terol y Miguel Santos, mi propio padre!

Sería en realidad una novela sobre la Cataluña lastimosamente superada, la que el *procés* partió en dos; el *procés* y la mala gestión, la ceguera sectaria de ambos bandos, los de aquí y los de allí; la Cataluña que habíamos ganado durante años de integración, de acogimiento, y que no hemos sabido preservar. La de la sociedad en dos mitades. Faltaba solo un muro. Una novela de anhelo de esa Cataluña que nunca fue xenófoba, que recibió a tantas personas, a tantas historias como la de Pitu y mi padre. La suerte hizo que se integraran de diferente manera. La otra Cataluña antes de esta a la que traicionamos todos, sin excepción; la que conocimos y celebrábamos aquí y la que se respetaba y se admiraba fuera; la del oasis, la de antes de estar en boca de todos por las aventuras indepes, la Cataluña integradora, próspera. La feliz, no la victimista; a la que se envidiaba y a la vez no se dejaba avasallar.

Lo de los dos chicos sería el punto de partida. El tren de Mollina en el que iba mi padre tenía prevista la llegada antes. Sin embargo, una avería en el cambio de agujas en Manzanares los tuvo parados casi toda la noche. Cuando se recuperó la circulación, le dieron salida primero al tren que venía de Murcia, en el que viajaba Terol. Por esa circunstancia, él llegó antes a la pensión de la calle Bergara.

Joder... lo he grabado y lo he pensado tantas veces, que... ¡joder!, perdona. Esto ya lo he dicho, ¿no?

Detengo la grabación.

Nos quedamos los dos mirando el teléfono, cada uno montándonos nuestra película sobre lo que le estaba pasando en ese instante a Ricardo Santos.

—¿La podrá escribir? —se interesa Miralles.

—Quiere que yo le ayude. Está dispuesto a hacer el esfuerzo. La historia lo merece. Creo que es ahora mismo su motivo para vivir. Así de claro.

—¿Qué experiencia tienes tú? —El editor no me lo pregunta con socarronería ni con altivez. Es solo curiosidad.

—Eso mismo le objeté. Aparte de los trabajos de Historia de la universidad y la tesis, no he escrito nada. De ficción, cero patatero. Pero esto no deja de ser historia. Ricardo dice que, cuando fue leyendo los apuntes que le dejaba escritos desde Can Brians, se dio cuenta de que tenía madera.

—No suele equivocarse. No anda mal de criterio.

—Aunque —prosigo— confía en que seas tú quien pulas mi estilo y esas cosas, que me enseñes como le enseñaste a él. Está seguro de que el resultado estará a la altura para que aparezca como una obra firmada por Ricardo Santos.

Miralles se levanta, mira a la estantería que tiene a su derecha y señala la segunda balda.

—¿Ves esto? Ahí están todos sus títulos. Parece fácil. Eso es lo que hace, el cabrón. Y eso lo hace como nadie. Te tienes que empapar bien de todo esto antes de empezar. No leértelo, sino estudiártelo. Hacerles una autopsia profunda a cada una de sus novelas.

—Lo haré.

Vuelve a sentarse.

—Si es así, os propongo otra.

—¿¡Otra novela!? ¿En vez de o además de? —Me sorprende. No sé si le he entendido bien.

—No, otra. Otra además de. Lo conozco. Ya verás cómo le gusta el juego. Ricardo es muy de estas farfolladas literarias. Tendría enjundia, ¿eh? No sería solo un juego metaliterario para dejar apuntada la de las vidas paralelas. La primera que os propongo sería esta que ahora estamos escribiendo.

Ante mi cara de perplejidad, Miralles se va creciendo. Diría que está improvisando sobre la marcha y que le gusta lo que oye conforme sale sin excesiva reflexión de su boca.

—Sé que Ricardo contaba con notas deslavazadas, escritas de manera caótica, por aquí, por allá, que empezó a recopilar cuando le rondó una idea cuyo hilo conductor serían los apuntes sobre canciones que empezó a intercambiar con tu madre en los ochenta, siendo adolescentes, enamorado hasta las trancas como estaba de ella. —Se calla y me mira a los ojos—. Veo que no te sorprende.

—Sí, también me lo ha dicho. Y lo sabe mi madre, que es la mensajera.

—Por otra parte, cuando llegó a Barcelona para la promoción de su último libro, en Navidad, con la muerte repentina de tu abuelo, el reencuentro con tu familia, tu encarcelamiento, su experiencia como portavoz de los Terol..., todo eso lo llevó a plantearse reconducir la idea inicial de los apuntes de música para transformarla en una novela de corte más nostálgico, una crónica sentimental con el *procés* como telón de fondo. ¿Cómo se hace? —pregunta de forma retórica—. Además de esos pensamientos sueltos, habría que añadirle las anécdotas que pueda incorporar de su gira por los medios, las entrevistas o las transcripciones de algunas ellas. Y también están tus apuntes desde la cárcel.

—¿Y quieres que le demos forma a todo eso?

—No solo con eso. Están tu tío, tu abuela, tu madre, los hermanos de Ricardo, yo mismo. Dos novelas sobre la historia reciente de la sociedad catalana y con las mismas familias como eje vertebrador. Escritas a cuatro manos: las de un activista indepe, un CDR que va a la cárcel y acaba refugiado en Suiza... —Ahí voy a objetarle lo obvio, pero Miralles levanta las palmas y gira el cuello. Se entiende que es una licencia perversa que queda entre él y yo, igual que este remate—: Entre un CDR, decía, y un tocahuevos, la mosca cojonera a quien ambos bandos prefieren ver calladito. Y la vida, que es muy puta, les concede el deseo.

38

We're caught in a trap
I can't walk out
Because I love you too much, baby

Why can't you see
What you're doing to me
When you don't believe a word I say?

«Suspicious Minds»,
Elvis Presley, 1969

Cataluña, principios de 2024

Enric

Esta es la última canción de las veintiocho de la lista. Catorce por cada lado. No está completa. Se corta de forma abrupta en la segunda cara de una cinta de cromo de noventa minutos que todavía se conserva razonablemente bien y que guarda mi madre. Los dos, ella y Ricardo, la convirtieron más tarde en una lista de Spotify. En dos listas, en realidad. Cada uno por su lado, pero ambos la titularon *Apuntes de música*. Maite y Ricardo, ellos, como en el tema musical que cierra su eterna carta de amor, siguen atrapados en dos formas de quererse tan diferentes... Me pregunto si son imposibles. Y también me pregunto si se lo plantearon como real ellos alguna vez; si formaba parte de sus ensoñaciones como para no haber acabado de renunciar jamás a que un día fuera ese día. Dudo más en el caso de mi madre, porque me doy cuenta de que la conozco mucho menos de lo que sospechaba. Maite ha sido para mí siempre mi madre, la obligada a... a tantas cosas, a tantos sacrificios. Nunca he podido verla como a una mujer con sus necesidades. Sin embargo, creo que Ricardo no ha descartado el milagro jamás, que en ocasiones le ha tenido que seguir el juego de que eran como hermanos, como primos, que quizá eran el ejemplo de eso que llaman, muy mal llamado, «amor platónico», y que en esa orilla como mucho podría varar la cosa. Un amor que, si nunca ha fraguado, jamás fue por pertenecer a una estirpe o a otra, por tener pedigrí o no, por ser charnego de primera o de segunda clase.

Es probable que Maite —quiero llamarla Maite, porque no hablo ahora de mi madre— haya sido la verdadera fuerza capaz de haberlo mantenido vivo, y no me refiero solo al último gran revés de salud que ha sufrido —que también—, sino a que el hecho de pensar que ella estaba ahí, al otro lado de la lista de música, oyendo sus canciones, que eran de los dos, con una historia común, le hacía creer que todo lo demás merecía la pena. Porque algo ha de salvar a un descreído de todo lo demás, escéptico ante la propia vida. A alguien como el *tiet*, desarraigado aquí y allí. Él, de todos lados, y desde todos lados visto como adversario, cuando no enemigo. Bicho raro entre los suyos; descarriado del relato, viajero insumiso que se resiste a subirse al tren en el que se embarcan todos y a dejarse llevar por la corriente. Enemigo de lo fácil. Sin pareja estable, sin hijos, visto como un proscrito. Me gusta pensar que halló en los míos, en los Terol, el cobijo y el cariño necesarios para seguir respirando. La tolerancia. Y que, de los Terol, fue en mi madre, especialmente, en quien vio al gran amor irrenunciable por el que se es capaz de todo: de matar —en un sentido más lírico— y de sobrevivir contra todos los vientos y frente a cualquier marea.

Ricardo ha acabado alquilándole el piso a mamá. Ella viene a verlo casi a diario. Me he fijado que, a veces, se deja unos *shorts* por aquí, unas chanclas por allá, un pijama en la habitación de invitados. En el lavabo pequeño hay una crema hidratante y un desodorante femenino que huelen a ella.

Desde que acabamos el trabajo en común, y ahora que he vuelto a Barcelona, me dejo caer por aquí de vez en cuando. Me gusta hablar con él. Discutir, a veces.

Se vale cada vez más por sí solo. Ha mejorado muchísimo. Es pertinaz, perseverante. Cabezota como él solo. También en esto. Y, aunque diga que ya lo tiene todo hecho en la vida y que no se le pasa por la cabeza la idea de volver a escribir nunca más, tengo la impresión de que le ronda una idea que no dejará escapar. Es más liviana, casi una comedia donde tiene mucha importancia el mundo de la tecnología y nuestra servidumbre respecto a ella. Aunque a Ricardo, además de su esfuerzo, la propia tecnología le haya sido muy útil para hacer los avances extraordinarios que ha hecho. Ahora se expresa vocalizando muy lentamente y con una voz débil. Se apaña así en conversaciones cortas. Dispone también de una pantalla, donde cada vez escribe con más agilidad, para cuando necesita explayarse.

Lo que no ha perdido es la intuición. Es posible que supiera antes que yo que lo mío con Lorena se había enfriado hasta acabar con la relación. Quizá, como dice Ricardo, en los últimos tiempos lo único que nos mantenía unidos eran las causas: la política y la penal. No queríamos que el otro tuviera que cargar con el marrón de lo que había ocurrido, no queríamos dejarnos solos. La idea de abandonarnos antes de que se desenredara todo nos generaba mala conciencia. Pero, desde que se resolvió, desde que quedé en libertad y ella también fue exonerada de todos los cargos, nos pudo a ambos una especie de sensación de vacío profundo, algo parecido a lo que debe ser la depresión posparto, o al menos la poscoito.

Lorena se ha quedado en Tesino. No tiene ninguna intención de volver. Sin embargo, yo no me veía allí. No me ataba nada. Solo el hecho de no dejarla sola.

Cuando le confirmé a Ricardo que habíamos roto fue cuando quiso saber la verdad, cuando me lo preguntó a su manera. Solo en ese momento. Antes no se había atrevido a abordar el asunto por no ponerme en un compromiso. Supongo que él se había hecho su película con un guion que coincidía en gran parte con los hechos reales. Si me hubiera pedido confirmación, quizá me habría obligado a mentirle.

Así que, al explicarle cómo había acabado definitivamente lo nuestro y que me volvía a Barcelona, lo primero que hizo fue interesarse por si necesitaba el apartamento de mi madre, el que él estaba ocupando. No entraba en mis planes. Quería estar cerca del centro de la ciudad y seguir yendo a la facultad en bicicleta.

Después, torció un poco más el cuello y se quedó pensativo unos segundos. Muy serio.

Me pidió que le alargara la pantalla. Cogió el puntero e hizo amago dos o tres veces de empezar a escribir. Inspiró al final y puso:

«No contasteis toda la verdad, ¿a que no?».

Negué con la cabeza.

«¿Armand era un agente infiltrado?».

Resoplé:

—¡Buf! *Tiet*... Es algo más complicado que todo eso.

Asintió. Asumió que tenía razón.

«¿Me lo contarás algún día?».

Me limité a encogerme de hombros, y esa tarde me fui con una sensación triste, con una gran pesadumbre.

Le di vueltas durante toda la noche. Si alguien merecía saber la verdad, era Ricardo. No hacía falta hacerle jurar que no saldría de allí, que guardara el secreto. ¿Por qué no explicárselo? Igual también era curativo para mí, tal vez necesitara hacerlo.

Una semana más tarde le hago una visita sin previo aviso. No sale mucho de casa, solo ocasionalmente. Parece que me haya estado esperando, acicalado e impaciente, como quien aguarda una cita importante. ¿La intuición de nuevo? Muestra buen aspecto.

Antes de que me siente junto a él, donde siempre, me señala el Mac que está sobre el escritorio.

La pantalla está encendida y hay un documento de texto abierto. Me invita a que lo lea. Es un relato corto en el que ha estado trabajando durante los últimos días.

—¿No habíamos quedado en que lo habías dejado, que ya no ibas a darnos más el coñazo con la literatura? —le reprocho irónicamente.

—Quiero saber tu opinión —dice con mucho esfuerzo, exhalando cada sílaba—, a ver si te parece verosímil.

Hace una mueca que entiendo como un guiño.

Desde las primeras líneas capto lo que me quiere decir. Es la historia de una joven activista, culta, de alta cuna, de familia bien, hija de uno de los apellidos ilustres que, dando constantes volantazos, ha estado vinculada con los círculos de poder de la derecha; con la española —coqueteando cuando ha hecho falta con el PP, si este tocaba pelo en el poder— y con la catalana desde siempre, hasta que la deriva nacionalista fue la gota que colmó el vaso más allá de lo que sus intereses empresariales (y no tanto sus ideales) pudieran asumir.

Esta hija de la burguesía, niña de dinero y poder de colegio inglés, servicio en casa y club de polo, ha abrazado una idea por la que cree que merece la pena luchar. Eso sí, jamás se ha planteado el uso de la violencia para conseguir su objetivo, eso bajo ningún concepto; no hay excusa que lo justifique. Sin embargo, los acontecimientos del otoño de 2019 hacen que ella esté en el peor sitio posible.

Es un viernes, día de huelga general, la jornada en la que ha de desembocar toda la fuerza reivindicativa de las movilizaciones, del despliegue de protestas que se han ido organizando a lo largo de una semana como reacción a la sentencia del Tribunal Supremo español, que impone penas de cárcel a los políticos catalanes organizadores del referéndum ilegal, acusados por sedición.

En pleno centro de Barcelona, los corpúsculos más violentos han avanzado y están plantados ante el frente, ante la línea de contención formada por los policías antidisturbios. Los activistas los insultan, están desafiándolos, lanzándoles lo que pillan. Vuelan objetos, adoquines, enseres de un contenedor de una obra cercana. En mitad de la confusión de la batalla, la chica sale corriendo. Quiere proteger a unos camaradas italianos que, aparentemente llamados por la curiosidad y de manera incauta, se han quedado atrapados entre las dos trincheras. La noche anterior la chica les dio asilo en casa. Un gesto solidario para agradecer el de ellos, que, como otros muchos, habían llegado a Cataluña esos días desde Holanda, Francia, Canadá, Estados Unidos... para solidarizarse con la causa soberanista de los libertarios catalanes. Otros vinieron como observadores del proceso, como quien se otorga la condición de embajador de la ONU.

Nuestra protagonista, cuando quiere darse cuenta de lo que está pasando, de que los italianos no están allí de paso turístico o pacifista y solidario, que van pertrechados con verdugos que les tapan el rostro y que portan en la mochila objetos contundentes, ya es tarde. Está en la boca del lobo, algo la golpea. ¿Una porra policial, una bala de goma, un pedrusco que era pavés, un neumático?

Cuando recupera la conciencia, despierta en las dependencias policiales.

Le leen sus derechos. No entiende nada. No sabe de qué se le acusa, qué hace allí. Solo quiere volver a su palacio de cristal, a su piso de Sarrià, llamar a sus padres.

«Te podemos proporcionar un abogado de oficio».

No, ella quiere que venga papá. Él tiene contactos, él sabrá con quién hay que hablar. ¿Qué narices hace ella allí? El olor es nauseabundo. ¿Qué hace en ese calabozo de mierda? «¿Ahora qué soy, una terrorista?». Igual llega a levantar el índice, a advertir al subinspector de la policía que la interroga que se ande con ojo, porque no sabe lo que está haciendo, no tiene ni puta idea de quién es ella. Y su padre, sobre todo. No sospecha siquiera de quién es amigo su padre. ¡Le va a caer una que se va a cagar!

Y, en parte, tiene razón, porque su papá habla con este, con el otro, y en menos de veinticuatro horas se ha presentado en vía Laietana un abogado que sabe de qué va la vaina y amenaza a Dios y a su puta madre; la tienen que dejar en libertad o, si no, los va a empapelar a todos, ¡cojones! «¿Qué atropello de las libertades y de los derechos fundamentales es este?».

Todo tiene un precio.

Pasado el susto, ya en la calle, un par de días después, papá la convoca para que esté a tal hora en casa porque el superabogado salvador les tiene que explicar una cosa que es muy muy importante. Quiere tratarlo con ella, a solas.

¿Qué será?

Pues, nada, muy sencillo: el letrado es tan brutal y diligente que puede conseguir que no aparezca registro alguno de su detención, que su ficha policial quede tan inmaculada que ni exista; limpia de polvo y paja.

¿Y eso a cambio de qué? ¿Por su cara bonita? ¿Por ser vos quien sois?

Un poco sí, pero un poco no. «No te asustes, yo te cuento, es muy fácil. Y delicado. No puede salir de aquí. Si no, las consecuencias serán nefastas. Pero, oye, que tampoco es tan difícil elegir, ¿verdad? Por supuesto, no hay color, porque hay que decantarse entre...

a) … la libertad y protección de la policía ante los tuyos, chica, que ya has visto qué tipo de gente son y con quién se juntan, y cómo se las gasta esa panda de violentos terroristas con los que has ido a involucrarte; o

b) … que te señalen como a uno de ellos. Han caído hasta los que mandan —los que mandaban—, los politicuchos esos con delirios de grandeza, con la obcecación de pasar a la historia *peti que peti*, así que imagínate lo que será de los cuatro mindundis indocumentados que quieren sacar provecho de que el avispero está agitado solo para hacer daño, violencia, vandalismo, porque es lo que vinieron a hacer esos guiris que llegaron a Barcelona al olor de la sangre».

—¿Qué se trata, de ser espía? —se atreve a preguntar ella para no andarse por las ramas.

—Esa es una palabra que tiene una connotación tan fea… llámalo «espía», llámalo mejor «colaboradora con el orden establecido».

—¿Lo puede saber mi chico?

—¡Ni se te ocurra! Nadie.

—Pero entonces lo estaré traicionando doblemente…

—Ya estamos otra vez con los matices del lenguaje. Según como lo mires. Yo diría que lo estás protegiendo por partida doble.

Y, poco a poco, van contactando con ella. Su padre la acaba de convencer: «Ya sabes quién es mi amigo, quién te sacó de los calabozos».

Durante tres fines de semana salpicados en el calendario, coincidiendo con congresos de tal universidad o de no sé qué claustro, la chica excusa su ausencia y se retira a unos ejercicios poco espirituales del quilombo de la policía patriótica donde le imparten cursillos rápidos en los que la aleccionan, le dan claves, consignas, le enseñan algunos protocolos de seguridad básica, la enseñan a manejar armas, pistolas; por si tuviera que defenderse.

¿Con qué?

También le proporcionan el material. Lo básico. El último día le dan un kit con una pistola tipo Glock y munición reglamentaria. También un pasamontañas, por si se viera envuelta en un dispositivo urgente en el que se le advertiría, llegado el caso, de la necesidad de camuflarse para no ser identificada. Esas operaciones de asalto se graban en vídeo por motivos de seguridad, para que quede constancia y se identifique a quién se ha detenido; para demostrar que se siguieron estrictamente los procedimientos legales.

—Sí, sí, estamos hablando de legalidad, de procedimientos legales.

—¿Qué hago con esto? ¿Dónde meto la pistola?

—Es cosa tuya. Sabrás guardar el tesoro.

En casa tienen un altillo en el techo de la habitación. Es el maletero de irás y no volverás. Nunca nada de lo que han subido allí ha retornado a sus vidas. Si lo mete en una mochila —tienen dos iguales, como muchas otras prendas de ropa, a ella le hace gracia— y la empuja hacia un rincón, solo una catástrofe nuclear o un terremoto lo dejarían expuesta a la vista.

Pero nuestra chica no duerme. No puede vivir con ese peso. Ha salvado el pellejo, pero esa no es vida. No lo es para ella. Cree que para nadie.

De vez en cuando, su enlace se pone en contacto con ella en nombre de su superior para instarla a que colabore.

—No nos pasas informes. Estamos muy disgustados.

»No les está resultando útil. ¿Qué ocurre?

»¿No nos estarás traicionando? A ver si estás haciendo un doble juego, y Roma no paga a traidores, te lo advierto.

Ese compañero, agente infiltrado también, le manda mensajes que pueden ser interpretados de otra manera si se sacan de contexto. La hostiga. El acoso va en aumento. Hasta que se presenta en su casa a sabiendas de que no está el novio de nuestra chica, porque habíamos quedado que él tampoco puede estar al tanto de su encomienda especial.

Forcejean su enlace, encabronado, y ella.

La chica se zafa y logra encerrarse en su habitación. Cuando sale, porta la pistola.

Lo pilla desprevenido. Dos disparos. Muere.

Y el resto...

Me quedo mirando a Ricardo. No sé qué decir. Giro hacia él la pantalla que ahora muestra el folio en blanco, inconcluso.

Por señas, me informa de que no hay más, hasta ahí llega el cuento, de momento.

Y luego se encoge de hombros. Quiere saber mi opinión.

Le dejo claro mi diagnóstico:

—Creo que es una historia entre fantasiosa y conspiranoica.

Él pide que me acerque y me escribe en la tablet:

«Eso mismo pensaba yo, por eso quería someterla a tu consideración. Es mejorable».

—¡Desde luego!

«¿Cuáles serían los puntos débiles?».

—¡Todo! Es una puñetera locura, *tiet*! En la vida real no suelen encajar las piezas como en las novelas. Eso deberías saberlo tú mejor que nadie. Es como si siempre te pudiera más lo que has escrito en tu vida que lo que has vivido en sí.

Inspiro hondo. No quiero que una reacción demasiado airada o vehemente le haga entender que me siento idiota, pillado de forma flagrante.

—¿Cómo imaginas que seguiría? —le inquiero.

Resopla y prepara de nuevo el iPad para escribir. Me pide un poco de paciencia, aunque teclea muy rápido. En eso también ha mejorado una barbaridad.

«Ella le cuenta toda la verdad al chico. Inventan lo del acoso. Tienen pruebas. Dejan solo los mensajes que le escribió el enlace y que pueden leerse con otro sentido».

—¿Y la pistola? ¿Y las balas? ¿Cómo van a contar que la chica tenía todo eso en casa? ¡No puede delatarse! ¡No va a decir que ella es colaboradora de la Policía! Sería el final ante los suyos. La gran traidora de la causa independentista.

«No, claro. Pero ella sabe que el atacante sí es un agente encubierto, y no tiene que delatarse para contar que él portaba un arma. Va a argumentar que en el forcejeo se la arrebató».

—¡Bah! ¡Por favor! ¡La trama que se montan el novio y ella…! ¡Me parece delirante!

«Yo la veo muy posible. ¿No la protegería él por amor? El otro tipo, el infiltrado, es un indeseable. Al fin y al cabo, se habría hecho justicia. Aunque fuera por otros motivos, no se puede negar que la chica actuó en defensa propia».

Hace una pausa. Leo esto último. Callo.
Ricardo vuelve a la carga.

«Lástima que después se complique la cosa, porque el chico también es un activista y resulta que estuvo cerca de los coches de la Guardia Civil asaltados de los que, parece ser, se llevaron una pistola parecida. Él estaba fichado. Identificado. Hay fotos suyas por allí. Si no hubiera sido por esa pequeña complicación, salís…».

Corrige otra vez:

«… salen de la cárcel en menos de cuarenta y ocho horas».

—Un puzle demasiado perfecto para que encaje a ojos de la

Policía y de la Justicia... O a ojos de la Guardia Civil y sus chapuzas con los listados de lo incautado, lo robado y lo entregado.

> «No tanto. Sobre todo si todos esos actores tienen algo que ocultar, por vergüenza, por dignidad profesional o por falta de diligencia. En cuanto a las chapuzas, si yo te contara lo que han visto estos ojos... Los estamentos del poder, en general, suelen estar en manos de ilustres impresentables. A todos los niveles. Cuando los conoces de cerca, se te caen muchos mitos, pierdes el respeto reverencial que se les tiene. De todas formas, quería tranquilizarte, no pretendo publicarlo. Era solo un ejercicio, por no perder el hábito de la escritura, el músculo. Tengo demasiado tiempo libre y no es bueno pensar tanto. Pero nunca se sabe si tendré que recurrir de nuevo algún día a esto para no morirme de hambre. En mi estado, necesito muchos cuidados. Y mimos».

En ese instante, mira el reloj.

Se oyen unas llaves trasteando en la cerradura de la entrada.

Reconozco ese andar alegre. Entra mi madre y nos saluda con dos besos. No para de hablar. En eso no ha cambiado. Irradia una felicidad que echaba de menos, una alegría cantarina que solo le recuerdo de cuando éramos niños, en aquellas tardes de verano en Comarruga que acababan haciéndose de noche en la playa, cenando un bocadillo de tortilla de patatas nosotros, de atún, aceitunas y pimientos morrones la abuela y ella.

No se cansa de decir que es por eso, porque tiene cerca a la gente que quiere, como antes. Matiza que se refiere a su madre, a mi hermana, a mí.

Viste chándal y lleva un bolso de viaje.

Se va a quedar a hacerle compañía a Ricardo.

«Solo este fin de semana», se excusa como una colegiala.

El próximo dirá lo mismo.

# Agradecimientos

A todos aquellos a quienes les confié esta novela mientras se iba construyendo, por lo que me ayudaron a que fuera lo que ha sido, a resolverme las dudas y a generarme otras que resultaron vitales. Sin dudas, no hay evolución.

A Teresa, a Silvia, a Nuria; imprescindibles.

A mi madre, a Sergio, a Toni, a Soledad: mi familia, que nada tiene que ver con la que refleja la crónica sentimental de esta historia. Sin embargo, sin nuestras vivencias y las de nuestros mayores no hubiera tenido absolutamente nada que contar.

Al recuerdo de mi padre, que siempre me guía, aunque algunos crean que no está.

A Mikel Lejarza Ortiz, a Gema Muñoz, a Marta Buldú, a Mar Ruiz, a Gemma Carrasco, a Francesc Miralles; faros siempre.

Y a mi amigo, el fiscal Félix Martín, porque, aunque la ficción me haya permitido salirme de la ortodoxia procesal cuando le convenía a la trama, al menos, gracias a su guía y asesoramiento, cuando lo he hecho, lo he hecho a sabiendas. Su ayuda técnica y documental ha sido imprescindible para armar con apariencia de verosimilitud todo lo que concierne a los escritos, referencias de penas o figuras legales que juegan un papel primordial para vertebrar esta novela. Además, Félix lo ha hecho de la manera más generosa y sensible, y con el aprecio que solo te tiene un amigo incondicional. Un tipo brillante, en todos los sentidos.

A ti, lector, lectora, por llegar hasta aquí sin desfallecer.

Escucha aquí
la banda sonora de
Líneas cruzadas: